走向枢纽点
1990年代文学研究

程光炜 编

当代文学史研究丛书
程光炜 主编

北京大学出版社
PEKING UNIVERSITY PRESS

图书在版编目(CIP)数据

走向枢纽点：1990年代文学研究 / 程光炜编. —北京：北京大学出版社，2023.7

（当代文学史研究丛书）

ISBN 978-7-301-34093-6

Ⅰ.①走… Ⅱ.①程… Ⅲ.①中国文学—当代文学—文学研究 Ⅳ.①I206.7

中国国家版本馆 CIP 数据核字(2023)第 106228 号

书　　　名	走向枢纽点：1990年代文学研究 ZOUXIANG SHUNIU DIAN：1990NIANDAI WENXUE YANJIU
著作责任者	程光炜　编
责任编辑	高　迪　张文礼
标准书号	ISBN 978-7-301-34093-6
出版发行	北京大学出版社
地　　　址	北京市海淀区成府路 205 号　100871
网　　　址	http://www.pku.cn　　新浪微博：@北京大学出版社
电子信箱	pkuwsz@126.com
电　　　话	邮购部 010-62752015　发行部 010-62750672 编辑部 010-62765217
印　刷　者	三河市北燕印装有限公司
经　销　者	新华书店
	965 毫米×1300 毫米　16 开本　16 印张　220 千字
	2023 年 7 月第 1 版　2023 年 7 月第 1 次印刷
定　　　价	78.00 元

未经许可，不得以任何方式复制或抄袭本书之部分或全部内容。
版权所有，翻版必究
举报电话：010-62752024　电子信箱：fd@pup.pku.edu.cn
图书如有印装质量问题，请与出版部联系，电话：010-62756370

"当代文学史研究丛书"总序

　　从1949年全国第一次文代会算起,中国当代文学的建史和研究已有60多年。在中国历史上,这60多年是艰难曲折又充满历史机遇的一个年代。但放在170多年来的视野里,人们并不会为它离奇、剧烈、丰富的故事而惊诧。"当代文学"就发生在我们共同记忆的这一历史时段中。在当代文学史研究中,我们无法无视历史的存在而将文学看作一个"纯文学"的现象,我们也无法摆脱文学与历史的无数纠缠,将作为研究者的自己置身事外。明白了这一点,就能懂得中国当代文学学科为何迄今为止都没有像中国古代文学和现代文学那样建立学术的自足性、规范性,反而屡屡地被人误解和贬低。更容易看清楚的是,如果当代史观到今天还没有在幅员辽阔的大地上成为一种"社会共识",那它势必会不断动摇与该史观息息相关的当代文学史的思想基础和学科基础。

　　当代文学史学科自律性一直缺乏的另一个原因,是它的下限始终无法确定。2000年至今,当代作家的大量新作有如每年夏季长江无法控制的洪峰一样奔腾不息,声名显赫的老作家也不肯歇笔,对自己的思想头绪稍作整理,并对历史作更深远的瞭望。对新作的关注,仍然是最热门的事业。这就使很多当代文学从业者不得不放弃寂寞的研究,转入更为丰富多彩的当代文学批评之中。当代文学批评在慷慨为文学史研究提供新鲜视角和信息的同时,也在那里踩踏涂抹着"文学批评""文学理论"与"文学史研究"的界限。著名作家的新作,还会冲刷、改写和颠覆当代文学以往历史的价值,"超越"依然是当代文学批评最动人的词汇,正是它造成了当代文学观念的不断的撕裂。这种情况下,当代文学的标准和研究规范经常被挪动,也就不难理解。

本丛书提倡从切实材料出发,以具体问题为对象,对当代文学史的"史观"展开讨论,据此观察中国当代文学史为什么会以这种方式展开,影响文学思潮、流派、文学批评和作家创作的历史因素究竟是什么。将这些因素综合在一起,我们就能逐渐知道,它的研究在中国学术环境中失败的症结之所在。

本丛书主张当代文学史研究的"历史化"。认为先划出一定历史研究范围,如"十七年文学""1980年代文学"等也许是有必要的,它会有利于研究问题的分层、凝聚和逐步展开。对具体历史的研究,可能比宏篇大论更有益于问题的细致洞察,强化研究者对自身问题的反省,所谓的历史化也只能这样进行。

本丛书不收文学批评论集,而专以文学史研究为特色。丛书作者以国内一线学者为主,但不排斥年轻新秀优秀著作的加入,更欢迎海外学者的加盟。既为文学史研究丛书,自然希望研究者以经过沉淀的、深思熟虑的文学现象为对象,不做简单和草率的判断;它强调充分尊重已有的成果,希望丛书的风格具有包容性,也主张收入本丛书的著作对不同于自己观点的研究拥有包容性。

本丛书是在60多年来当代文学史研究多次努力基础上的又一次开始,这是一项长期和耐心的工作。它并不奢望自己的出版能改变什么,但也相信当代文学史研究的前途并不糟糕。

程光炜

2011年3月2日于北京

序

程光炜

最近一些年,我在中国人民大学组织"重返八十年代"博士生工作坊的同时,有时候也和学生研究一点1990年代文学。因为,1980年代在感觉上是很短暂的,而更为漫长的1990年代,在不断回应1980年代文学的问题,有的时候,是对接,比较多的时候,是回应1980年代已经提出,没有来得及展开、延伸、发展和完善的问题,包括不少固化的社会和文学问题,同时在制造着各种矛盾和麻烦。在具体问题的研究中,不光是我,包括我的学生们,总感到1980年代不过是提问题的年代,1990年代,才是进一步回应和落实的历史阶段。

然而,困难在于,我们对1980年代文学的基本脉络,虽然还较清楚,对于1990年代文学,则大多处在茫然无知的状态。一般而论,1990年代文学起初是围绕着文学与市场、文学与革命两个维度展开的,对此,做一点简单预测和大致判断不太困难,问题是在具体问题的研究中,却不知道该从哪里下手。如果说,1980年代文学的文献仍然缺乏,那么1990年代的文献,则基本是一个空白,即使几场影响较大的文学论争、事件、风波,也是如此。这些材料,一部分留存于各种报刊,而大部分,则是人云亦云,很难在纸质材料上坐实,以证明相对真实的事实真相。

读者可从本书的论文中,看出我们探索的踪迹,也能看出研究者的困惑和先天的不足。有一位从外校来人大参与讨论的研究生,有比较敏锐的观察力,经过一段时间与课堂的磨合,给我提出了一个问题:你们对1990年代文学的讨论,怎么不建立一个明晰的分析框架呢?

看我面露难色，这个有意思的话题，便停住，不再往下进行了。我之所以"裹足不前"，并非不知道建立一个相对稳定的分析框架，对1990年代文学研究取得一定的成果是多么重要。但依据我这些年的经验，一方面是材料不足，另一方面也有环境的顾忌，但更多时候，却担心这么明确的路径、动机和目的，会不会也让一些比较复杂的现象，变得简单起来，一定程度上，导致研究难度的降低。

在这种情况下，与其说这是一本有备而来的研究著作，不如说是一本充满探索性、困惑和不满的著作。不过，也因为如此，使它本身充满了对话性，一种具有某种建设意义的质疑和反问的形式。据我有限的阅读视野，目前国内还没有一本完整地研究1990年代文学的著作问世，如果这样聊以自慰，也算是对课堂和学生的交代。

2023 年 4 月 10 日

目　录

引文式研究:重寻"人文精神讨论" ……………… 程光炜　（1　）

读《动物凶猛》 ……………………………………… 程光炜　（23）

革命时期的虚无:王小波论 ………………………… 黄　平　（40）

文变染乎世情
　　——"《废都》批判"整理研究 ………………… 魏华莹　（71）

失态的季节
　　——重读"二王之争" …………………………… 魏华莹　（93）

作为"预言"的新世俗传奇
　　——读王安忆的小说《香港的情与爱》 ……… 胡红英　（114）

1980—1990 年代转变的证词
　　——读《一地鸡毛》 ……………………………… 范阳阳　（128）

"陕军东征"的知识考古 …………………………… 樊宇婷　（144）

媒体批评与"马桥事件" …………………………… 朱厚刚　（167）

"分裂"与"合谋"
　　——也看 1990 年代"样板戏热" ……………… 李立超　（182）

从湖南到海南
　　——论韩少功的 1990 年代文学轨迹 ………… 原　帅　（198）

一个旧时代读书人的复活
　　——《读书》与张中行 ………………………… 王小惠　（213）

张贤亮与1990年代文学生态 …………………………… 张　欣 （227）

附录：
《韩少功研究资料》作品年表勘误 …………………… 原　帅 （244）

引文式研究:重寻"人文精神讨论"

程光炜

一、"下课的钟声已经敲响"

1995年9月,王晓明在《人文精神寻思录》一书的编后记中说:"'人文精神'的讨论已经持续两年多了。这两年间,讨论的规模逐渐扩大,不同的意见越来越多,单是我个人见到的讨论文章,就已经超过了一百篇。进入90年代以来,知识界如此热烈而持续地讨论一个话题,大概还是第一次吧,这本身就显示了这个话题对当代精神生活的重要意义。"①这场由王晓明和他的学生张宏(后改名张闳)、徐麟、张柠、崔宜明在1993年第6期《上海文学》率先发起,沪上学者张汝伦、朱学勤、陈思和、高瑞泉、袁进、李天纲、许纪霖、蔡翔、郜元宝,南京批评家吴炫、王干、王彬彬等在1994年第3、4、5、6、7期的《读书》杂志开辟对话专栏响应,后有北京的王蒙、张承志、周国平、雷达、白烨、王朔、李洁非、陈晓明、张颐武、张志忠、王一川、王岳川、孟繁华、陶东风等卷入的"人文精神讨论",是继1979年"人道主义讨论"之后的又一场大讨论。"大讨论"曾经是1980年代和1990年代中国知识界介入社会变革进程最常见的自我表达方式。1980年代他们批评的是

---

① 王晓明编:《人文精神寻思录》,第270页,文汇出版社,1996年。该书除收入发表在《读书》《东方》《上海文学》《上海文化》《作家报》《现代与传统》《文论报》《中华读书报》等当时热门报刊上有代表性的26篇文章外,还将其他报刊上的70余篇文章和综述编为"索引"放在书尾。确如王晓明所说,当时参与讨论的学者、批评家和作家有数十人,文章"已经超过了一百篇"。

"文革"浩劫,1990年代批评的却是来势汹汹的市场经济,这种角度转移暗示了1980年代的结束和1990年代的到来,这正是两个年代的一个明显分界点,或者说是新旧两个文明的决裂线。

参与讨论的蔡翔,这时已朦胧地意识到两个时代之间的关联点,他不避讳人文知识分子面临市场经济年代时的失语和彷徨:

> 新时期的一个显著特点,在于精神的先锋作用,观念导引并启动了社会政治—经济的改革和发展(由此突出了知识分子的启蒙作用和意识形态功能)。这时的知识分子,不是从社会实践,而是主要从自身的精神传统和知识系统去想像未来,在这种想像中,存有一种浓郁的乌托邦情绪。然而,经济一旦启动,便会产生许多属于自己的特点。接踵而来的市场经济,不仅没有满足知识分子的乌托邦想像,反而以其浓郁的商业性和消费性倾向再次推翻了知识分子的话语权力。知识分子曾经赋于理想激情的一些口号,比如自由、平等、公正等等,现在得到了市民阶级的世俗性阐释,制造并复活了最原始的拜金主义,个人利己倾向得到实际的鼓励,灵—肉开始分离,残酷的竞争法则重新引入社会和人际关系,某种平庸的生活趣味和价值取向正在悄悄确立,精神受到任意的奚落和调侃,一个粗鄙化的时代业已来临。的确,某种思想运动如果不能转化为普遍的社会实践,那么它的现世意义就很值得怀疑。可是,一旦它转化成某种粗鄙化的社会实践,我们面对的就是一颗苦涩的果实。知识分子有关社会和个人的浪漫想像在现实的境遇中面目全非。大众为一种自发的经济兴趣所左右,追求着官能的满足,拒绝了知识分子的"谆谆教诲",下课的钟声已经敲响,知识分子"导师"身份已经自行消解。①

蔡翔这番话倒像是提醒,1950—1990年四十年普通民众的精神生活,一直是由政治精英和知识精英统治着的。"这时的知识分子,不是

---

① 许纪霖、陈思和、蔡翔、郜元宝:《道统、学统与政统》,《读书》1994年第5期。

从社会实践,而是主要从自身的精神传统和知识系统去想像未来,在这种想像中,存有一种浓郁的乌托邦情绪。"不过,昔日荣耀和今日的失落使他明显带着惋惜的口气,"下课的钟声已经敲响,知识分子'导师'身份已经自行消解"。另一位学者卢英平并不同情这种历史境遇,他觉得陷入茫然的知识群体应该在更大的历史框架中,而不要只是"从自身的精神传统和知识系统"与1990年代这个时间点上看问题。他在《立法者·解释者·游民》一文中认为知识者无权在历史大变局中固守优越性地位:"人文知识分子对社会的独立性相当大,特别是在历史上,知识分子及其精神,一直是社会的主导者,'立法者'。中国古代学者那种'穷则修身养性,达则兼济天下'的精神很充分地证明这一点。从春秋到五四,甚至是解放后,中国知识分子都拥有社会化的主动权。而西方的知识分子从文艺复兴开始就掌握了这种主动权,到大革命前夕的启蒙运动中更达到巅峰,成了社会的'立法者'。在如此长的历史中,人文精神骄傲地凸现于社会之上。但到近现代社会中,由于社会结构复杂化,知识分子及其精神在社会化过程中的主动性逐渐减弱,人文学科不再是社会的全部,连主流地位都不是。"不过,他接着用安慰的语气说:"由于我国的特殊环境,使人文精神没有经过解释者这一环而直接由立法者变成了游民,这样很容易在呼唤人文精神时自然而然地想回归立法者的地位。"所以,"人文学者应当主动去适应解释者的地位。这样,人文与社会的磨合可以较顺利,人文精神可以较主动地实现社会化"。①

新时期揭幕后,当知识者一路意气风发地从1979年直奔1989年,突然遭遇人文/市场这道他们从未见过的巨大历史沟壑时,很多人内心经历像蔡翔所说"下课的钟声已经敲响"的剧烈沮丧可以想象。1992年邓小平南方谈话后,市场经济在城乡上下全面铺开,"公务员打破铁饭碗""读书人下海""全民经商"的风气迅速蔓延社会各个角

---

① 卢英平:《立法者·解释者·游民》,《读书》1994年第8期。

落,还一度出现"研究导弹的,还不如卖茶叶蛋"这种"脑体倒挂"的严重的社会问题。正如李云在研究王朔小说《顽主》时指出的一个事实:"中国分别在一九八四年和一九八七年兴起全民经商的热潮,大量蠢蠢欲动的城市青年相继辞去公职。"①又如有的研究资料显示:"在1986年到1988年间,平均每天诞生公司329家,几乎每4分多钟便有一家公司注册成立,成千上万各行各业的人流潮水般涌入个体工商户的大军。"②就在蔡翔和卢英平截然不同的历史认识框架中,人们好像又回到1990年代那个"钟声已经敲响"的现场。难怪"人文精神讨论"主要发言人之一、复旦大学哲学系教授张汝伦用略带夸张的语气道出了问题的严重性:"其实这也不光是中国的问题。进入本世纪后,工具理性泛滥无归,消费主义甚嚣尘上,人文学术也渐渐失去了给人提供安身立命的终极价值的作用,而不得不穷于应付要它自身实用化的压力。丹尼尔·贝尔在《资本主义文化矛盾》中对这一过程有过精辟的论述。表面上看是文化出了问题,实际上是文化背后的人文精神和价值丧失了。所以人类现在面临共同的问题:人文精神还要不要?如何挽救正在失落的人文精神?"③在他看来,问题好像变得异常严峻和紧迫,已经发展到必须推出一个彻底解决方案的地步。

本文采用引文式的研究视角,是受到本雅明"宣称自己的'最大野心'是'用引文构成一部伟大著作'"④的观点的启发。其实海外学者黄仁宇、余英时也借用过蒋介石和胡适日记来进入对他们思想的

---

① 李云:《"范导者"的失效——当文本遭遇历史:〈顽主〉与"蛇口风波"》,《当代作家评论》2010年第1期。

② 苏颂兴、胡振平主编:《分化与整合——当代中国青年价值观》,第167页,上海社会科学院出版社,2000年。

③ 张汝伦、王晓明、朱学勤、陈思和:《人文精神:是否可能和如何可能》,《读书》1994年第3期。

④ 参见张旭东:《中译本序》,[德]本雅明:《发达资本主义时代的抒情诗人》,第3页,张旭东、魏文生译,生活·读书·新知三联书店,1989年。

探讨。① 梁启超在《中国历史研究法补编》第五章"年谱及其做法"中说:"我们史家不必问他的功罪,只须把他活动的经历,设施的实况,很详细而具体的记载下来,便已是尽了我们的责任。譬如王安石变法,同时许多人都攻他的新法要不得,我们不必问谁是谁非,但把新法的内容,和行新法以后的影响,并把王安石用意的诚挚和用人的茫昧,一一翔实的叙述,读者自然能明白王安石和新法的好坏,不致附和别人的批评。"②连梁启超都主张对八百多年前王安石的变法采取谨慎和客观的叙述态度,这就提醒我们也不必现在就对二十年前这场"人文精神讨论"信心满满地论述是非,做出决断。采用引文式的研究视角,一是不附和当时参与者的批评意见,二是也不简单趋从今人还不稳定的批评观点。引文式的研究,同样能够展开历史的场景,紧贴引文的内容,使"读者自然能明白""人文精神讨论"的"诚挚"和"茫昧",至少为观察在此前后的1980年代和新世纪的"好坏"先立起一个观望标。

二、进入1990年代的两种方式

如果允许暂时把"人文精神讨论"的观点分作两个面向——虽然个别人的看法迥然不同(例如北京的张承志)——人们能够看出上海学者与北京学者、批评家和小说家面对转向市场经济的1990年代时的明显差别。如果更细致地观察会发现,这是双方进入1990年代的

---

① [美]黄仁宇:《从大历史的角度读蒋介石日记》,九州出版社,2008年。该书回避直接作传的方式,通过细读蒋几十年的"日记",由此为进路展开对蒋本人及由他所导演的中国现代史的深入持续地观察。它避免了作者主观化色彩,比较忠实地还原了这段历史进程的复杂性,以及蒋极其矛盾复杂的内心世界,全书给人耳目一新的印象。[美]余英时:《重寻胡适历程》,上海三联书店,2012年。我们知道,在中国现代学人中,"胡适日记"是留存现世的最重要的学人档案材料之一,借助它研究其思想、学术和活动,更为忠实和可靠。

② 梁启超:《中国历史研究法补编》,第92、93页,中华书局,2010年。

路径不同造成的。

王晓明说:"今天,文学的危机已经非常明显,文学杂志纷纷转向,新作品的质量普遍下降,有鉴赏力的读者日益减少,作家和批评家当中发现自己选错了行当,于是踊跃'下海'的人,倒越来越多。我过去认为,文学在我们的生活中占有非常重要的地位,现在明白了,这是个错觉。即使在文学最有'轰动效应'的那些时候,公众真正关注的也并非文学,而是裹在文学外衣里面的那些非文学的东西。可惜我们被那些'轰动'迷住了眼,直到这一股极富中国特色的'商品化'潮水几乎要将文学界连根拔起,才猛然发觉,这个社会的大多数人,早已经对文学失去兴趣了。"①张汝伦说:"今天在座的都是从事人文学科教学与研究的知识分子,文史哲三大学科都有。我们大家都切身体会到,我们所从事的人文学术今天已不止是'不景气',而是陷入了根本危机。"②许纪霖说:"近十年来,大陆知识分子前后发生了两次自我的反思。第一次是八十年代中期,刚刚从社会的边缘重返中心的知识分子在一场'文化热'中企图通过对传统文化的批判,与过去的形象决裂,重新担当起匡时济世、救国救心的使命。第二次是九十年代初,中国开始了急速的社会世俗化过程,知识分子好不容易刚刚确立的生存重心和理想信念被俗世无情地倾覆、嘲弄。他们所赖以自我确认的那些神圣使命、悲壮意识、终极理想顷刻之间失去了意义,令知识分子自己也惶惑起来,不知道该何去何从。有意思的是,八十年代的知识分子是从强调精英意识开始觉悟的,而到了九十年代,又恰恰是从追问知识分子精英意识的虚妄性重新自我定位。"③高瑞泉说:"一个人文学者以他的思想、学术为他的生命,他的生活方式与生活之意义完全

---

① 王晓明、张宏、徐麟、张柠、崔宜明:《旷野上的废墟——文学和人文精神的危机》,《上海文学》1993年第6期。

② 张汝伦、王晓明、朱学勤、陈思和:《人文精神:是否可能和如何可能》,《读书》1994年第3期。

③ 许纪霖、陈思和、蔡翔、郜元宝:《道统、学统与政统》,《读书》1994年第5期。

统一,在工商社会中是否还有可能?"①

王蒙表示:"我不认为人文精神就是一种高了还要更高的不断向上的单向追求,我不认为人文精神、对于人的关注就是把人的位置提高再提高以至'雄心壮志冲云天'。"相反,"市场的运行比较公开,它无法隐瞒自己的种种弱点乃至在自由贸易下面的人们的缺点与罪恶。但是它比较符合经济生活自身的规律,也就是说比较符合人的实际的行为动机和行为制约"。在历史上,"计划经济似乎远远比市场经济更'人文'"。好像"计划经济更高尚,更合乎人类理性与道德的追求","更具有一种高扬人的位置与作用的人文精神。这也许正是计划经济的魅力所在吧?"②王朔说:"有些人大谈人文精神的失落,其实是自己不像过去那样为社会所关注,那是关注他们的视线的失落,崇拜他们的目光的失落,哪是什么人文精神的失落。""冒充真理的卫士,其实很容易。""我觉得,用发展的眼光看,文字的作用恐怕会越来越小,一个时代有一个时代的最强音,影视就是目前时代的最强音。对于这个'打击敌人,消灭敌人,团结人民,教育人民'的有力武器,我们为什么不去掌握?"③张颐武说:"据这些人文精神的追寻者的描述,这种'人文精神'在现代历史的某一时刻业已神秘地'失落',而正是由于此种'人文精神'的失落,构成了20世纪知识分子的文化困境。"他认为这是"设计了一个人文精神/世俗文化的二元对立,在这种二元对立中把自身变成了一个超验的神话。它以拒绝今天的特点,把希望定在了一个神话式的'过去','失落'一词标定了一种幻想的神圣天国。它不是与人们共同探索今天,而是充满了斥责和教训的贵族式的优越感"。他把这种状态定为"'忧郁症'式的不安和焦虑"。④陈

---

① 高瑞泉、袁进、张汝伦、李天纲:《人文精神寻踪》,《读书》1994年第4期。
② 王蒙:《人文精神问题偶感》,《东方》1994年第5期。
③ 白烨、王朔、吴滨、杨争光:《选择的自由与文化态势》,《上海文学》1994年第4期。
④ 张颐武:《人文精神:最后的神话》,1995年5月6日《作家报》。

晓明坚持说，"对感官快乐的寻求，对一种轻松的、没有多少厚重思想的消费文化的享用，压抑太久的中国民众，即使有些矫枉过正也没有什么值得大惊小怪"，"我们当然可以抨击并撕破那些无价值的东西给人们看，但我们同时允许民众有自己的选择"。①

韦伯在《新教伦理与资本主义精神》一书中的一段引文，不妨当作理解上海人文精神倡导者确切历史位置和思想脉络的一个进路："天主教徒……更为恬静，更少有投身商业的动机，他们保有着尽可能谨小慎微、不冒风险的生活态度，宁可收入微薄地过活也不愿投身于更加危险而富于挑战的活动——即使这样会名利双收。有一句广为人知的德国俏皮话说得好：'要么吃好，要么睡好。'显然，新教徒吃得高兴，而天主教徒则乐于睡得安稳。"他接着进一步指出："确实，几乎不需要证明，资本主义精神把赚取金钱理解为'天职'——作为人人有义务去追求的自在目的——是与过去所有时代的道德情感背道而驰的。"他还提出了一个值得细琢的问题："问题是，为什么资本主义利益在中国或印度没有产生出它们在西方那样的影响？为何这些国家的科学、艺术、政治、经济发展没有步入西方所特有的那种理性化轨道？"②借此也许应该注意，人文精神倡导者的言论好像更愿意奉行欧洲天主教徒那种洁身自好和"更为恬静"的生活态度，以及某种反资本主义的倾向。③对于刚刚走出计划经济传统社会的人们来说，恪守"所有时代的道德情感"毫无疑问是必须坚守的原则，经历过漫长残酷政治运动的知识界从未真正领受过资本主义社会所带来的物质繁荣。所以他们像中国的思想先贤孔子一样，像历代"穷则独善其身，达

---

① 陈晓明：《人文关怀：一种知识与叙事》，《上海文化》1994年第5期。
② ［德］马克斯·韦伯：《新教伦理与资本主义精神（罗克斯伯里第三版）》，第20—21、10—11页，苏国勋、覃方明等译，社会科学文献出版社，2010年。
③ 周作人1920年代在许多论述如何"重建中国文明"的文章中，都曾比较过汉代以前中国与古希腊人生观和哲学观的某种"同构性"，认为他们这种顺应自然和命运的观念，构造了他们虽有差异，但同样缓慢和充满农业文明诗意的传统文化。由此也能看出，中国传统文化与天主教精神资源上的某种相似性。

则兼济天下"的中国传统知识分子一样,安于农业文明的更为恬静的生活氛围,他们的思想和知识都为这种社会模式所生产,尽管也接触过有限的现代西方知识,但仍然会对1990年代中国铺天盖地席卷而来的商业浪潮本能地表达惊愕、愤怒并做激烈抵抗。

韦伯著作中的引文也可做理解北京学者和批评家观点的一个临时向导,从这些引文中映照出来的思想态度和历史反应透露着1990年代的典型信息。众所周知,韦伯这部杰出著作对何为资本主义精神、如何从资本主义精神中发展出新教伦理等概念范畴、知识界定及其复杂内涵,均有精辟的论述。他说:"今天,现代西方资本主义的合理性实质上依赖于对技术上的那些决定性因素的可计算性;确实,这些因素是所有更为精确的计算的基础。"在此基础上形成了"法律""契约""信用"精神和严格规则。他在第二章"资本主义精神"中曾花费大量篇幅分析这一精神产生的起源,引用了美国《独立宣言》和《美国宪法》起草者之一本杰明·富兰克林对人们的告诫,并对这种非常具体的例证加以分析:"影响信用的事,哪怕十分琐屑也得注意。如果你的债权人在清早五点或者晚上八点能听到你的锤声,这会使他安心半年之久;反之,假如他看见你在该干活的时候玩台球或者听见你的声音在酒馆里响起,那他第二天就会派人前来讨还债务,而且要求一次全部付清。"因此,"你应当把欠人的东西记在心上;这样会使你以谨慎诚实的面目出现,这就又增加了你的信用。要当心,不要把你现在占有的一切都视为己有"。为解决宗教"赎罪"与"商业"之间的深刻矛盾,替"新教伦理"找到最根本的依据,韦伯借用并重新整理了路德的"天职"概念,他解释说:"作为一项神圣的教令,天职是必须服从的东西:个人必须把自己'托付'给它。""天职中的工作是上帝赋予人的一项任务,或者实际上是唯一的一项任务。"因此,新教徒为上帝从事工商业活动,只留用基本利润维持生活,其余都捐献社会或用于再生产,这样就解决了"赎罪"的问题。资本主义社会普遍的"捐款"

文化,也由此产生。①(由此人们不由联想到歌剧《白毛女》的剧情对杨白劳"合理逃债"的理直气壮的辩护。与新教伦理相反,这种逃债行为有可能在中国民众的伦理观念中产生某种"合理性",并引发深刻同情。此种"中西参照"确实可以从另外角度证明韦伯的"为什么资本主义利益在中国或印度没有产生出它们在西方那样的影响"的判断也许并非没有道理。)借韦伯观点是否可以理解王朔对商业社会的正面看法自然可以讨论。不过,这种用引文推导另一个引文的视角确实为人们重温1990年代北京文人的现实处境,对纷乱矛盾的表述稍加整理提供了机会。王朔以学者圈中所少见的坦率口气说,他当时"是跟深圳先科公司合作开办的'时事文化咨询公司',主要搞一些纪实性的纪录片;另一个就是跟北京电视艺术中心合搞的这个'好梦影视策划公司',主要搞艺术性的电视剧或舞台剧"。他为此辩解道,这是由于"看到现在新型的人和人的关系,就是契约关系,纯粹地呼唤道德想让社会进步,只是一种幻想"。②虽然张颐武的批评带点情绪化,但这种意见可以看作对韦伯"天职"概念实证性解释的响应和对王朔观点的声援。他指出:"'人文精神'确立了掌握它的'主体'不受语言的拘束而直接把握世界。这无非是在重复着80年代有关'主体''人的本质力量'的神话,只是将处于语言之外的神秘的权威表述为'人文精神'而已。"③王朔、张颐武说这些话的时候,正好是八九十年代社会转型的敏感时期。正如前面所言,"全民经商"正漫卷全国城乡,原有体系的崩溃与市场社会的兴起就是1990年代的"历史现场"。王朔、张颐武道出了试图从"穷则独善其身,达则兼济天下"的儒家传统轨道上脱轨出来的一些人的真实想法。这种新锐叛逆的姿态,在人文精神倡导者眼里自然难以接受:"前不久我在一家小报上读到北京大学

---

① [德]马克斯·韦伯:《新教伦理与资本主义精神(罗克斯伯里第三版)》,第10、27、51页。
② 白烨、王朔、吴滨、杨争光:《选择的自由与文化态势》,《上海文学》1994年第4期。
③ 张颐武:《人文精神:最后的神话》,1995年5月6日《作家报》。

一位副教授的文章,他批评知识分子谈人文精神是'堂·吉诃德对着风车的狂吼'","我真是没有想到中国近代知识分子人文精神最集中的北京大学的副教授,竟会用这种轻薄狂妄的口吻来批评知识分子自己的传统和话题"。①韦伯与王朔、张颐武这两段引文在这里看似无意的密约,只是我们写文章时临时整理的结果,它更有意义的地方在于帮助人们将上海和北京知识界进入1990年代的两种方式相互加以参照。这些历史材料,也许是未来若干年后在研撰当代知识者的"编年史"的时候所需要的。

我们不妨认为,两方面的观点已经牵涉对1990年代的想象和规划。在王晓明这里,"文人下海""杂志转向"是导致"文学危机"的直接原因;而在王朔这里,"办公司""当编剧"其实不过是"重新选择了一种生活态度和生活方式"而已,唯一的变化只是由传统作家转变成了职业作家。在张汝伦看来,"物质性"的话题是对人文精神的污染;但在王蒙看来,这乃是计划经济时代的陈旧思维在作怪,他认为应坦然面对人文精神的多元性和多层性,"文化市场反映的毕竟是人的需求"②。围绕着1990年代文学是否应该具有"物质性"特点的争辩,标示着1980年代、1990年代之间有一个明显的分界点;更应该注意的是,在这个分界点上已经携带着1980年代是如何跨入1990年代的等诸多尚未解开的问题。对此,王一川曾经有比较理性的分析:"80年代审美文化以纯审美、精英文化、一体化、悲剧和单语独白为主要特征。具有这种特征的审美文化,往往服务于呈现启蒙精神。"而"在90年代,从纯审美到泛审美、精英到大众、一体化到分流互渗、悲剧性到喜剧性以及单语独白到杂语喧哗,审美文化的这种变迁从根本上披露了启蒙精神衰萎的必然性"。他认为,在"经济形态的多元化(国营、集体、个体及合资经济)和社会构成上的分层化(工人、农民、军人、商

---

① 陈思和:《关于"人文精神"讨论的一封信》,《大潮文丛》第4辑,第92页,学林出版社,1994年。
② 王蒙:《人文精神问题偶感》,《东方》1994年第5期。

人、名人等的阶层分野趋于明显)"历史情境中出现的这种历史分化现象,并不是从1990年代才开始的。"80年代审美文化并不是铁板一块,而应看作变化的过程。""首先,'寻根'小说带着寻觅'民族精神'的初衷在边缘地带苦求,相反却发现'根'已经衰朽(如丙崽),这无疑动摇了启蒙精神的合理性根基;其次,马原、余华、苏童、格非和孙甘露等的先锋小说,集中拆解传统叙事规范,以无中心的泛典型取代中心性典型,瓦解了启蒙精神赖以建立并持续存在的元叙事体;再次,被称为'新写实'的那些小说(如《烦恼人生》、《单位》和《一地鸡毛》),透过印家厚、小林和小李从富于宏伟理想到这种理想在日常生活琐事中的无所不在的失败,显示出80年代启蒙精神的无可挽回的衰落命运。""总之,审美文化在90年代具有不同于80年代的鲜明特征,这是一个历史性演变进程。"①

三、"个人实践性""岗位"及其他

不过有意思的是,尽管价值取向上有意表露出与北京某些人分道扬镳的决然姿态,但王晓明在与张汝伦、朱学勤和陈思和的"对话"中仍然敏锐意识到了讨论人文精神过程中葆有"个人实践性"的重要性。他说:

> 今天我们谈论终极关怀,我就更愿意强调它的个人性,具体说就是:一,你只能从个人的现实体验出发去追寻终极价值;二,你能够追寻到的,只是你对这个价值的阐释,它绝不等同于终极价值本身;三,你只是以个人的身分去追寻,没有谁可以垄断这个追寻权和解释权。正是在这个意义上,我相信人文学者在学术研究中最后表达出来的,实际上也首先应该是他个人对于生存意

---

① 王一川:《从启蒙到沟通——90年代审美文化与人文精神转化论纲》,《文艺争鸣》1994年第5期。

义的体验和思考。①

在"人文精神讨论"中出言比较谨慎的朱学勤,这时对其进行了补充性阐释,"王晓明强调的是,一个普遍主义的人文原则,在实践中却必须是个体主义的,这是一个非常重要的限定。没有这一限定,人文精神的普遍主义,有可能走向反面,走向道德专制"。"用我们现在谈话的语言说,就是以普遍主义方式推行普遍主义原则。我们今天谈论的人文精神,似乎也应以此为戒?我想说的是,一个人文主义者,如果不愿放弃这一理想,是否应对原则上的普遍主义与实践中的个体主义,持有一份谨慎的边界意识?"②从对"个人实践性"和"边界意识"的强调来看,上海人文精神一部分倡导者并不像张颐武指责的"设计了一个人文精神/世俗文化的二元对立"、非把"自身变成了一个超验的神话",相反他们倒意识到这种讨论如果"不接地气"和不从具体实践层面上来操作,它的有效性就值得怀疑。

不过,张颐武的批评倒似乎适用于陈思和"岗位意识"的主张。陈思和指出:"这些问题直接涉及到知识分子人文精神的价值取向,即它的岗位应该设在哪里。我刚才说过封建时代的知识分子居庙堂中心,它进而入庙堂,退而回到民间,无论办书院搞教育,还是著书立说,都是在一个道统里循回,构成了一个封闭性的自我完善机制。二十年代胡适提倡好人政府,五十年代熊十力上书《论六经》,都是知识分子企图重返庙堂的努力。但二十世纪庙堂自毁,价值多元,知识分子能否在庙堂以外建立自己的岗位,同样能够继承和发扬人文精神,塑造自己的人格形象?这是一个非常现实地摆在知识分子面前的问题。"③虽然在陈思和这里,不能说"庙堂"与"民间"完全是张颐武所说的"设计了一个人文精神/世俗文化的二元对立"、是把"自身变

---

① 张汝伦、王晓明、朱学勤、陈思和:《人文精神:是否可能和如何可能》,《读书》1994年第3期。
② 同上。
③ 同上。

成了一个超验的神话",但联系倡导者1980年代以来的思想发展脉络,从倡导人文精神到强调研究"潜在写作""无名写作",再到"广场""民间"理论的推出,陈思和给人在纯精神层面处理文学问题的印象确实明显。张颐武的批评是否正确姑且不论,不过这倒无意地指出了在理解什么是人文精神和怎样在个人研究层面上落实它的问题上,倡导者圈子中也是有所不同和因人而异的。从中也可以看出,在批评陈思和等人讨论问题过于抽象的时候,张颐武的批评也给人比较抽象和不具体的感觉,这是应该留意的细微地方。

亚当·斯密1776年3月出版的深刻解释资本主义生产秘密和规律的《国富论》被认为是他的传世之作,但他另一部可称之为英国工业革命时代"人文精神讨论"的著作《道德情操论》却于1759年4月问世。他早在250多年前,同时早于1993年中国"人文精神讨论"234年,就已注意到人类社会经济发展与维护人文精神之间的严重脱节和不平衡的巨大困境。要取得历史进步,社会就不得不从事资本主义生产,用于刺激消费和增加财富,然而道德沦丧也在向财富增加的相反方向全面下滑。正是在这种历史情境中,他非常注意从"个人实践性"的视角研究问题,并提出了许多非常具体和丰富的见解。他在《国富论》中指出:"在物质匮乏的年月,维持生活不容易,而且生活不稳定使得那些人又渴望回到原有的工作岗位上去。但是食品价格的昂贵,用于供养人的基金的减少又使得雇主们宁愿减少佣工,而不愿增加工人。再者,在物价昂贵的年月,贫穷的独立工人往往把以往用来补充自己工作材料的少数资本都用来消费,于是为了维持生活也都被迫变成了短工。需要工作的人更多了,而得到工作也就更不容易了。于是许多人宁愿接受比通常更低的条件,这样一来仆人和短工的工资在物价昂贵的年月便降低了。"他在论及雇主与佣工的关系时的抽象思维很有意思,在具体中又非常抽象和富于启发性:"一些具有极大使用价值的东西,往往不具有或仅具有极少的交换价值。相反,一些具有极大交换价值的东西又往往不具有或极少具有使用价值。没有什么东西比水更有用的了,然而它不能购买任何东西,也不能交换任何东西。相反,钻石没有任何使用价值,但它却往往可以交换到许许多多的其他商品。"①读者注意到,在讨论十分具体的生产关系甚至物质方面的问题时,亚当·斯密始终把资本主义生产过程中的"人性问题"摆在中心位置,雇主与佣工的关系如此,使用价值与交换价值的关系也是如此,而不像我们往往喜欢把问题拉到遥不可及的伦理道德的层面,进行纯粹抽象——实际也达不到真正抽象思维层次的不及物的操作和辩论。以"人性"为立足点,这就导出了他在《道德情操论》中对它的深刻分析及如何加以约束和平衡的问题。他说:"人们历来抱怨世人根据结果而不是根据动机作出判断,从而基本上对美德失去信心。人们都同意这个普通的格言:由于结果不依行为者而定,所以它不应影响我们对于行为者行为的优点和合宜性的情感。但是,当我们成为特殊的当事人时,在任何一种情况下都会发现自己的情感实际上很难与这一公正的格言相符。任何行为愉快的和不幸的结果不仅会使我们对谨慎的行为给予一种或好或坏的评价,而且几乎总是极其强烈地激起我们的感激或愤恨之情以及对动机的优缺点的感觉。"他又解释说:"无论人们会认为某人怎样自私,这个人的天赋中总是明显地存在着这样一些本性,这些本性使他关心别人的命运,把别人的幸福看成是自己的事情,虽然他除了看到别人幸福而感到高兴以外,一无所得。这种本性就是怜悯或同情,就是当我们看到或逼真地想象到他人的不幸遭遇时所产生的感情。""这种情感同人性中所有其它的原始感情一样,绝不只是品行高尚的人才具备,虽然他们在这方面的感受可能最敏锐。最大的恶棍,极其严重地违犯社会法律的人,也不会全然丧失同情心。"②他的意思是,在社会转型、资本积累的年代,最容

---

① [英]亚当·斯密:《国富论》(上),第69、24页,谢祖钧译,孟晋校,新世界出版社,2007年。
② [英]亚当·斯密:《道德情操论》,第131—132、5页,蒋自强、钦北愚等译,胡企林校,商务印书馆,2009年。

易诱发出人性的自私和丑恶来,然而"合宜性的情感"却能够克服某些人性弱点,把人的"怜悯和同情"调度起来,进一步克服至少可以部分地平衡金钱利益与道德的严重悖谬。

王晓明和王蒙虽然都强调了"人文精神讨论"中的"个人实践性",但他们并没有"落地",真正"落地"的却是当时大多数"知识分子"都深恶痛绝的小说家王朔。当然,王朔的"个人实践性"与王晓明的主张不是发生在同一个历史层面上的,无法将它们并置在一起来讨论,但这不妨碍我们对它问个究竟。王朔的言论好像是在与亚当·斯密的政治经济学自觉接轨,他宣称:"有些人喜欢以贫交人,我不愿意这样。我不是拿不义之财,弄了个好东西,当然要卖个好价钱。"①他不仅口头表白,而且早就有了"下海"的"个人实践"。李建周为我们提供了一些材料,1978年发表短篇小说《等待》以后,赶上"三中全会"召开,政策的松动使得各种经济活动全面铺开,王朔和朋友去了广州,摇身一变成了"倒爷"。② 与大多数待在书斋里坐而论道的学者和批评家相比,王朔确实非常勇敢而且先人一步进入了1990年代。尽管他的"个人实践性"是与王晓明的"个人实践性"南辕北辙的,以致对后者是否定和鞭挞性的,不过这位充满争议的作家确实又在另外的层面上率先实践了"人文精神讨论"的主张。(又过了若干年,当年参与"人文精神讨论"的学者和批评家们,不都学会了与书商打交道,而且策划起了很多明显带有"市场意图"的学术丛书?从这个角度看,他们与王朔此前的下海只是五十步与一百步而已。)如果这样看,王朔也许是一个还没有被真正认识到的为1990年代而"殉道"的典型例证。他在今天"落魄"的命运,给我的印象可能也是如此。因为有事实证明,王朔当时并非甘心下海做一个商人,他不过是为维护文学这个"志

---

① 白烨、王朔、吴滨、杨争光:《选择的自由与文化态势》,《上海文学》1994年第4期。
② 相关论述参见李建周:《身份焦虑与文本误读——兼及王朔小说与"先锋小说"的差异性》,《当代文坛》2009年第1期。

业"而暂时屈身而已,他在这一阶段仍然勤奋地写出了《动物凶猛》《过把瘾就死》等不错的小说:"自己搞公司,除了实现自己在影视上的一些追求外,还有一个想法就是少受自己做不了自己的主的那种累,以便更好地写些东西。"①杨争光也曾替他辩解道,"办公司赚钱并不是目的,主要还是想干事业,在影视上搞出些好东西来。现在来看,这个想法还是浪漫了一些"②。1993年的中国,这时正在艰难地走出计划经济年代而迈向市场经济的前夜。"人文精神讨论"可能正是这代"50后"知识者在走向市场经济前夜时的最稚嫩的也是最珍贵的思考。旧的历史一页刚刚翻过,新的历史一页也刚刚掀开。我们对新的历史一页的认识,必须从旧的历史一页的脉络纹理中去寻找和发掘才可能具有思想的深度。

四、"十七年"可能是"人文精神讨论"的新观察点

在讨论了1980年代、1990年代的历史关联性之后,我们再将它往前延伸,看看除此之外另一个时间点能否给它的定义做一些解释。今天看来,纯粹在1990年代历史情境中重新考量"人文精神讨论"的意义和得失是不准确的,因为这样,必受当时批评和今人批评的影响与干扰。它的历史立足点,我们可以尝试着在这代人的"十七年"境遇中来奠基和再次地展开。

实际上,双方已争论到"十七年"的历史问题,只是后来人们并未注意到这个问题对于"人文精神讨论"的真正含义。据我看到的历史文献,上海的人文精神倡导者都未注意到"十七年"这个重要的历史资源,倒是为王朔命运愤愤不平的作家王蒙把它当作了自己立论的出发点。他以略带挖苦的口气说:"对于人的关注本来是包括了对于改

---

① 白烨、王朔、吴滨、杨争光:《选择的自由与文化态势》,《上海文学》1994年第4期。

② 同上。

善人的物质生活条件的关注的,就是说我们总不应该叫人们长期勒紧腰带喝西北风并制造美化这种状况的理论来弘扬人文精神。但是,当我们强调人文精神是一种'精神'的时候,我们自古以来于今犹烈的重义轻利、安贫乐道、存天理、灭人欲、舍生忘死、把精神与物质直至与肉体的生命对立起来的传统就开始起作用了。毛主席讲的人要有一点精神,也是指解放军战士不吃'苹果'的精神,苹果多了,吃了,又从哪里去体现'人是要一点精神'的呢?毛主席讲的是解放军遵守纪律的精神,他讲的是正确的与动人的。但这里的所谓'精神',仍然是对于某种眼前的物质引诱的拒绝,有了苹果就失落了精神,其心理暗示可谓渊远流长。"在梳理了"十七年"的思想内核和它的传统文化资源后,王蒙又到马克思主义那里去寻找其来源和根据。"意味深长的是,从脱离物质基础的纯精神的观点来看,计划经济似乎远远比市场经济更'人文'。计划经济的基本思路是,人类群体特别是体现公意的社会主义国家的执政党及政府(笔者按:像'十七年'和'文革'时期的中国、现在的朝鲜和古巴均为显例),认识、把握并自觉地运用经济的发展规律,摒弃经济活动中因为价值规律的作用而出现的自发性、盲目性、无政府状态(马克思主义认为,资本主义的基本矛盾之一是个别企业的生产的计划性与整个社会生产的无政府状态之间的矛盾),把人类群体的主观意志与客观的经济需要结合起来,使人真正成为经济活动的主人,社会生活的主人,历史前进运动的主人。斯大林的命题是,社会主义经济的基本规律是最大限度地满足人民的物质与精神的需要,而资本主义经济的基本规律是最大限度地追求利润。"[①]王蒙这样就把"人文精神讨论"拉回到将物质/精神刻意对立的"十七年"的现场。他的历史经验告诉自己,这种严肃的讨论不能越过刚刚过去的"十七年"和"文革",而仅仅站在1980年代新启蒙立场和西方知识层面去重建人文精神。如果这样,这就不是一场具有历史感的讨论,这

[①] 王蒙:《人文精神问题偶感》,《东方》1994年第5期。

种脱历史的姿态就不是从中国问题出发的讨论问题的方式,它的意义就值得怀疑。

对"十七年",金观涛有着与王蒙同样深刻的记忆。他认为1980年代是中国社会的"第二次启蒙",但是对它的认识一定要放回到特定语境和更大的框架中才能产生历史纵深感。"20世纪有两次现代化高潮,而从1920年代后期至1980年代之前这五十年间,中国大陆经济增长相对缓慢。这是因为帝制崩溃之后,中国要首先完成社会的整合,才可能有经济的超增长。1949年中国完成了社会整合,但由于实现社会整合是依靠具有革命意识形态的政党,只要社会整合一完成,党就必定会把去实现意识形态规定的道德目标放在首位,不断革命、不断扩大社会动员的规模"。他为此提供了具体个案:"上个世纪50年代至70年代,我在中国旅行的时候所看到的乡村、城市面貌基本是不变的。就以我的故乡杭州为例,我出生的时候,杭州大概是六十万人口,到了1980年代初,杭州还是六七十万人口,基本没有改变。当时城市格局包括街道、人口规模,都是20世纪初期的第一次现代化高潮期奠定的。五十年间,虽然经济发展缓慢,革命和意识形态的展开却惊心动魄。……随着文革灾难的结束,中国人才再一次回到未完成的现代化事业中来。文革灾难也使知识分子意识到启蒙没有完成,所以1980年代从反思文革痛苦经验开始,中国出现了第二次启蒙运动。"①

王蒙、金观涛根据他们这代人的历史经验,试图在叙述中建立"落后时代"与"先进时代"这样的认识性框架,从而推演出1980年代启蒙运动对于中国现代化转型过程的思想意义。在这种"十七年""停滞社会"与1980年代、1990年代"进步发展社会"的比较视角中,金观涛,尤其是王蒙紧迫地意识到,对"如何进入1990年代"的反省,是不应该绕过"十七年""停滞社会"这个历史维度来展开的。1980年代的思想启蒙,最终是要推动1980年代进入1990年代的市场经济社

---

① 金观涛:《中国历史上的两次启蒙运动》,《五四运动的当代回想》,第115、116页,南洋理工大学中华语言文化中心,2011年。

会,从而寻求人的全面解放的历史蓝图,虽然这种蓝图今天被证明并不都是理想如意的,它甚至还给当代中国人带来了在1980年代未能预想的痛苦和困难。然而在他们看来,在"落后时代"与"先进时代"的比较性框架中,1990年代的市场社会仍然是社会进步的主要动力,是历史链条上的重要一环,没有这一环,中国就还可能退回到"十七年"的状态,就不能像近代知识分子所希望的那样被纳入世界的体系当中,中国也不可能有机会建构成一个真正意义上的"现代民族国家"。正是在这个维度上,王蒙和金观涛帮助"人文精神讨论"拥有了应该拥有的历史感,当然也从这个维度令人意识到了"人文精神讨论"视野的局促狭窄,这些引文实际还帮助我们重新认识了那个曾经充满思想辩论色彩的年代。

就在"人文精神讨论"进行过程中,年轻的郜元宝已经注意到,"九十年代的社会运作很多方面确实逸出了知识分子的原有的人文构想"①。这番话让人意识到,人文精神倡导者当时是以1980年代新启蒙的理想标准来要求1990年代的,而1990年代则打出了市场经济的旗帜。这种差异性中就有两个问题值得探讨:一是单向度的新启蒙知识框架难以令人信服地解释市场经济中的多元架构及其复杂问题。这就是我们为什么要更换一个认识框架,引用韦伯和亚当·斯密讨论资本主义社会结构和生产矛盾的引文,借以重新认识人文精神倡导者当时知识的困难和局限,以便于使对"人文精神讨论"的研究继续向前推进。二是由于当时人文精神倡导者只是在人文学科危机的相关范畴里面向1990年代的问题,而没有在"十七年"与1990年代之间建立一个关联性的逻辑结构,没有意识到1990年代物质欲望的突然膨胀恰恰是"十七年"的严重物质匮乏造成的这样一个中国问题,这就使这场讨论缺乏现实针对性和必要的历史感。那时候的人文知识分子主要在学科范畴及个人命运中想问题,这种想问题的方式,就与

---

① 许纪霖、陈思和、蔡翔、郜元宝:《道统、学统与政统》,《读书》1994年第5期。

1990年代的大众社会和文化明显脱节了,从而失去了立言的立足点。当然更主要的原因是,人文学科的知识积累还没有能力解释1990年代的市场经济和大众文化问题,这就使更适应解释1990年代的政治学、经济学、法学和社会学乘虚而入站到了历史前沿。人文学科在历史中逊位和社会科学成为显学的现状在今天依然存在,就连我这个精力不济的研究者也不得不忙中偷闲地补课,补充自己的知识储藏。采用引文式研究视角,实际正是知识社会学给我的启发。另外也需看到,对二十年前的1990年代市场经济兴起和因此引发的"人文精神讨论",不可能在当时,而可能在今天才看得比较地清楚。就连长于理性精神的西方学者看他们的"资本主义兴起"并做出有分量的历史解释,也大多是到了很多年之后。且看我们继续引用的这两段引文:

"1895年,阿克顿爵士在剑桥大学发表的就职演说中表达了他的信念:现代欧洲与其过往时代之间存在着一条'显而易见的界线'。现代与中世纪之间并不是一种'以合法、正统的表面符号为载体的正常继替'"。因为"历史科学的存在预设了一种普遍变化的世界,更为重要的是,预设了一种过去在某种程度上已成为负担,必须把人们从中解放出来的世界"。① 安东尼·吉登斯实际指出了我们在文章开头所说的中国的1980/1990年代,也即现代欧洲/过往时代之间的"边界"。丹尼尔·贝尔则告诉我们:1789年,当乔治·华盛顿就任美利坚合众国第一任总统时,"美国社会还不足四百万人,其中七十五万是黑人。城市居民微不足道。当时的首都纽约只有三万三千人"。到了他《资本主义文化矛盾》这本书出版的1976年,"美国人口已人人超过二亿一千万,其中一亿四千万以上的人居住在大都市地区(也就是说,每个县至少有一个五万居民的城市)。住在农村的还不到一千万人"。他指出美国从传统社会(熟人社会)迈进大众社会(陌生人社会)并完成现代化变革,主要源自以下两个原因:

---

① [英]安东尼·吉登斯:《资本主义与现代社会理论——对马克思、涂尔干和韦伯著作的分析》"导论",第1—2页,郭忠华、潘华凌译,上海译文出版社,2007年。

相互影响。然而,"大众社会"并不单单是由数构成的。沙皇俄国和中华帝国就是幅员辽阔人口众多的社会。然而,这两个国家的社会基本是网状隔离的,每个村庄大致上概括了其他村庄的特点。法国社会学家杜尔凯姆在他的《劳动分工》中为我们提供了认识大众社会特征的线索。每当隔离状态消失,人们相互影响,并随之产生了竞争(它并非仅仅导致冲突),由此形成更加复杂的劳动分工和互相依存的关系,以及深刻的结构差别。此时,新的社会形式便应运而生了。

……

自我意识。……这种身份变化是我们自身的现代性的标记。对我们来说,已经成为认识和身份源泉的是经验,而不是传统、权威和天启神谕。甚至也不是理性。经验是自我意识——个人同其他人相形有别——的巨大源泉。①

正如王一川前面指出的,"这个进程"在1980年代中期的寻根、先锋和新写实小说中已经开始。或者说它在1984年启动的中国"城市改革"中就开始了。但是,大多数讨论者并没有意识到或注意到这个事实。如果这样去认识,以1980年代的人文知识积累和理想愿望试图进入不兼容的1990年代的多元社会和文化结构,并缺乏对现代社会的基本认识,就可能是"人文精神讨论"所遗留给今天的主要历史问题。

2012年8月4日于北京亚运村
2012年8月23日再改
(作者为中国人民大学文学院教授)

---

① [美]丹尼尔·贝尔:《资本主义文化矛盾》,第136、137页,赵一凡、蒲隆等译,生活·读书·新知三联书店,1989年。

读《动物凶猛》

程光炜

"文化大革命"是20世纪中国社会颇为灰暗的时期,也是1950年代这代人叛逆和茫然的人生阶段。在1980年代、1990年代交集的恍惚间,王朔将中篇小说《动物凶猛》交由上海《收获》杂志刊登(1991年5期)。王朔创作过四部长篇,二十多个中篇,五六个短篇小说,他认为最好的作品还是《动物凶猛》。①"我自己喜欢的,确实是在一种自由自在的状态中同时又无技术上的表达障碍写的关乎我个人的真实情感的小说",它们是"《动物凶猛》《过把瘾就死》《许爷》"。而"我最后悔的是写了《动物凶猛》。我刚刚找到一种新的叙事语调可以讲述我的全部故事,一不留神使在一个中篇里了"。"这也是我现在搁笔的原因之一"。②"我的作品中令我最激动的是《动物凶猛》。""这是我的一个大小说的素材。"③1988—1995年的王朔,先有"1988"小说和电影改编双丰收的"王朔年",接着是与知识分子批评家激光四射的鏖战。但他因何在人生的高潮时去写最令人沮丧的题材《动物凶猛》?其中缘由还没人做过探讨,我实在充满好奇又疑惑不解。

---

① 笔者私下以为在当代文学"后三十年",中国作家最拿手的仍然是中篇小说而非长篇,短篇的成就紧追其后。为什么这种规模幅度的小说形式最适于这一代作家的表达方式,是值得人们细致琢磨和研究的地方。
② 《王朔文集》"自序",第3页,华艺出版社,1995年。
③ 《创作谈》(王朔答问),王朔等:《我是王朔》,第30、56页,国际文化出版公司,1992年。

一、闲逛

1940 年代就追随中国革命,在位于北京六部口的中国广播事业局和"毛选英译组"任高级翻译的美国人李敦白在回忆 1960 年代、1970 年代之交这座城市的景象时说:

> 北京充满了围城的气氛。《人民日报》落入文革小组手中。陈伯达带军队进驻报社接管。……
>
> 从广播事业局沿着长安街走去时,我看到无数红卫兵举着红绸子旗,扛着巨幅的毛泽东肖像,边走边唱朝着广场挺进。……
>
> 到了王府井,看到一片狼藉。……红卫兵彻底破除"四旧"。穿着仿制军服的红卫兵将每家店面色彩鲜艳的木招牌或霓虹灯招牌拆下来,砸成碎片。还将商店的大门拆掉,将墙壁上的油漆刮掉。任何代表资产阶级情调的古老精致东西都在劫难逃。卖奢侈品的商店、北京烤鸭店以及带有宣传迷信,或是缅怀旧时代的商店字号都被迫关门,或被砸得粉碎。……

他视线里没有游行示威的北京,却是萧瑟、寂寞闲散和空荡荡的:

> 街上不算太挤。工厂工人和办公室职员都还在上班,所以只有几辆车零星地来往于马路上。唯一看得到的骑车者是刚下课的高中生。①

---

① [美]李敦白、阿曼达·贝内特:《红幕后的洋人——李敦白回忆录》,第 209、211、213、197 页,丁薇译,上海人民出版社,2006 年。李敦白 1940 年在美国念大学时加入了美国共产党,卷入左翼运动。1945 年 9 月,因到陆军服兵役脱离共产党,并来到中国昆明驻扎。由偶然机会接触中共昆明地下党领导,赴延安参加中国革命,并与毛泽东、周恩来、李先念、王震等结识。中华人民共和国成立前因被怀疑是敌特被捕入狱。长期担任中国广播事业局和"毛选英译组"的外国专家。"文革"时在广播局造反,一度任广播局革委会成员,又被"文革"小组抓捕。1980 年代后,与妻子王玉琳及家人回美国定居。

这位高鼻子的美国左翼人士不曾料到,他的书无意中为我们勾勒出一个理解王朔小说的时代镜框。彼时干部被整并下放干校,工人武斗,学生先是造反接着被赶到农村,这是少年王朔这代人暂时脱离家庭和社会监护的一个"历史空档"。但却为王朔和他小说人物的"十年闲逛"提供了另一座舞台。

作品主人公坦然承认:"我感激我所处的那个年代,在那个年代学生获得了空前的解放,不必学习那些后来注定要忘掉的无用的知识。"他其时正念初三,对每天从东城乘公共汽车到西城穿过整个市区去上学,感到非常无聊。少年人的时间太过漫长,老师在课堂上的装腔作势令他们气愤不已,他于是逃学,用钢丝钳把收集的各式钥匙改装成"万能钥匙"。他在很多人家的大人上班后,撬门偷偷潜入他们家里去窥测当成"闲逛"的主要乐趣。这种行动当然危险,所以他必须蹑手蹑脚,瞻前顾后。他经常光顾的学校前面那栋宿舍楼,住的可能是一般机关干部,家里是公家发的木器家具,"连沙发都难得一见"。有一家大概是司长,稍微阔气,也只是"有一台老式的苏联产的黑白电视机",家具仍嫌简单。主人公发誓,他开锁不为偷窃,纯粹出于喜爱好玩。进门后,只是在"无人的住宅内游荡,在主人的床上躺躺。吃两口厨房里剩下的食物"。一次竟然在主人床上睡着,直到中午下班,楼道响起脚步和说话声时才匆忙逃走。有一天下午,"老师在课堂上讲巴黎公社的伟大意义以及梯也尔的为人"。全班同学昏昏入睡,但努力睁大眼睛勉强听课。"我"又撬开这栋楼顶层一家的门房。笔者怀疑,这是小说进展到一半出场的那位女主角米兰的家。因要为后面的故事铺垫,《动物凶猛》作者竟把米兰家描写得相当仔细和用心:

> 这是一套两居室的单元,我先进去的那间摆着一张大床,摆着几只樟木箱,床头还有一幅梳着五十年代发式的年轻男女的合影,显然这是男女主人的卧室。
>
> 另一间房子虚掩着门,我推门进去,发现是少女的闺房。单人床上铺着一条金鱼戏水图案的粉色床单,床下有一双红色的塑

料拖鞋,墙上斜挂着一把戴布套的琵琶,靠窗有一张桌子和一个竹书架,书架上插着一些陈旧发黄的书,这时我看到了她。

"少女的闺房"立即震惊了这位业余撬门人兼无所事事的闲逛者。在性压抑的1970年代社会,这种窥视经验令他兴奋得几乎窒息。那时候,即使一个院子的男女孩子,在院里偶尔一起玩玩和说话,到学校就装着不认识,形若路人。性的蒙昧,令这个孩子对闺房的感觉突然放大,这条"金鱼戏水图案的粉色床单"不免俗气,但对大多数男孩来说,少女的闺房永远是清新神秘的,有如古老的禁地。而我要说,在那无情无爱的年代,美和爱则是对被禁锢的青少年心灵的抚慰。主人公此时有点迷糊,被震晕了。他半晌才从那屋里走出,一下午都在同学们面前若有所思。作者这时也对主人公心生怜悯,就像红娘怜惜失恋中的莺莺。他浪费整整一页篇幅对本民族女孩子发育的身材、面色、头发长短,幼儿园时期的耳鬓厮磨,成人淫秽书刊,以及手抄本《曼娜回忆录》里的两性关系大发议论,絮叨啰唆近于北京胡同的老年妇人。他还采用早被成熟小说家遗弃的矫揉造作的语言:"那个黄昏,我已然丧失了对外部世界的正常反应,视野有多大,她的形象便有多大;想象力有多丰富,她的神情就有多少种暗示。"虽然它们早已偏离作品主题。我们暂且按下不表。

小说的视点忽然一转,这时主人公从业余小偷摇身一变为暗恋者。他每天痴情守在楼前,目睹这女孩父母上下班,见他们傍晚下班时自行车后架上夹着一捆青菜,车把上是几个西红柿。她父亲很瘦小,穿一身旧中山装,跟谁都客客气气,戴着眼镜看人目光却有些茫然。他对她母亲的观察里已带着曲意迎合的意味:身材高大,是个迟暮美人;态度冷漠,却拥有一般普通妇女所缺乏的白皙皮肤和一头乌黑的头发。自然也含有对身体内部的暧昧想象。他一连几天蹲坑直到夜晚,"家家户户都亮起了灯",始终未见少女身影。这像两个人的决战,尽管对方毫无察觉。他为了延长守候时间,天没亮就穿过全城赶到这里,万籁俱寂才乘末班车离开。失败的他决定冒险,"我壮着胆子在白天又几次摸进她家,屋里总是出现一些细微的变化:譬如桌上出现了一本看了一半的书,换了一种牌子的雪花膏;枕畔遗落了几只发卡和几根长发,镜子上的薄灰被仔细地擦拭过"。这是他个人的长征,虽长途漫漫,崎岖坎坷,他仍然心怀秦皇汉武的宏图大志。

这是李敦白历史观察里的一个死角。或许连以观察"文革"期间灰暗中国而著称的法国理论家罗兰·巴尔特的《中国行日记》一书也未曾注意。这些大牌西方人士谁会注意1970年代一个中国少年成长的"寂寞"?谁会在意他的卑微和失恋?他们视野里只有惊心动魄的东方政治黑幕和凝固在西方意识形态镜框里晚清抽鸦片的昏睡愚蠢的中国民众。① 因此,我们必须注意少年"闲逛"这个独特的历史街区。我想把观察点从简易楼房移到热闹街头。"蹲坑"未果荷尔蒙却过剩的"我"又回到革命的大街:"我随着全校由鼓号队作先导的游行队伍在城里游行了一天,手挥纸旗跟着老师喊了一路口号。"那时游行示威像是全城居民的日常起居,不游行倒很觉得奇怪。大小机关和厂矿职工尽数出动,到处红旗招展,队伍雄壮振臂高呼口号,"共同制造了一些声势"。不过,我也感到游行示威"很累",通常要走很远的路才到市中心广场,绕广场一周后返回,回到学校再解散。"回去的路上大家都疲惫不堪,太阳又很晒,领头呼口号的全校最结实的体育老师也声嘶力竭","大家一边懒洋洋地走,一边前后左右地聊天,看见路边卖冰棍的老太太","下午的街头都是垂头丧气、偃旗息鼓往回走的工人和学生的队伍,烈日下密集的人群默不作声一望无尽"。威廉·富特·怀特提醒研究者:"政治家如果没有街角青年的支持,就无法取得成功。"②然而,怀特像李敦白和巴尔特一样注意的其实是青年而非少年。"文革"初期政治家主要依靠的是大学生、高中学生和青年工

---

① 最早用罗兰·巴尔特的《中国行日记》的独特视角来分析中国1970年代著名长篇小说《沸腾的群山》的,是我们课堂上的博士生胡红英同学(参见胡红英《七十年代的话语"围城"——读〈沸腾的群山〉和〈中国行日记〉》,《文艺争鸣》2013年第2期)。

② [美]威廉·富特·怀特:《街角社会——一个意大利人贫民区的社会结构》,第284页,黄育馥译,商务印书馆,1994年。

人,而非主人公这种懵懂的少年。革命的力量在青年,而非少年,这是天定的真理。这些青年是《晚霞消失的时候》《波动》《公开的情书》和《伤痕》里的主人公。中国的"文革史"研究虽然在海外汉学和国内现代史领域取得了赫然成就,但被青年红卫兵和工人巨大身影罩住的"少年"群体,这个被怀特称作"街角社会"的社区仍"默不作声",也不能说不是一个遗憾。在这个角度看,《动物凶猛》这篇小说可以说是眼光独具。《动物凶猛》继续写道:

> 高洋先看到了我,笑着喊我的名字,其他人也纷纷掉过头来看我,笑嘻嘻地指着我喊:
> "没劲没劲。"……
> 许逊递给我一支"恒大"烟,我便也站在街头吸了起来,神气活现地乜眼瞅着仍络绎不绝从我们身边经过的游行队伍……
> 他们在谈女人,这是个新话题。……

政治家搭建的轰轰烈烈的革命舞台,真的让这些孩子们倍感无聊。没有意义,没有目的,包括吸烟、打架、蹲坑等待女人等,就是孩子们对大革命明确教诲的消极反应。"没劲没劲",《麦田里的守望者》里的"我"也这样说过。吸烟、打架和蹲坑等待女人,是从未被历史承认过的一种偏激的生存方式。直到1977年问世的刘心武的伤痕小说《班主任》,还把这种人塑造成"坏少年"典型也情有可原。

二、打架

脱离家庭和社会监护的这帮少年又卷入了街头械斗。1990年代初,有人采访王朔时问得相当直接尖锐:"当年,你在故事描述的那个圈儿里么?"他答:"当然在。我不在红卫兵那圈儿里,但《动物凶猛》的圈儿里就是我们这帮人。"采访者又问:"当时你是那种冲在前面的人么?"王朔断然否认:"事我都见过。你不能用小说套我的个人表现。"他接着撇清:"我不是举着板儿砖冲在第一个的那人,肯定不是。"①按照文学规律,作者是或又不是他们小说中的"原型"。但他们毕竟生活在同一个时代。《1968 年:反叛的年代》的作者阿里和沃特金斯告诉读者:美国加利福尼亚伯克利"特拉哥拉夫大街上挤满了欢乐的人群,在与试图阻止他们游行的加利福尼亚州警察进行了六天的暴力冲突之后,他们终于可以宣布自己是这条大街的主人了"。"阳光炽热,整个法国已经停止了运转。""布里特尼的郊外,普里苏尼克大型减价商场被女售货员占领了,女孩们晚上就睡在经理室的安乐椅上。"②当时出于崇高目的的"打架"之风,在各国青少年中竞相传染,左翼思潮几乎席卷1970年代的世界各大城市。《动物凶猛》怎能阻挡这一气势汹汹的历史潮流?

  起因是汪若海被东四六条的几个孩子打了。这令被成人冷落在"大革命"边缘的无聊少年群情激昂,他们终于抓到"指点江山,激扬文字"这个盲目愚蠢的机会。"高晋、高洋陪着汪若海从里屋走出来,汪若海一脸伤痕和红肿。""他们个个表情严肃,阴郁地低声议论着什么,有人在摆弄钢丝锁,抡得呼呼生风。""我二话没说,气势汹汹地转身在屋里找家伙。所有的改锥、锤子或菜刀包括水果刀都被握在手里装进书包。""院里的一些上小学的半大孩子都被动员起来了,他们为大孩子的信任有幸参加这次光荣的出击激动得微微战栗。""'走吧'。高晋下令。我看到他把一柄日本三八枪刺刀揣进斜挎在胸前的军用挎包内。这是当时最专业的战斗装束,像带领一帮手拿锄头和镰刀的泥腿子去打土豪的农会领袖手中挥舞的系红绸子的驳壳枪令人羡慕。"他们骑上自行车,前后吆喝一路呼啸地向心目中的战场出发。"院门口一些乘凉的家属和战士瞪大眼睛看我们。""女孩子别去了。"打架是1970年代男孩子的专利。这种当时极具中国特色的行为方式

---

① 《创作谈》(王朔答问),王朔等:《我是王朔》,第 56 页。
② [英]塔里克·阿里、苏珊·沃特金斯:《1968 年:反叛的年代》,第 147、124 页,范昌龙等译,山东画报出版社,2003 年。

在努力控制和塑造他们的人格世界。

  24路公共汽车站旁边的一处居民院落正在修缮房屋,院门口堆了一堆沙子和一堆白石灰,几个赤膊少年正在砂堆上练摔跤。
  "就是这几个。"汪若海喊。
  我们立即在路灯柱下停车下来,那几个少年眼尖,发现我们撒腿就跑,见胡同就往里钻。
  …………
  那孩子贴着墙根瘫倒在地。我不声不响用手中的砖头在他身上一通乱砸,直到大家都散开跑走,仍没歇手,最后把那块已经粘上血腥的砖头垂直拍在他的后脑勺上,才跑开。
  …………
  "别人都撤了你还在那儿打,手够黑的。"
  我骄傲地挺着胸脯微笑着,一边吹嘘着一边偷眼去瞧笑眯眯望着我的于北蓓。

  像文章第一部分描述红卫兵打砸王府井一样,在那年代,"打砸"就是一种正确的意识形态,是"参与社会革命"的正当方式。这些少年于是断然认为这就是"革命行为"——当然我们还可以用红卫兵打砸是有"信仰"支撑而少年们纯粹是打架报复来做一次差别化的历史分析。

  事隔四十年,我对自己是否有能力在《动物凶猛》械斗、中国20世纪六七十年代革命、欧美左翼青年运动之间建立历史联系,并做有效的分析毫无把握,尤其是为了某种露骨的社会功利目的,历史的结论还在移动、删改和自我修补的时候。处在这个没有历史定论年代的敏感节点上的所有研究者,只能把某种良知作为基本出发点。他无法反抗大历史的倒行逆施或红尘滚滚。一滴记忆中的眼泪能否反抗失去理性的时代洪流?在我来说,历史的真实性其实就是细节,小说的价值也在细节。"把那块粘上血腥的砖头垂直拍在他的后脑勺上,才跑开",是我忘不掉的历史一幕。对我这个缺乏严谨的历史哲学训练、于"左右"站边毫无兴趣、对细节尚有一点敏锐感性体悟的文学史研究者来说,北京的一幕确实令人难忘。

作者王朔想为处在革命风暴中无知少年的暴力行为找一个历史逻辑,他又发现徒劳无功:"我们搂抱着坐在黑暗中说话、抽烟。大家聊起近日在全城各处发生的斗殴,谁又被叉了,谁被剁了,谁不仗义,而谁又在斗殴中威风八面,奋勇无敌。这些话题是我们永远感兴趣的,那些称霸一方的豪强好汉则是我们私下敬慕和畏服的,如同人们现在崇拜那些流行歌星。我们全体最大的梦想就是有朝一日剁了声名最显赫的强人取而代之。"尽管喜欢在小说里写昏话鬼话,胡言乱语,我感觉王朔不是没有判断能力的小说家,否则他不会强调这"是在一种自由自在的状态中同时又无技术上的表达障碍写的关乎我个人的真实情感的小说"①。学者王一川也努力让人相信,"红卫兵直接充当了打倒走资派、武斗、打砸抢、上山下乡等运动的主力军,是革命的亲历者;而红小兵由于年龄的限制,在当时更多地只能充当旁观者、想像式造反者等角色",而"红小兵与现成权威的想像式反叛和缅怀",则"构成王朔主义的一个重要内涵"。这是他在当代文学中创意性地发明了"顽主"人物形象包括创作了《动物凶猛》这篇小说的主要灵感。② 两人希望从后叙述的角度重建小说的认知轨道。但我总怀疑这篇小说,包括王朔的大部分"顽主"小说的主要构思和灵感,可能多半来自流行于1980年代的美国小说家塞林格《麦田里的守望者》的极大启发和影响。我甚至觉得这部西方叛逆小说给了徐星、刘索拉、余华(《十八岁出门远行》)和王朔等新锐小说家某种"小说的写法"。著名美国文学研究专家施咸荣翻译的1983年版的《麦田里的守望者》(漓江出版社,第一版即印了46000册,在当时引起了巨大反响),也写到"美国顽主"霍尔顿与人"打架"和"闲逛"的场面:

---

① 《王朔文集》"自序",第3页,华艺出版社,1995年。
② 王一川:《想像的革命——王朔与王朔主义》,《文艺争鸣》2005年第5期。

> 这一拳本来想打在那把叼在他嘴里的牙刷上，好让那牙刷一家伙戳穿他的混账喉咙，可惜我打偏了……
>
> 我这样独个儿坐着，的的确确开始感觉到自己很像是一匹得了奖的马的屁股。我除了抽烟喝酒之外，别无其他事情可做。

历史经常有异曲同工之妙：20世纪六七十年代西方国家和中国的青年都在为各自的主义而战，作为他们小弟弟的"中外红小兵"却满世界地打架和闲逛。历史舞台的主角是青年，少年被抛到历史潮流之外，但他们试图用这种独特的方式重返其中。塞林格真实记录了这些低龄者看似荒唐的历史行为，而"文革"则把中国的"夹缝层一代"永留在史书中。施先生在1982年12月写就的《译者前言》里告诫读者："作者用现实主义的笔触，生动而细致地描绘了一个中产阶级子弟苦闷、彷徨的精神世界，真实地揭露了资本主义社会精神文明的实质。""我国的青少年成长在社会主义祖国，受到党、团和少年队组织的亲切关怀"，当然不至于——但"对此我们也应该有所警惕"。施先生说，这部小说1951年问世后，在美国社会引起巨大反响，也产生了巨大分歧。家长要求学校禁止学生阅读这类图书，加利福尼亚州桑胡斯城的中学图书馆还把它当作禁书。很多年后，许多大学和中学又把它推荐为课外读物，它还荣登哈佛大学社会学课程的必读书之列。[①] 然而王朔及其小说至今还是我国一些大学课堂被老师学生所疑心的作家作品。由此可见，我国的文学史家们还没有采用哈佛大学的社会学学科视角来看待和研究王朔所代表的文学现象。[②]

"闲逛"和"打架"是20世纪中叶大时代间歇里各国少年共有的时代病，从中泄露出他们心灵里普遍的苦闷。我不想指出它就是这篇

[①] 施咸荣：《译本前言》，[美]J. D. 塞林格：《麦田里的守望者》，施咸荣译，漓江出版社，1983年。

[②] 上海大学的葛红兵教授和学生编选的《王朔研究资料》，给予了王朔很高的评价，认为他没有获得应有的文学史地位。当然这种观点不一定能被大多数人接受，但它的出现，却可以看作一种新的研究性的参照。参见葛红兵、王朔：《放下读者，看见文体》（对话），葛红兵、朱立冬编：《王朔研究资料》，天津人民出版社，2005年。

小说所参照的世界性图景。两天两夜后,被公安局捉走的高晋、汪若海放回来了。小说若无其事地写到高晋:"高晋在看守所里剃了个秃子,这时也就长出一层青茬儿,虎头虎脑的引人发噱,表情、架势则完全是个大英雄。""他坐在三屉桌上,两腿晃荡着,把烟灰掸得到处都是。"他还像成年人那样吹嘘。"'你进去挨打了么?'卫宁问。""'敢!'高晋一瞪眼,'警察对我都特客气。我一进去就跟他们说:'你们要打我,我就头撞墙死给你们看。'把他们全吓住了。""高晋一支烟抽完,大家纷纷把自己的烟掏出来给他抽。"那年代男孩们不比谁学习好,只比打架勇敢。

三、追女孩

在读《动物凶猛》的几天里,我脑海里始终浮现出王朔说过的那句话:它是"关乎我个人的真实情感的小说","我的作品中令我最激动的是《动物凶猛》"。这令我企图介入这句话的思想情感的深层世界中去。

读者接着读到,故意逃课的"我"晃荡在北京木樨地的大街上。这时地铁口出现了一个线条优美飘动的女孩的身影,他便跟了上去。"她走路的姿态很勾人,各个关节的扭摆十分富有韵律,走动生风起伏飘飞的裙裾似在有意撩拨,给人以多情的暗示。她的确天生具有一种娇娆的气质,那时还没有'性感'这个词。"小说写女孩性感的走路姿态可真有点大胆吓人。王朔此前曾在《空中小姐》写过纯情女孩王眉,在《顽主》里用游戏性口吻写过三 T 公司的女顾客少妇和刘美萍,可他从未这么露骨,也许他真是被这位走在大街上丰满美丽的米兰吸引并激动了。他冷傲、讥讽的"顽主口吻"突然变得柔情似水,而且毫无自尊。十五岁的青涩男孩去追逐高大成型的十九岁的姑娘,当然显得无耻。他闭眼克服着稚嫩胆怯:"喂,喂……""你等等,我有话对你说。"说完便抢到她前面拦住她。"她绕开我继续往前走,同时好奇地打量我"。"你等等,别走哇,听我说。""我"手忙脚乱,书包在一下一下地拍打着胯部。"交个朋友吧。""一看你就是一个坏孩子。"女孩们通常对这种擅长搭讪的街头少年百倍警惕。但如此纠缠,个别心软的女孩也会糊涂应允。最后"我"答应女孩做自己"姐姐",还许诺以后不"再到街上追女孩子了",她才同意与他暂时交往。她老练地"用两手搭在我的双肩上,把我转了个身,向校门口方向轻轻一推",是那种姐姐般的善意,她绝没想到这个"少年维特"居然爱上了自己。

米兰就是主人公潜入单位宿舍楼的楼顶房间,看过墙上那张照片,几次蹲守而未见的那个女孩。她在郊区农场工作,此时装病请假在家,同时在四处晃荡着。作者写一个未成年男孩对一个女孩成熟身体的"性幻想",在小说中竟占八页之多,五六千字,没有丝毫色情意味,而且那样饱满、美好和动人,对于王朔来说真可谓是破天荒的。读者跟着小说镜头,走进了米兰挂着暗绿色窗帘的闺房。世界上陷入初恋的人都像窃贼,但也犹如每天坐在火山口上。歌德的《绿蒂与维特》写道:"哪个少年不善钟情,哪个少女不善怀春?"这孩子也承认,"我的感情并不像标有刻度的咳嗽糖浆瓶子那样易于掌握流量",它"类同于猛兽,只有关在笼子里是安全的可供观赏,一旦放出,顷刻便对一切生命产生威胁"。米兰正在厨房里洗头,她神情放松地让"我"随便坐。"你怎么没去上课?"她边洗边问"我"。"我"立马编出假话,"老师病了,上午改自习了"。这可能也是明知故问。普天下所有女孩子曾在父亲那里受宠,她们潜意识都在男性人群中寻找替代物,虽然遍地是白马王子或者成熟成功男士,完全靠谱的却少。但我想说有心无心者,此刻距离之近却远隔天涯。如此近地闻着香脂味、房间香气和潮湿的头发味,是主人公在母亲之外从未有的经验。他为女孩洗头的细微动作灵魂出窍,心怦怦直跳却装着若无其事,但难免恍惚走神。用目光热烈抚摸,是这位可怜少年的唯一权利:

> 她像拧床单似地双手握着使劲拧那股又粗又重的头发,然后

把头发转出螺纹,朝天辫似地竖起,在额前迅速地盘绕几圈结成一个颇似古代少女头的发髻,整个动作一气呵成,腰肢手臂扭划出灵巧动人的曲线和弧形,令我入迷。……

午后的阳光已经有些燠热,她有几分胖,很怕热,便拉上了暗绿色的窗帘。屋内立刻有了隐蔽和诡秘的气氛,像戴着墨镜走在街上……

我为自己把这一单纯的举动引申为含有暗示的诱惑感到羞愧。

她脱鞋上床,靠着床头伸直双腿坐着,使劲扇着手里的纸折扇,尽管这样,仍热得身上出汗,不时用手拽拽贴在身上的领口、袖边。

我小心撑拂历史一角,仿佛窥见这间闺房正轻轻洋溢着一抹人性的光辉。众所周知,"文革文学史"的解释权早被伤痕文学和左翼人士的强势叙述霸占,他们认为那里不是腥风血雨就是桃花源中,他们像"十七年"文艺领导那样激烈否认现实生活中还有难以归类的"中间人物"。"腰肢手臂扭划出灵巧动人的曲线和弧形,令我入迷",此细节在这种意义上变成了一个静场。变成远处教堂悠悠传来的温馨的钟声。它不禁令人泪泫动容。然而它又超越了肉欲的陷阱。"哪个少年不善钟情,哪个少女不善怀春?"这本来就是人性中的价值观,天赋人间,古已有之,任何势力都无法将它拒之门外。因而黑格尔说:"真正的哲学是自西方开始。惟有在西方这种自我意识的自由才首先得到发展","在东方的黎明里,个体性消失了,光明在西方才首先达到灿烂的思想,思想在自身内发光,从思想出发开创它自己的世界。西方的福祉有了这样的特性:即主体(在对象中仍)维持其为主体、并坚持其自身于实体中。个体的精神认识到它自己的存在是有普遍性的,这种普遍性就是自己与自己相关联。自我的自在性、人格性和无限性构成精神的存在"。他强调:"精神的本质就是这样,它不能是别的样子。"①中国当代思想界都没这种深刻见识,所以也不能要求这位女孩私密生活的偷窥者比我们站得更高。但这种见识可以加深我们对"文革"历史情境中的人的认识,同时也能加深对《动物凶猛》这篇小说的认识。这个莽撞少年是甘愿拜倒在石榴裙下的痴人,他唯唯诺诺,极尽巴结奉迎。然而他感觉此刻应该发起进攻,"借书""看照片"是男女孩子交往中常用的伎俩,他小小年纪无师自通,仿佛深谙此道。写到此处我觉得需要暂时绕开这位失去理智的钟情少年,绕开小说重新回到文学史的框架当中。因为不注意王朔与文学史框架的关系问题,就很难找到重新解读王朔小说的办法,给它们以适当的解释。我们知道1990年代对王朔小说早有定论,众多读书人对他可谓深恶痛绝,发誓要把他钉在"痞子作家"的耻辱柱上,要重写这文学史一页之难,如穿越千山万重。因为王朔的口不遮拦(不谨慎),他与书写他的文学史的学者之间出现了很别扭的关系。在我看来重整这种关系,首先需要厘清以下这些关系:一、王朔的"文化痞子形象"是否应该成为一种文学评价标准,拿它去解读作家所有的小说;二、王朔与知识分子的口角是1990年代的特定产物,它是否意味着王朔因此就没有知识分子都视为本分的黑格尔所说的主体性、人格性、自在性,他因为不客观地批评知识分子是否就意味着他因此也丧失了作为一个作家应该具有的"知识分子性"呢;三、"调侃"和"玩世"往往被看作王朔小说的思想特点和审美意识,这种固化观点是否放大了他小说的某一部分,而压瘪了另一部分,从而失去了观察他小说全部内涵的机会?当然我更清醒地意识到,文学史意味着一种历史的纵深度和长度,对一个被误解的作家的认识,也需要一个漫长的时间才能够解决。我们想想,文学史上的"胡适现象""周作人现象""张爱玲现象"等不都经历过这种漫长而曲折的过程,经受过历史的耐心吗?也正因为这个理由,我想先从王朔与批评家和文学史家的交恶中脱出身来,贴着这位

---

① [德]黑格尔:《哲学史讲演录》第一卷,第98页,贺麟、王太庆译,商务印书馆,1959年。

主人公的细密心思观察他在想什么。或者我也想贴着写作《动物凶猛》时的作者王朔的微妙感觉,来做点什么。

这位可怜多情的少年果然不只为了欣赏米兰的美貌。他抢看米兰照片,已使他的司马昭之心昭然若揭。不过,他还是慷慨地把米兰介绍给了那些大院同伙,借以炫耀自己"拍女孩"的成果。米兰刚开始还忠诚他俩的私谊,但很快兴趣便转移到比"我"年纪更大更成熟的高晋身上。高晋此时也有意勾搭米兰,以介绍她到父亲的部队文工团弹琵琶为幌子。"我"反倒成为多余人、旁观者。"我"非常不服,于是加大与米兰的亲昵力度,比如让她夜里在家里留宿,结果被父亲偶然撞见客气地驱除出去。王朔这一段小说写得痛快流畅,大抒这位被父亲严管少年心底之块垒,也愉快地向读者稍微展现他擅长以简洁方式讲故事,快速干净地推进情节的叙述才华。在小说结构上,这是在为最后高潮的到来做铺垫。不过王朔也深知小说应该剪裁缩减,给读者预留想象的空间。他为此工笔细腻,扎实推进,令人果真相信他所说创作它时的状态的自由自在。小说写高晋、米兰、方方、卫宁一帮人在假山的亭子里一首又一首地唱《三套车》等苏联歌曲的场面显得非常浪漫温煦,"他们嗓音很粗糙,唱得参差不齐,但那份忘情自有一种动人的感染气氛"。令人想到,"文革"虽是20世纪中国社会颇为灰暗的一段时期,可身处大时代边缘的寂寞少年的心灵并没有死掉。像黑格尔说的,"精神的本质就是这样,它不能是别的样子"。穿越四十年的浩瀚烟雨,超越左右翼人士的激烈争吵,我仿佛又回到自己那些寂寞中"阳光灿烂"的日子。我就是主人公,我就是米兰。我所在的外地小城,与首都北京原来是同一座历史舞台,上演着相同的人生戏剧。共同历史境遇能让我轻易地贴近他们的玩乐嬉戏和说话方式,理解"坏孩子"的闲逛、打架等叛逆行为,包括"我"最后对米兰、高晋暧昧恋情突然爆发的强烈嫉妒,以及反目为仇,我均抱着同情的理解之心境。

在小说的高潮部分出场时,"我"已变成怒气冲冲的爱情斗牛士。

他把暗恋转化成了愤怒和挑衅。他不顾众人在场嘲笑穿泳衣的米兰"丫够肥的",又"走到她身后,一脚把她踹进水里,站在那儿哈哈大笑"。"我除了背后对她进行诋毁和中伤,当面也越来越频繁地对她进行人身攻击":"你怎么吃这么多?跟头猪似的!""我"还以玩硬币答问题的方式恶毒羞辱她少女的贞洁。一次次把她气哭。"我"险些与米兰新男友兼护花使者高晋大打出手,他们都仿佛是愤怒中气喘吁吁的公牛。然而,"我"的内心世界却早已刻骨铭心:"我比以往更加强烈地想念她。每天一睁眼的第一个念头就是立刻见到她。"激烈冲突对立的两种情绪使"我"的面孔变得可怕,使人性高度扭曲,然而也使小说的抒情达到了最高峰值。我要说这是王朔小说中少见的惊动人心的一幕。我很少像这次从外到里被他的作品如此地撼动。

但不知怎么回事王朔忽然使上马原《虚构》那种先锋小说的手段:

> 现在我的头脑像皎洁的月亮一样清醒,我发现我又在虚构了。开篇时我曾发誓要老实地述说这个故事,还其以真相。

1990年代的先锋小说已成残花败柳,但大多数人竟没意识到"转型"问题,虽然这段与小说的整体写实风格明显脱节但也可以谅解。不知王朔是否知道他的叙述忽然变线,却给《动物凶猛》带来意想不到的半真半假的效果。它是一种时代的"大幻觉"。1970年代在今天看来亦真亦幻,令人大惑不解。"我"尾随米兰经过东单、王府井、天安门、西单、电报大楼、庆丰包子铺和长安戏院,又经过木樨地、三里河路、中国科学院大楼、财政部和中国人民银行总行,拐进她家的宿舍楼里,在幻觉中热血沸腾地对她实施了暴力,但也遭到她的蔑视。在这里,他小小年纪就经历了自己的"生与死"。那个夏天"我"站在工人体育场的"五米跳台上,看着一碧如洗的晴空,真想与它融为一体,在它的无垠中消逝,让任何人都无处去觅我的形踪,就像我从来没来过这个世界。会有人为我伤心么?我伤心地想。"

王安忆早就提醒人们说:"我觉得王朔其实是一个温情主义

者","他为了掩饰自己的伤痛呢,就会做出特别凶悍的样子,他会做出特别抵抗的样子,或者胡来胡闹,把事情搞成一团酱"。"我觉得这是真的王朔","有点可惜"。① 她是个小说意识和技艺老到,看人眼光很毒却很客观理性的作家,她不相信"调侃""骂人""玩世""堕落"就是王朔小说的全部内容。这么一路叙述分析下来,我也觉得王朔不是一个简单的作家,至少是一个不能再用简单标准去看待的作家。这篇小说非常不简单地写出了大风暴边缘的"街区一角",写出粗暴年代人们身上残存的点点温情。在反映"文革"的小说中,这还是我头遭看到作家用这种叙述方式去塑造复杂独特的少年的形象。

2014 年 1 月 15 日于北京亚运村
2014 年 2 月 7 日修改

---

① 王安忆、张新颖:《谈话录》,第 234、235 页,广西师范大学出版社,2008 年。

革命时期的虚无:王小波论

黄 平

小引:局外人视角

《革命时期的爱情》刊于《花城》1994年第3期,系王小波生前在文学期刊上发表的代表作品①。小说标题"革命"与"爱情"的并置,常常被望文生义地解读为以"爱情"解构"革命"。相反的解读,则侧重分析1990年代以来自由主义思潮对于王小波的塑造,解构王小波的文化形象。这种"祛魅"绕开了作品分析,同样构成了对于王小波丰富的叙述形式与历史内容的遮蔽。

在进入《革命时期的爱情》之前,让我们搁置所有的成见,从小说第一章第一节第一句话开始——"王二年轻时在北京一家豆腐厂里当过工人。"②暂且不谈小说的内容,就叙述视角而言,这是毫无疑问的第三人称叙述。不过,小说第一章第二节第一句话是,"小的时候我想

---

① 《花城》杂志与王小波渊源颇深,自1994年第3期《革命时期的爱情》开始,陆续刊发《未来世界》(1995年第3期)、《2015》(1996年第1期)、《白银时代》(1997年第2期)、《未来世界里的日记》(1997年第5期,系王小波遗稿)、《绿毛水怪》(1998年第1期,王小波写于1970年代中后期的作品)。据花城出版社编辑钟洁玲回忆,她在1996年11月上报了王小波《时代三部曲》的选题计划并获通过,1997年4月王小波去世后,《时代三部曲》于同年5月出版,成为标志性的王小波作品版本。同时值得注意的是,《花城》杂志版《革命时期的爱情》与花城出版社版的《革命时期的爱情》不同,结构与语言都经过了王小波不小的修改,修订版与初版相比成熟精致得多。本文写作据王小波的修订版。

② 王小波:《革命时期的爱情》,《黄金时代》,上海三联书店,2013年,第188页。

当画家,但是没当成,因为我是色盲"①。小说的叙述视角,从第二节开始转为第一人称叙述。以此类推,小说第一章的奇数小节,以第三人称叙述王二的故事,故事时间是1970年代;偶数小节,以第一人称叙述"我"的故事,故事时间是1950年代。

《革命时期的爱情》由此交叉讲述这两个故事:王二的故事发生在1973年冬到1974年夏,主要由相关的两部分组成:王二被豆腐厂的革委会主任老鲁怀疑在厕所里画淫画,终日被老鲁追逐,王二因此发明各种异想天开的方式逃跑;王二被厂里的团支书X海鹰"帮教",天天到其办公室接受思想教育,最终X海鹰爱上了王二,原因在于王二符合革命教育中凶恶的"日本鬼子"形象,和王二发生性关系,有一种被拷打的快感。

与之对应,叙述人"我"的故事发生在1950年代到1990年代之间,"我"出生于1952年,在1958年"大炼钢铁"时,像艺术家一样凝视着紫红色的天空;在1967年武斗时,像科学家一样帮助武斗的一方造投石机;"文革"结束后上大学、去美国留学、回国后在高级智能研究所工作。

表面上看,这种手法近似传统章回小说"花开两朵各表一枝",然而在小说第一章第五节,"王二"与"我"重合了:"这个被追逐的故事就发生在我身上。"②叙述人在第七节更是直接表示:"在这部小说开始的时候,我把自己称为王二,不动声色地开始叙述,讲到一个地方,不免就要改变口吻,用第一人称来讲述。"③不过,在承认"我"就是"王二"之后,叙述人依然古怪地继续讲王二的故事,仿佛跳出自己,打量一个陌生人:如在第七节,叙述人开始讲王二如何殴打毡巴,"王二打毡巴的事是这样的"。不过这里的叙述不再是"自然"的,而是不断受到另一重叙述视角的干扰,在第八节叙述人又以"我"

---

① 王小波:《黄金时代》,第190页。
② 同上书,第200页。
③ 同上书,第205页。

的视角重讲怎么打的毡巴。而在第二章第一节,"我"和"王二"视角互相干扰得更厉害,在第一段"我"介绍完在研究所的工作后,第二段马上从"王二"的视角开始,介绍王二喜欢抓人手腕的特点,仿佛两个不相干的故事捏合在一起。王小波的小说素来以文体的流畅精致见长,而这两段并置在一起,显得突兀别扭。《革命时期的爱情》的叙述者,是中国文学中罕见的叙述主体,他的叙述表面上平静而不乏戏谑,但在内部有一种强力的对峙与冲突。

某种程度上,叙述人无法整合"我"和"王二"这种双重视角的冲突——"我"明知自己就是"王二",但不愿承认"王二"的故事就是"我"的故事。叙述人所渴求的,是以第三人称的视角,像讲述别人的故事一样,将自己的故事讲成"王二"的故事。这种叙述人"我"不断将自身陌生化的"局外人视角",不仅触及王小波作品的叙述特征,更是触及王小波作品的历史之谜。王小波作品让人眼花缭乱的叙述背后,那对于青年一代的神秘吸引力,就隐藏在"局外人视角"之中。王小波为什么采用这种叙述视角,而又是什么原因,使得"我"不堪自己的故事的重量,努力让自己跳出发生过的一切,以局外人的眼光打量着自己的历史?

让我们带着这个问题,真正开始理解王小波。

一、超越"自由主义/文化研究"的二元框架

进入《革命时期的爱情》乃至于进入王小波的任何作品之前,有必要超越目前牢牢焊接在王小波形象上的"自由主义/文化研究"的二元框架。这个框架无疑受到1990年代以来"自由主义/新左派"二元对立的思维模式与思想资源的影响,对于理解王小波的作品、理解王小波作品所触及的历史信息与一代人的精神奥秘,构成了严重的障碍,导致王小波研究长期以来在同一尺度上重复。

1998年由王毅主编的《不再沉默——人文学者论王小波》结集出

版(据编者序,该书完成于1997年11月),是将王小波自由主义化的重要一步。该书作者大多来自哲学系与历史系,除了戴锦华、艾晓明、崔卫平等寥寥几位外,普遍表现出对于文学研究的隔膜。然而以"外行"的身份阐释王小波的原因,在于他们分享了一个不证自明的前提:可以从作家的思想层面来理解作品。这种思想研究,不必经过对于文学形式的分析,而是可以直接从作品中提炼,尽管这种提炼本身往往流于摘引。不无讽刺的是,这种文学阐释的模式,流行于这批人文学者所普遍反对的"文革"时期。

这批人文学者认为王小波所可贵的,在于其"自由"的思想。在《不再沉默》的序言中,王毅将王小波著名的"沉默的大多数"的论断,理解为面对"黑幕沉沉"的时代的沉默,这样的时代如王毅列举的古罗马与纳粹德国,尽管有"屈指可数的智者和勇者",但不再沉默的结果,却是沉重与艰难的。王毅列举的打破沉默的中国知识分子,是"这两年倍受大家瞩目的陈寅恪与顾准"①。王毅在这里构建了"自由/专制"的框架来理解王小波,以及"陈寅恪—顾准—王小波"的知识分子谱系,将王小波视为这一事业的继承者与超越者,"王小波的际遇和担当,显然都在于使他在接武前人的同时,又尝试演奏陈寅恪、顾准等人以后的乐章"②。在王毅看来,王小波对于陈寅恪与顾准的继承,在于"说真话";王小波的超越之处,在于王小波的心智展现出"对未来的颖悟、对新的和美的文化形态之创造力这一'智慧'的本真意义"。③ 尽管王毅的论述比较含糊,但他其实触及王小波对于"罗马/十字架"④的双重超越,不过他认为这种超越是发展中的超越,陈寅恪、顾准、王小波是承继的三部曲。

和王毅相比,朱学勤更为自信地重申这条传统,王毅的论述并没

---

① 王毅:《序》,王毅主编:《不再沉默——人文学者论王小波》,第1页,光明日报出版社,1998年。
② 同上书,第4页。
③ 同上书,第5页。
④ 借用王毅本人的比喻,即古罗马残酷的尼禄王与上十字架赴死的圣徒。

有出现"自由主义",而朱学勤直接指出王小波身处的传统就是自由主义的传统,"谈谈顾准,谈谈陈寅恪,谈谈王小波,无意中却'挤出'了一条自由主义的言路。100年的历史,50年的沉默。今日开始喋喋不休,乃是因为此前沉默太久"①。而且,"自由主义"在朱学勤这里与其说是历史化的思想谱系,不如说是非历史化的价值立场,"1998年说王小波,不在于他的作品的文学含量有多少高低,而在于他第一次以文学作品呈现了一个自由主义的韧性风格"②。同时,王小波从人民大学辞职专心写作的"自由撰稿人"身份,被朱学勤无限神话化,"简而言之,王小波是谁?一个辞职的人。辞职而写作,不仅意味着拒绝那一份薪俸,而且意味着切断与权力体制的一切联系"③。在朱学勤的分析框架中,所谓的权力体制等同于单位体制,单位之外的权力体制仿佛并不存在,这种分析框架的"天真"令人惊讶。

王毅与朱学勤对于王小波的看法,在《不再沉默》的作者群中被普遍地分享,秦晖认为"然而作为一个自由主义作家,小波自有其不可替代的价值"④;许纪霖认为王小波的形象是"一个罗素的信徒、热爱理性和思考的自由主义者、独立不羁的民间撰稿人——作为思想家的王小波,留给后人的,就是这样的形象"⑤。在《不再沉默》中,唯一的例外是戴锦华,在《智者戏谑——阅读王小波》的开篇,戴锦华指出,"一个'自由人'的形象,甚至在某种程度淹没了他作为一个极为独特的作家的身份"⑥。可惜这种洞见被自由主义的浪潮所湮没,在台湾

---

① 朱学勤:《1998年关于:陈寅恪、顾准、王小波》,李世涛主编:《知识分子立场——自由主义之争与中国思想界的分化》,第220页,时代文艺出版社,2000年。
② 同上书,第218页。
③ 同上书,第219页。
④ 秦晖:《流水前波唤后波——论王小波与当代批判现实主义文学的命运》,王毅主编:《不再沉默——人文学者论王小波》,第118页。
⑤ 许纪霖:《他思故他在——王小波的思想世界》,王毅主编:《不再沉默——人文学者论王小波》,第35页。
⑥ 戴锦华:《智者戏谑——阅读王小波》,王毅主编:《不再沉默——人文学者论王小波》,第134页。

地区自由之丘出版社出版的《黄金时代》2012年新版封面上,就印着这样的口号:"他的作品,开启了中国五四运动后的第二次自由主义浪潮!"

与上述这种自由主义的解读针锋相对,秉持左翼文化立场的学者,面对"市场经济—自由主义"这一左翼所批判的"新意识形态"在1990年代的崛起与扩张,以文化研究的方式解构"新意识形态"所构建的"文化英雄",解构王小波的"自由"形象,以此为基点批判塑造王小波的自由主义思潮。在这种文化研究的框架中,王小波的小说同样并不重要,甚至王小波在这种分析框架中可以替换为陈寅恪、顾准这些"文化英雄"中的任何一个。

郑宾《九十年代文化语境中媒体对王小波身份的塑造》[1]一文,是以文化研究的分析框架对于王小波形象的第一次解构,对于后来的王小波研究有较大影响。在"主持人的话"中,蔡翔、王晓明两位教授问了一个有意味的问题:"同样是'体制外作家',二十世纪九十年代,媒体选择的'英雄',为什么是王小波,而不是张承志。在这样一种文化研究的视野中,王小波更多的是作为一个'符号',一个各方参与建构的'符号',进入了作者的讨论范畴。而在这一讨论中,王小波作为'符号'的意义要远远超过他作为一个'作家'的意义。"[2]这层主持人语有两层意思:其一,通过将张承志的"自由"与王小波的"自由"并置,蔡翔、王晓明试图打破自由主义构建的王小波形象对于"自由"的垄断。其二,将王小波视为"符号",这里的王小波实则对应的是王小波形象。文化研究是以细读文本为基础,蔡翔、王晓明都是一流的解读文本的高手,而这里蔡翔、王晓明认为,解读王小波形象,细读的不必是王小波的作品,而是各方对于王小波的建构。落实在郑宾的这篇论文中,就是分析围绕王小波的媒体话语。

---

[1] 该文刊于《当代作家评论》2004年第4期"文化研究和文学批评"栏目。
[2] 蔡翔、王晓明:"文化研究和文学批评"栏目"主持人的话",《当代作家评论》2004年第4期。

在该文中郑宾将媒体话语分为三类：媒体批评、网络话语、印刷媒体，分别对应《不再沉默》、网络论坛"西祠胡同·王小波门下走狗大联盟"、《南方周末》和《三联生活周刊》的"王小波五周年祭"。首先，郑宾批评《不再沉默》是将王小波推向市场的追求商业利润的图书策划。在这里郑宾回避了一个事实：《不再沉默》只印刷了八千册，无论如何不能算畅销书，说王毅等学者是为了追求商业利润，实在过于牵强。郑宾其实想强调的，是《不再沉默》与"主流意识形态的复杂纠结"，这里的主流意识形态，就是左翼批判的"市场经济—自由主义"的"新意识形态"。郑宾稍显含糊的论述下，其实想说《不再沉默》构成了"新意识形态"所要求的"文化英雄"的宣传工作的重要一环。其次，郑宾对于网络话语的分析，背后是左翼文化对于后现代狂欢的批判，指出王小波的"反英雄"姿态契合了网友的边缘身份，网友对于王小波自由思想的追捧，是一种"向下拉平"的后现代消费。最终，郑宾通过对于侧重"新意识形态"的《南方周末》等媒体的分析，谈到了她这篇论文的核心意思：这些媒体所塑造的作为"自由分子"的王小波，"更确切地不如说是这个时代能为我们想象出的最经典的'中产阶级'形象"。① 这是典型的左翼文化研究的思路，通过对于文化形象的讨论，分析背后的新意识形态，再进一步揭示生产这种新意识形态的新阶级与催生新阶级的社会结构。

梁鸿《王小波之死——90年代文学现象考察之二》②一文，延续并深化了郑宾的批评。该文的结构与郑宾一文相似，追问"学者、青年、媒体对王小波的不同命名"；选择的分析对象也很相似，分别是许纪霖与朱学勤对于王小波的自由主义解读、网络青年与文学青年对于王小波的接受、《南方周末》《三联生活周刊》等媒体对于王小波的塑造。这种文化研究的分析框架，和自由主义的解读相似，都呈现出模式化

---

① 郑宾：《九十年代文化语境中媒体对王小波身份的塑造》，《当代作家评论》2004年第4期。

② 该文刊于《文艺争鸣》2009年第10期。

的特征;文章的内在笔锋,也都是指向自由主义思潮。梁鸿这篇文章更具思辨性地指出,"自由知识分子'借壳上市',以'王小波之死'为契机,对'五四'启蒙思想进行纠偏"。在梳理三类"追捧"王小波的读者群体后,梁鸿同样批评中产阶级想象:"追捧王小波的是哪些人?除了自由主义人士,对社会绝望,叛逆,激愤的青年人之外,还有一个相当大的群体,就是以媒体为依托的、有良好修养和知识追求的城市中年白领,王小波的知识性,趣味性和特立独行恰恰符合了他们的基本精神特征。稍加辨析,就可以感觉出,这种生活实际上是典型的中产阶级生活。"由此,梁鸿以左翼的视角,在1990年代以来的历史运动与社会结构变化中批评自由主义对于王小波的塑造:"我们不能忽略的是,'自由主义知识分子王小波'形象背后自由主义知识分子立场与中国新经济的某种暗合性。……自由主义立场与主流意识形态之间有着微妙的共谋关系,依靠经济政策、国家现代化转型的渴求及90年代以后以经济学为中心的理论思维模式建立自己的话语霸权与学理上的支撑。"

综合双方的阐释,无论是对于王小波的自由主义解读,还是对于王小波的文化研究解读,都默认了"思想内容"与"文学形式"的二分法,只不过是从左翼、右翼不同的方向出发。在这种自由主义解读与反自由主义解读中,王小波被卷入了"新左派/自由主义"从1990年代以来一直绵延到今天的大论战。郑宾曾经如此批评自由主义的阐释框架:"王小波身后受到思想界的极大重视,他们反复凸现王小波的'自由撰稿人'、'知识分子'、'自由主义思想家'、'启蒙者'等等形象和身份,他作为小说家的身份被有意无意的'遮蔽'掉了。"[1]客观地讲,不仅自由主义解读遮蔽了王小波的小说家身份,文化研究解读同样如此,两派学者都没有分析过王小波的小说。自由主义解读的问题在于匮乏形式分析,不善于谈论文本,只是聚焦其思想,最终在王小波

---

[1] 郑宾:《九十年代文化语境中媒体对王小波身份的塑造》,《当代作家评论》2004年第4期。

研究上推出一种惊人的结论：王小波的杂文比小说好。有的研究者认为，"记得王蒙先生曾经说过，王小波的杂文、随笔比小说好。我完全同意这种看法"①。这种看法是王小波十分反对的，据李银河回忆，"有好多人觉得他的杂文写得比小说好，他特别不爱听"②。一些研究者之所以认为和王小波复杂而精妙的小说叙述相比，其明白晓畅的杂文"更好"，在于杂文中的"思想"是外露的，可以绕过形式分析而直接引申。文化研究解读的问题则在于，预设了自由主义与文化英雄之间的派生关系，实则默认了所谓从陈寅恪到王小波的传统，将王小波与这些"文化英雄"混为一谈。最终王小波丰富的文本干瘪为"材料"，印证着文化研究解读所预设的结论。

就思想层面而言，不得不说，无论自由主义阐释框架中的自由、理性、宽容等，还是文化研究阐释框架中的修养、趣味、特立独行等，都是印象式的解读，泛泛地停留在表面上，变成一种感想式的判断。在这种解读中，文学的"形式"似乎仅仅是一种并不重要的技术手段。从概念到立场，左右两翼争夺着对于王小波的阐释，在这种对抗性的张力中构建了当下的王小波研究格局，也在这种对抗中抵消着王小波研究的历史能量。王小波似乎声名显赫，但在喧哗中再一次归于沉默。笔者并不反对对于文学作品的思想研究，相反一贯主张形式史与精神史的互动，本文下述章节所试图打通的，正是形式结构与精神结构的关系。但这种分析，一定以形式研究为基础，理解王小波乃至于任何一位作家，必须首先从他的作品的形式特征开始，"是形式，而不是内容，更具有历史性"③。

---

① 王彬彬：《被高估的与被低估的——"再解读"开场白》，《文艺争鸣》2013年第2期。王彬彬所引用的王蒙的说法，估计来自这一句："我认为与他的议论相比，他的小说未免太顽童化了。"参见王蒙：《难得明白》，王毅主编：《不再沉默——人文学者论王小波》，第15页。

② 李银河、韩袁红、藏策：《关于王小波的对话》，韩袁红编：《王小波研究资料》（上），第1页，天津人民出版社，2009年。

③ 赵毅衡：《苦恼的叙述者——中国小说的叙述形式与中国文化》，第282—283页，北京十月文艺出版社，1994年。

二、脱历史的局外人

对于《革命时期的爱情》而言,由于"爱情"自新时期以来被视为"人性"的核心,被视为对于极左政治的拨乱反正,这部作品被很顺畅地纳入自由主义的阐释框架。在这种框架中,"革命"与"爱情"都被本质化地理解,视为截然对立的两极,有论者如此分析这部小说,"性爱是形而下的,而革命则是形而上的;性爱是世俗的,而革命恰恰是反世俗的"①。艾晓明体认到小说中"革命"对于"爱情"的渗透,但默认了"革命/爱情"代表"反常/正常"的二元结构,认为"'我'与 X 海鹰是革命时期那种虚构的有害的性意识的牺牲品"②。戴锦华则借助福柯的权力理论,指出在《革命时期的爱情》中,"爱情"与"革命"不是同一层次的二元对立,"革命"构成了"爱情"的深层结构,"在王小波笔下,性别场景,性爱关系,并非一个反叛的空间或个人的隐私空间;而刚好相反,它便是一个微缩的权力格局,一种有效的权力实践"③。戴锦华深刻而准确地谈到,"如果可以说王小波成就了某种'历史'写作,那么它不仅关乎于文革的历史,或中国历史,而且关乎于历史自身。一个学院式的说法便是:王小波的作品所指涉的是'元历史'"④。

这已经接近王小波作品的奥秘所在了:如果说"元历史"意味着永恒而不断变换形式的权力实践,王小波的"元历史"写作,同样是"反历史"写作,这种反历史不是无历史(比如形形色色的大众文化),而是从历史中脱身而去,构建一处脱历史的飞地。王小波以其诡谲神奇的叙述,将读者从元历史的权力之轮中解脱出来,成为脱历史的局

---

① 祝勇:《禁欲时期的爱情》,《书屋》2001 年第 9 期。
② 艾晓明:《革命时期的心理分析》,韩袁红编:《王小波研究资料》(下),第 427 页,天津人民出版社,2009 年。
③ 戴锦华:《智者戏谑——阅读王小波》,王毅主编:《不再沉默——人文学者论王小波》,第 146 页。
④ 同上。

外人。

　　由此回到本文开篇所分析的,为什么在《革命时期的爱情》中,叙述人要以第三人称的方式讲述自己的故事？在以往的研究中,只有一篇论文触及了这一点,可惜研究者只是在修辞效果上理解这种叙述视角的转换,如全知视角增强距离感,限制视角增强真实感。① 这种读法过于教条,把反讽仅仅理解为修辞手段,没有真正理解其深意。王小波的意图,克尔凯郭尔在写于一百五十多年前的《论反讽概念》中给出了答案,他分析施莱格尔名作《卢琴德》中的莉色特：

> 总的来说,她最喜欢以第三人称来谈自己。不过,这不是因为她在世上的作为像凯撒的一生,具有世界历史性的意义,以至她的生命不属于她自己,而是属于整个世界,不,这是因为这个过去的生活(vita ante acta)过于沉重,以至她忍受不了它的重压。②

　　克尔凯郭尔的这一分析,深刻打开了王小波叙述形式的历史奥秘,"局外人视角"的小说叙述,正是面对历史"重压"的无限周旋,将沉重的历史从自我的人生中抛出。这是反讽者的人生哲学,"生活是场戏,他所感兴趣的是这场戏的错综复杂的情节。他自己以观众的眼光看着这场戏,即使他自己是剧中人物"③。对于反讽者来说,"这是有限的主体,造了个反讽的杠杆,以求把整个生存撬出其固定的结构"④。

　　理解《革命时期的爱情》乃至于理解王小波其他作品的两个关键词——科学(理性)与艺术,同样服务于这一反讽性的逻辑。王小波所执着的科学,至少在其小说中,不是五四意义上的"赛先生",不是批

---

① 王全民：《革命时期的爱情——王小波的一次叙事实验》,《小说评论》2011年第S1期。
② [丹麦]克尔凯郭尔：《论反讽概念》,第239页,汤晨溪译,中国社会科学出版社,2005年。
③ 同上书,第229页。
④ 同上书,第245页。

判性的、解放性的力量。相反,科学在《革命时期的爱情》中很"消极",在"我"的故事也即王二的童年往事中,"我"一直强调参加武斗是基于对发明创造(比如投石机)的热爱,将武斗场景刻意陌生化,以"科学"为自己划出一块纯粹的历史飞地。同样,"我"在小时候想当个画家,迷恋着紫红色的天空,而我们能够识破"我"这种天真的叙述所指向的历史,是荒诞的"大炼钢铁",但"我"对此觉得神奇。在这部小说中,叙述人"我"可以是科学家,追求科学逻辑的魅力;也可以是艺术家,追求想入非非的自由;唯独不是历史的见证者,这里的科学与艺术,不过是帮助着"我"维系着局外人的角色。就像小说中"我"如此回忆自己在武斗时的那些发明,"至于它对别人是多么大的灾难,我一个十几岁的孩子管得着吗?"①

故而,王小波叙述"文革"武斗场面的时候,笔调十分冷漠,"我"旁观着学生造反派"拿起笔做刀枪"中的一员被对手刺穿:

> 没被扎穿的人怪叫一声,逃到一箭之地以外去了。只剩下那个倒霉蛋扔下枪在地上旋转,还有我被困在树上。他就那么一圈圈地转着,嘴里"呃呃"地叫唤。大夏天的,我觉得冷起来了,心里爱莫能助地想着:瞧着罢,已经只会发元音,不会发辅音了。②

试回忆郑义《枫》红卫兵武斗场面的描写,《枫》之所以呈现出全然不同的血腥、残酷与情感的撕裂,在于故事的叙述者是亲历者,叙述者将"文革"的历史承担为自己的历史;而在王小波这里,历史的内容被完全抽空掉了,只是停留在"元音""辅音"这样无意义的能指层面。艾晓明认为这里的视角是"童年视角",以此呈现武斗的荒诞,"历史被儿童当做玩偶,成年人被政治家当做玩偶"③。这种看法有一定道理,比如王二在多年后向X海鹰讲起这个故事时,认为这个红卫兵临

---

① 王小波:《黄金时代》,第248页。
② 同上书,第241页。
③ 艾晓明:《重说〈黄金时代〉》,韩袁红编:《王小波研究资料》(下),第421页。

死前"如梦方醒",这个判断隐含着受愚弄的意味。不过,"儿童视角"并不必然导致间离效果,比如《城南旧事》里小女孩英子的视角,包含着充沛忧伤的情感,依然是有情的视角。与其说这里是"儿童视角",不如说是局外人视角,由于武斗的惨剧对"局外人视角"构成了高强度的道德压力,"儿童"的身份在这里强化了"局外人"的合法性,"我"可以由此说服自己,解脱自己,似乎儿童与成人的世界无关。

类似王小波所推崇的卡尔维诺《树上的男爵》,坐在树上打量着武斗的"我",自觉地摆脱这个世界。这种"局外人"的自由,指向王小波的诗学核心,贯穿王小波的"艺术"与"科学"的,是他所称谓的诗意,诚如那句流传很广的名言:"一个人只拥有此生此世是不够的,他还应该拥有诗意的世界。"戴锦华在《智者戏谑——阅读王小波》中分析过王小波"诗意的创造",她引用"诗意的世界"这句名言,认为"诗意的创造"指的是"某种朝向未知的永远的追索",其驱动力"是一种心灵的饥渴,一种绝难满足的智慧的欲望"。[①] 这种对于王小波诗意的解读是比较代表性的。然而,王小波的"诗意"是否还有另一层的意味?

回到上下文来理解,"诗意的世界"这句名言出自小说《万寿寺》最后一段:"虽然记忆已经恢复,我有了一个属于自己的故事,但我还想回到长安城里——这已经成为一种积习。一个人只拥有此生此世是不够的,他还应该拥有诗意的世界。"[②]什么叫"我有了一个属于自己的故事",为什么"我"不喜欢这个故事("此生此世"),想拥有另一个故事(所谓"诗意的世界",在小说中是长安城里薛嵩的故事,也即"我"创作的手稿)?《万寿寺》分享着与《革命时期的爱情》一致的逻辑:"我"由于"失忆",摆脱了"过去的我",通过改写自己失忆前的手稿,将庸俗的湘西的薛嵩,改写成浪漫的长安的薛嵩,诗意的长安城

[①] 戴锦华:《智者戏谑——阅读王小波》,王毅主编:《不再沉默——人文学者论王小波》,第139页。

[②] 王小波:《万寿寺》,《青铜时代》,第259页,上海三联书店,2013年。

对抗着灰暗的北京城。然而,记忆渐渐恢复,两个故事变成了一个故事,"你已经看到这个故事是怎么结束的:我和过去的我融会贯通,变成了一个人"①。王小波尽管通过天马行空般的想象力,不断涂抹小说中的手稿,将《万寿寺》营造为神奇的叙述迷宫,激发出无限可能性的叙述能量,但是"诗意的世界"依然是不可能的,"我"永远无法彻底摆脱"我"的过去,"长安城里的一切已经结束,一切都在无可挽回地走向庸俗"②。这句话结束了《万寿寺》,也结束了叙述的探索与诗意的创造。

所谓诗意,心灵的饥渴与智慧的探索只是表象,其饥渴的是另一个"我",其探索的是另一种叙述,以此摆脱沉重的过去,追寻逃离的自由。克尔凯郭尔精辟地指出了反讽与诗意的关系:"反讽所追求的就是这种自由。它总是小心翼翼,惟恐有什么印象令它倾倒;只有当人如此逍遥自在之时,他才能诗意地生活,众所周知,反讽所提出的最高要求便是人应该诗意地生活。"③克尔凯郭尔对这种反讽者的诗意并不认同,他一方面准确地指出这种诗意是一种和解,一方面又批评这种和解是逃避现实的和解:"通过对不完美的现实的否定,诗打开了一种更高的现实,把不完美的东西扩展、净化为完美的东西,从而减轻那种必将使一切暗淡失色的深沉的痛苦。在这种意义上,诗是一种和解,然而它不是真正的和解;因为它并不使我与我生活于其中的现实和解。"④克尔凯郭尔进而认为,"诗意的东西固然是一种对现实的征服,但是无限化主要在于逃避现实,而不在于逗留在现实之中"⑤。

这种诗意背后,是无法捕捉的虚无,一种克尔凯郭尔认为的"无影无踪的空虚",克尔凯郭尔在此引用了霍托(Hotho)对于德国"浪漫主义反讽"代表作家路德维希·蒂克(Ludwig Tieck,1773—1853)的文体

---

① 王小波:《万寿寺》,《青铜时代》,第 259 页。
② 同上。
③ [丹麦]克尔凯郭尔:《论反讽概念》,第 226 页。
④ 同上书,第 240 页。
⑤ 同上。

分析,我们读来活脱脱是王小波这种诗意文体的写照:"想象力无拘无束,天马行空,为描绘形形色色的图画保留着无边无际的自由空间;活泼的场景随意攀绕在一起,奇形怪状的线条互相缠绕,构成调皮的笑声,缤纷错杂地穿过松散的织物,讽喻把一般说来极为局限的形状朦朦胧胧地扩展开来,其间讽刺模仿式的玩笑肆无忌惮地把一切颠来倒去。"①克尔凯郭尔认为,这种文学是没有任何理想的文学(这里的"理想"译为"有价值的目标"或更清楚,二者是同一个词,可以理解为将诗意统一在一起而非任其四散的确定性),其内部充满着无限推衍的否定。这种分析和赵毅衡对于王小波名篇《黄金时代》的分析契合,赵毅衡综合佛教中观派哲学大师龙树"四句破"的逻辑与格雷马斯矩阵,指出王小波的叙述逻辑超越了二元对立,也超越了黑格尔式的"正—反—合","因为在《黄金时代》情节展开中,没有任何肯定,能看到的只是一个不断在否定中展开的叙述逻辑"②。克尔凯郭尔与赵毅衡都认为,这种否定的叙述游戏最终将归于唯一的一种可能:赵毅衡借用佛家"离四句,绝百非"的说法,认为"跳出肯定之后,也要跳出否定"③;克尔凯郭尔认为最终的安宁落在"诗意的永恒",这个"诗意的永恒"不能望文生义地理解,和我们习惯接受的"文学性"的永恒并不相关,其实是一种虚无之境,克尔凯郭尔的原话是:"他在这种永恒里看到了理想,但这种永恒是个怪物,因为它处于时间之外,所以理想转眼间变成了讽喻。"④

以诗意为道路,将理想转为讽喻,局外人就这样以反讽者的面目出现,超越历史,无限否定,安居于虚无之中。局外人同样批判现实,"就反讽与现实的关系而言,反讽的趋向在本质上是批判性

---

① [丹麦]克尔凯郭尔:《论反讽概念》,第247页。
② 赵毅衡:《叙述在否定中展开——四句破,符号方阵,〈黄金时代〉》,《中国比较文学》2008年第1期。
③ 同上。
④ [丹麦]克尔凯郭尔:《论反讽概念》,第248页。

的"①,不过这种批判与左翼、右翼的批判都不同,反讽者没有志趣去构建一个新的理想国,反讽的个人不同于"我不相信"的个人,正如反讽不同于怀疑(怀疑也总在假定某种东西),"在反讽之中,主体一步步地往后退,否认任何现象具有实在性,以便拯救它自己,也就是说,以便超脱万物,保持自己的独立"②。反讽真正的目的是想感受到自由,"现实对他失去了其有效性,他自由地居于其上"③。正是基于此,王小波的小说读起来有一种自由的快感,王小波的自由不是自由主义式的自由,不是指向民主、共和的作为历史一部分的自由,而是脱历史的自由。

无论右翼对于王小波的征用,还是左翼对于王小波的批判,都是一场历史的误会。王小波的文学是虚无的文学,与任何立场无关。在王小波这里,历史既不是左翼所理解的,也不是右翼所理解的,"王二"不在历史之中,而是在历史之外。读到这一层,我们方能真正理解《革命时期的爱情》的结尾:

> 我仿佛已经很老了,又好像很年轻。革命时期好像是过去了,又仿佛还没开始。爱情仿佛结束了,又好像还没有到来。我仿佛中过了头彩,又好像还没到开彩的日子。这一切好像是结束了,又仿佛是刚刚开始。④

三、作为创伤与疗愈的后现代

在虚无之境中,王小波笔下的"王二",成为青年读者的自由镜像,他们像王二一样反讽性地穿越沉重的历史,似乎对一切憺然无

---

① [丹麦]克尔凯郭尔:《论反讽概念》,第223页。
② 同上书,第207页。
③ 同上书,第203页。
④ 王小波:《黄金时代》,第338页。

知,自然也清白无罪。王小波很擅长也很热衷使用"结构性反讽"(structural irony)①,对应的叙述策略是设置一位天真的叙述人或代言人,《革命时期的爱情》中是借助"儿童"的身份,而更具代表性的是《似水流年》中的李先生,这位海归博士无法理解"文革"的荒诞,将其天真地归于大学得罪过的印度同学施法报复。王小波笔下的人物们,就这样居于脱历史的虚无中,反讽性地疏离着自己的时代。

面对"文革",王小波提供了一种真正的"伤痕文学"。"新时期"肇始的"伤痕文学",其脱罪的策略,是宣布自身是历史的受害者。对于这种"伤痕文学"的叙述策略,杨小滨曾如此批评:"对精神创伤的简单呈现由于缺乏间距,由于形态的同构型而成为暴力的同谋。'伤痕文学'的无能就是证明。"②这里的间距不仅是时间意义上的,也是叙述间距意义上的,"伤痕文学"幻想以同样的形式来置换不同的历史内容,形式上的幼稚,暴露出自身的虚假。而真正得以从历史中脱罪的叙述策略,在王小波这里才臻于成熟。治愈"文革"之后一代人的精神创伤,有赖于王小波的写作。

这正是王小波之所以如此流行的秘密。1990年代以来的小说市场有三位神话般的作家:路遥、张爱玲、王小波。和文学圈内的代表作家相比,他们不需要借助文学场的文化资本,而是直接击中各自读者群体的情感结构:路遥之于城乡迁徙大潮中的青年,张爱玲之于都市化以来小资—白领青年,王小波之于渴望寻求"自由"的青年。

在这个意义上,王小波与村上春树相遇。理解"后冷战"的东亚,这是两位标志性的作家,分享着类似的历史情境与叙述策略,各自以复杂的叙述形式,缓解着青年一代面对历史重负的焦虑。这种历史重负,对于日本青年是"二战",对于中国青年是"文革"。村上春树的

---

① 参见艾布拉姆斯对于"结构性反讽"的分析,中译本一般译为"通篇性反讽"。[美]M.H.艾布拉姆斯:《文学术语词典》,第271页,吴松江等编译,北京大学出版社,2009年。

② 杨小滨:《中国后现代——先锋小说中的精神创伤与反讽》,第58页,上海三联书店,2013年。

中国译者林少华曾敏锐地感觉到村上春树与王小波的相似,"两人都力图通过被边缘化的小人物冷眼旁观主流社会的光怪陆离,进而直面人类生存的窘境,展示人性的扭曲及使之扭曲的外在力量的强大与荒谬"①。林少华的这种感觉是对的,但说得还不够透彻,透彻的分析见于小森阳一对于村上春树《海边的卡夫卡》的分析:"诉诸大众共有的社会性集体记忆,在片刻间唤起读者记忆之后,随即将其作为无可奈何之举予以宽许,甚至最终将记忆本身消解一空,这是小说《海边的卡夫卡》义本策略的一个基本结构。"②

正如村上春树面对"二战"写作,王小波面对"文革"写作,这并不必然表现为二者的小说写的是"二战"或"文革",而是哪怕写的是未来或历史,"二战"或"文革"构成的精神创伤与脱罪的焦虑都构成了潜在的母题。杨小滨对此有犀利的洞见:"如果说西方背景中可以与'后现代'互换的概念是戴维·赫希(David Hirsch)提出的'起源于历史的后奥斯维辛',那么在当代中国,后现代也可以被理解为'后文革'。"③笔者同意杨小滨的这一看法,王小波的"后现代性"可以置换为"后革命性",在这一视域中,《革命时期的爱情》处理的问题,不是自由主义式的爱情对于革命的解构,而是后革命时期的现代性困境以及对于这一困境的超克。

无疑,这里隐含着对于中国后现代写作的不同理解,在1980年代末期的历史巨变之后,1990年代初期的学界一度掀起后现代主义热,张颐武等批评家征用后现代多元、解构等特征,为当时的社会转型辩护——这种转型的特征被概括为"社会市场化、审美泛俗化、文化价

---

① 林少华:《2007读书印象:王小波和村上春树之间》,2007年12月19日《中华读书报》。
② [日]小森阳一:《中文版序》,第8页,《村上春树论——精读〈海边的卡夫卡〉》,秦刚译,新星出版社,2007年。
③ 杨小滨:《中国后现代——先锋小说中的精神创伤与反讽》,第247页。

值多元化"①,这大概是最早为"市场社会"辩护的观点了。这种对后现代的理解,交织着国家—民族本位与市场—世俗本位,在国家的立场上以"后现代主义"的多元论强调"第三世界文化"的本土性自觉②;在市场的立场上以"后现代主义"的平面论支持大众文化的商业化,肯定《渴望》《编辑部的故事》《北京人在纽约》《曼哈顿的中国女人》、权延赤的领袖轶事以及报纸的周末版与"社会大特写"。当时的倡导者也模糊触及了后现代与精神分析的关系,但看法却是:"这些新奇的花样使人目迷五色、心旷神怡,它们调用我们的无意识和欲望,使我们把在现实中不可企及的一切在本文中得到宣泄。"③

这是国家主义—消费主义合谋的后现代,其实质是为彼时兴起的"中国特色的市场经济"提供文化意识形态的支撑。后现代主义丧失了自身的理论与历史的深度,变成一堆支离破碎的教条,无非是提供一种辩护性的说辞,被用来对抗"现代性",终结"新时期"。合乎逻辑,这批学者的理论,从后现代出发,最终走向了"中华性"。

真正理解中国语境中的后现代,首先要将其与这种作为意识形态的后现代相区别。杨小滨以反讽为基点理解中国的后现代写作(在他的分析中,中国的后现代写作等同于先锋文学,他主要分析了余华、残雪、徐晓鹤、格非与莫言),他认为"中国先锋派叙事可以归纳为反讽"④,这种反讽是阿多诺意义上的"否定的辩证法",是一种否定之否定之后推出新的否定的否定性叙述逻辑,其源自"文革"所代表的精神创伤,"文学后现代性就是以形式主义的方式对现代性内在的精神创伤暴力的忏悔"⑤。笔者同意杨小滨的这一判断,也只有历史性地理解先锋文学反历史的形式主义,才可能获悉先锋文学的真正起源。

---

① 张法、张颐武、王一川:《从"现代性"到"中华性"——新知识型的探寻》,《文艺争鸣》1994年第2期。
② 参见张颐武:《第三世界文化与中国文学》,《文艺争鸣》1990年第1期。
③ 张颐武:《后现代性与"后新时期"》,《文艺研究》1993年第1期。
④ 杨小滨:《中国后现代——先锋小说中的精神创伤与反讽》,第107页。
⑤ 同上书,第263页。

而长期被视为"文坛外高手"的王小波,在文学史的谱系上,无疑属于先锋文学作家。

不过,王小波的后现代性比杨小滨所分析的先锋文学作家要彻底。双方的分歧在于,杨小滨认为先锋文学所提供的后现代性的主体依然是一种有超越性维度的主体,这种超越性不是现代性叙事中的"主人话语"那种确立历史必要性的崇高,比如杨小滨所细读的样板戏《海港》的叙事,而是否定性的超越:"自我意识的超越性只有在它对自身非超越性的认知中才能获得",这种主体内在的否定性使得主体不断抵抗总体化的威胁,不断迫近每一瞬间的、具体的自由。① 杨小滨的这种分析理路,暗含着自由主义大叙事下"政治世界/日常生活"的二元论,倾向于相信总体化无法触及的阴影下,大历史的链条断裂处,个体的自由是可能的。而王小波的主体不是抵抗性的主体,这种主体性克尔凯郭尔说得很清楚,"作为无限、绝对的否定性,反讽是主体性最飘忽不定、最虚弱无力的显示"②。概括地讲,如果说杨小滨所分析的中国先锋文学的内在脉络是"历史创伤—反讽—否定—自由",那么王小波作品的内在理路是"历史创伤—反讽—虚无—自由"。二者的差异,在于反讽仅仅是一种否定性的叙述逻辑,还是一种否定性的世界观。

和余华、格非、莫言他们相比,王小波的文学世界更虚无。在《革命时期的爱情》中,王小波拆解了必然性,将历史还原为一系列偶然性的连缀,"我们不知为什么就来到人世的这个地方,也不知道为什么会遇到眼前的事情,这一切纯属偶然"③。在王二眼中历史是一场骰子或彩票游戏:"与我有关的一切事,都是像掷骰子一样一把把掷出来的"④;"革命时期对我来说,就是个负彩时代"⑤。

---

① 杨小滨:《中国后现代——先锋小说中的精神创伤与反讽》,第 264 页。
② [丹麦]克尔凯郭尔:《论反讽概念》,第 1 页。
③ 王小波:《黄金时代》,第 314 页。
④ 同上书,第 314 页。
⑤ 同上书,第 246 页。

这种偶然的历史观,让人想起尼采笔下查拉图斯特拉的呐喊:"偶然,这是世界上最古老的贵族。当我说没有任何永恒的意志愿意高踞其上的时候,我就把它还给了万事万物。"①宣告"上帝已死",解构了永恒的意志之后,尼采踏过了虚无的深渊,将偶然视为一种创造性的力量,赋予他所向往的"超人"。尼采在《权力意志》中写道:"我在偶然性中间识别出主动的力和创造性的东西——偶然,就是创造冲动的互相撞击。"②轰毁了普遍性法则的"超人",对于世界也许是另一场灾难,不过理查德·罗蒂认为,在偶然意识的基础上,普遍价值依然是可能的,在"偶然"与"反讽"之后,依然有可能实现人类的团结:"我的自由主义乌托邦的公民们,都会对他们道德考量所用的语言,抱持着一种偶然意识,从而对他们的良知和他们的社会,也抱持相同的意识。他们都会是自由主义的反讽者(liberalironists),都能符合熊彼特的文明判准,能够将承诺(commitment)和他们对自己的承诺的偶然意识,结合成一体。"③

然而王小波比尼采与罗蒂更悲观也更虚无,王小波对于历史"偶然性"的把握,是将历史视为无法理解的、非逻辑的一种永恒的惩罚,偶然性没有导向对于历史的否定,而是导向无法在偶然性的历史中把握个体命运的悲观,在《革命时期的爱情》中王小波写道:"这个世界上只有负彩,没有正彩。我说我是个悲观论者,就是指这种想法而言。"④在王二成年之后,他回忆起1967年武斗的场景:

> 一九六七年我在树上见过一个人被长矛刺穿,当时他在地上慢慢地旋转,嘴巴无声地开合,好像要说点什么。至于他到底想说些什么,我怎么想也想不出来。等到我以为自己中了头彩才知

---

① 转引自[法]加缪:《局外人 西绪福斯神话》,第103页,郭宏安译,译林出版社,2011年。
② [德]尼采:《权力意志》,第694页,张念东、凌素心译,商务印书馆,1991年。
③ [美]理查德·罗蒂:《偶然、反讽与团结》,第89—90页,徐文瑞译,商务印书馆,2003年。
④ 王小波:《黄金时代》,第258页。

道了。这句话就是"无路可逃"。当时我想,一个人在何时何地中头彩,是命里注定的事。在你没有中它的时候,总会觉得可以把它躲掉。等到它掉到你的头上,才知道它是躲不掉的。①

王小波式的虚无,难免要招致尖锐的诘问:王小波和他的读者,不就是犬儒主义者么?"王小波热"的原因,不正是迎合了1990年代以来理想幻灭后犬儒主义在中国的流行么?反讽的虚无,往往被判定为就是犬儒主义的虚无,在批评者眼中,这被视为一种"后现代病":"在20世纪90年代的文化氛围中,这种犬儒主义态度在'后现代反讽'标志之下粉墨登场。就像19世纪末期的'颓废'一样,反讽几乎也已经成为体现时代精神的报纸杂志上大书特书的标语。"②有的学者对此批评得很严厉,"反讽是本时代必备的修辞,是任何人在离家后都不应该不随身携带的要紧物品。它也替代爱国主义成为恶棍们最后的避难地"③。齐泽克在《意识形态的崇高客体》中则批评埃科的《玫瑰之名》(见于《极权主义笑声》这一章),批评其对于意识形态(在小说中的人物是老豪尔赫)教条化的理解,而没有意识到犬儒主义本身就是意识形态的一种形式:"我们的命题与埃科这部小说的潜在前提几乎是完全相反的:在当代社会(无论是民主社会还是极权社会)中,可以说,愤世嫉俗的距离、笑声、讽刺是这个游戏的一部分。"④

这种批评尽管颇为棘手,但并非无法回答,常见的反驳方式是区分反讽主义与犬儒主义,反讽意味着否定,而犬儒主义意味着虚无之后的合作,等同于钱理群所批评的"精致的利己主义者"。齐泽克也借助斯洛特迪基克在《犬儒理性批判》中对于"大犬儒主义"的分析,区

---

① 王小波:《黄金时代》,第311页。
② [美]提摩太·贝维斯:《犬儒主义与后现代性》,第56—57页,胡继华译,上海人民出版社,2008年。
③ [加]B.奥斯丁-史密斯:《深入到反讽的内心》,转引自[加]琳达·哈琴:《反讽之锋芒:反讽的理论与政见》,第224页,徐晓雯译,河南大学出版社,2010年。
④ [斯洛文尼亚]齐泽克:《意识形态的崇高客体》,第38页,季广茂译,中央编译出版社,2002年。

分了"大犬儒主义"与"犬儒主义",认为"大犬儒主义"意味着对于通俗化、鄙俗化的官方文化的拒绝。① 支持反讽一方的中国学者,其辩护的方式往往落在反讽的否定性上。如杨小滨承认犬儒主义是中国的后现代反讽的一种潜在危险,"叙事的自我怀疑并不等于犬儒主义,然而叙事的自我怀疑和犬儒主义都反映了灾难性的精神创伤体验带来的共同的社会精神状态。我们必须小心犬儒主义的陷阱"②。杨小滨对此的应对是,他强调先锋文学所蕴含的否定性的因而是批判性的力量,"那么阅读中国先锋小说后现代反讽必须揭示其蕴含在自我圈套、自我指涉和对两难经验的自我批判中否定性的因而也是乌托邦的力量"③。而赵毅衡的回答更为乐观:"反讽时代,不是犬儒时代。恰恰相反,反讽最认真:承认彼此各有是非,却不借相对主义逃遁。欲在当代取得成熟的个人性与社会性存在,反讽是唯一方式。"④

赵毅衡的答案接近于罗蒂"自由主义乌托邦"的答案,这在一个有元规则支撑的社会是可能的,因为反讽者在承认彼此各有是非之后,总需要取得"交叠共识",这需要依赖外在的决断,自由主义的反讽者的社会,其实和多元化的市民社会很相似。但是中国的情况未必如此乐观,在难以参与自身生活的基础上,反讽虽不同于相对主义,但同样有逃遁的一面。而杨小滨的答案,实则是认为先锋文学作为关于叙述的叙述,暴露了大叙事的虚假性。这点和王小波是相通的,王小波的反讽叙述"不是一般的'暴露叙述痕迹'的元小说,而是关于叙述规律的讽喻"⑤。这种对于元叙事的暴露与解构,和先锋文学的其他作家一样,未必是出于批判的立场,但是起到了更深层的批判的作用。

---

① [斯洛文尼亚]齐泽克:《意识形态的崇高客体》,第40页。
② 杨小滨:《中国后现代——先锋小说中的精神创伤与反讽》,第119页。
③ 同上。
④ 赵毅衡:《反讽时代:形式论与文化批评》,复旦大学出版社,2011年,封底页之作者说明。
⑤ 赵毅衡:《叙述在否定中展开——四句破,符号方阵,〈黄金时代〉》,《中国比较文学》2008年第1期。

不过,笔者觉得值得追问的是,王小波作品中的反讽性否定背后是否有确定的价值,否定之否定之后,是否有肯定的可能?这需要超越反讽的逻辑,在王小波有的作品中,反讽的否定性逻辑维持着文本的所有细部,比如在叙述上臻于完美的《黄金时代》《万寿寺》,由于这种反讽的彻底性有一种绝望与寂灭之感;而在有的作品中,比如《革命时期的爱情》,在反讽性的周密叙述中,存在着断裂的环节,这反而透露出一点超越的希望:并不是所有的理想都要转为讽喻,确实性的价值或许是存在的。这种确定性的追求,或可概括为"真的人",这显示在小说中王二与"X海鹰/姓颜色的大学生"的不同的爱情关系中。

这组爱情关系,是作为反讽者的王小波笔下罕见的二元对立项,毕竟确定性的追求无法在无限否定的反讽中显现,而要落实在"正/反"关系中。对于X海鹰,王二始终感到憎恶,这种憎恶不仅由于X海鹰的意识层面被泛滥的革命话语所填充,更是由于X海鹰的无意识层面也是被历史所结构的。在二人发生性关系后,X海鹰向王二讲述十六岁时听过忆苦报告后,一直缠绕自己的一个梦:

> 她告诉我说,听了那个报告,晚上总梦见疾风劲草的黑夜里,一群白绵羊挤在一起。这些白色的绵羊实际上就是她和别的一些人,在黑夜里这样白,是因为没穿衣服。再过一会,狠心的鬼子就要来到了。她们在一起挤来挤去,肩膀贴着肩膀,胸部挨着胸部。后来就醒了。照她的说法,这是个令人兴奋不已的梦。①

X海鹰之所以与王二发生性关系,是因为性爱的无意识冲动只有转化为意识层面的革命叙事,才能获得合法性,而落后分子王二可以对位于"日本鬼子"。故而X海鹰的性反应是十分奇异的:"有一阵子她好像是很疼,就在嗓子里哼了一声。但是马上又一扬头,作出很坚强的样子,四肢抵紧在棕绷上。总而言之,那样子怪得很。"②在这个

---

① 王小波:《黄金时代》,第327页。
② 同上书,第304页。

层面方能理解什么是"革命时期的爱情",不是"爱情"解构了"革命",而是"革命"填充了"爱情","革命"不仅侵入了意识层面,也侵入了无意识层面。在这个意义上我们方能理解王小波的自序所暗示的:"这是一本关于性爱的书。性爱受到了自身力量的推动,但自发地做一件事在有的时候是不许可的……故而性爱也可以有最不可信的理由。"①而王二对此的反应是:

> 但是当时我根本没听出到底是什么在叫人兴奋。我还认为这件事假得很。现在我对这些事倒有点明白了。假如在革命时期我们都是玩偶,那么也是些会思想的玩偶。X海鹰被摆到队列里的时候,看到对面那些狠心的鬼子就怦然心动。但是她没有想到自己是被排布成阵,所看到的一切都是出于别人的摆布。所以她的怦然心动也是出于别人的摆布。她的一举一动,还有每一个念头都是出于别人的摆布。这就是说,她从骨头里不真。想到了这一点,我就开始阳痿了。②

X海鹰在意识层面和无意识层面都试图将王二历史化,以"革命"剧本所预设的历史角色来定位王二;而王二渴望从历史中逃逸,他意识到X海鹰的无意识层面都被革命化了,所谓"从骨头里不真",由此丧失了对于X海鹰的"爱"。与之相对应,王二试图找到纯粹的人,也即没有被革命所污染的"真的人"。他回忆起1967年武斗结束时和"姓颜色的大学生"的一段爱情:"假如在臭气熏天的时期,还有什么东西出污泥而不染的话,她就可以算一件了。"③在武斗结束后的1968年春天,王二与姓颜色的大学生在河边消磨时光,游泳,亲吻,尝试做爱。姓颜色的大学生识破了革命的荒诞,她告诉王二:"你也不是男人,我也不是女人。谁也不知道咱们算些什么。"④姓颜色的大学生经

---

① 王小波:《黄金时代》,第187页。
② 同上书,第327页。
③ 同上书,第299页。
④ 同上书,第317页。

常呕吐,抵抗着革命的规训,维持着纯粹的状态,而这和 X 海鹰构成对比:

> 后来她告诉我说,她呕吐,是因为想起了一些感到恶心的事,在这种情况下,她宁愿马上吐出来,也不愿把恶心存在胸间。原来她是想吐就能吐出来的。除此之外,姓颜色的大学生眉毛很黑,皮肤很白。她身上只有这两种颜色,这样她就显得更纯粹。不像 X 海鹰是棕色的,身上还有一点若隐若现的绿色。这大概是绿军装染的吧。①

王小波所追求的"真的人"或"纯粹的人",在他的作品中往往出现在大自然或上古史(比如古罗马或古埃及)的环境中,大致是"青铜时代"(这本身就是上古史分期的概念)之前的时代。在王小波的作品中,大自然环境中的性,回归到美好的自然状态,比如王二后来和他妻子的性爱:"然后我们就钻到林子里去,这里一片浓绿,还充满了白色的雾。我老婆大叫一声:好一片林子呀!咱们坏一坏吧!于是我们就坏了起来。享受一个带有雾气、青草气息和寂静无声的性。"②而在"青铜时代"(历史)、"黄金时代"(现实)、"白银时代"(未来)的社会史阶段,人性已经被权力所操纵与玷污,王二一度以浪漫的想象对抗灰暗的现实,将"文革"的武斗古罗马化,幻想像古罗马勇士一样享受战斗与光荣的失败,"给我一场战斗,再给我一次失败"③,而他最终发现这场战斗和革命本身一样荒诞,成为"真的人"或"纯粹的人"在革命时期是不可能的:

> 我们根本就不是战士,而是小孩子手里的泥人……没有人因为她长得漂亮就杀她祭神,也没人因为我机巧狠毒就把我钉死。这不是因为我们不配,而是因为没人拿我们当真——而自己拿自

---

① 王小波:《黄金时代》,第 317 页。
② 同上书,第 276 页。
③ 同上书,第 322 页。

己当真又不可能。①

结语:叙述能否治愈精神创伤？

如上所述,本文在反思"自由主义/文化研究"二元框架中的王小波研究的基础上,以《革命时期的爱情》为例,从叙述视角这一形式分析切入王小波独特的"局外人视角",勾勒一条理解王小波作品的深层线索"历史创伤—反讽—虚无—自由",由此把握王小波作品的历史起源、形式特征与精神脉络。通过与村上春树的对照式阅读,分析作为中国语境的后现代写作,王小波作品的魔力所在,在于治愈了读者面对当代史的负罪感。王小波作品如此畅销的原因,一定程度上借助了后革命时期的文化氛围,但是王小波作品不同于犬儒主义,而是蕴含着对于"真的人"的向往。

本文最后想再进一步讨论的是,叙述能否真正治愈精神创伤？这个问题有三层维度:在文学批评的意义上,王小波的作品是精神分析的文学手册,还是最终包含着自我反讽,指向精神治愈之不可能？在文学史的意义上,作为当代文学三十年(1977年以来)的历史起点,"伤痕文学"在象征的意义上代表着国家对于文学的想象与规定:以文学的方式整合个体与共同体的断裂,寻找自己的历史位置,成为现代化时期的新人。作为最具形式强度的"伤痕文学",王小波的作品如果依然无法承担这一历史任务,则显示出断裂的深度与文学的有限性。在思想史的意义上,王小波最终不是一个犬儒主义作家,"局外人"固然分享着与犬儒主义相似的历史位置,但是王小波最终解构了"局外人"的视角,指出了脱历史的不可能。

回到《革命时期的爱情》,这个故事的核心架构,是一个精神分析式的人物关系:X海鹰要求王二交代;在二人发生性关系后,X海鹰开

---

① 王小波:《黄金时代》,第321—322页。

始向王二讲述。这个精神分析的框架混杂着宗教式的忏悔与告白,指向精神治愈,然而我们发现,X海鹰哪怕让王二讲出他与姓颜色的大学生的爱情往事,也始终没有让王二讲出自己内心的精神创伤。王二面对X海鹰的逼问,除了各种磨洋工的敷衍外,只是讲述了"文革"发生后的故事(小说中以"我告诉X海鹰"标识),然而对于"文革"之前的童年创伤,王二始终保持沉默:"有关湿被套和我后来的事,我都没有告诉X海鹰。"①这两件事是叙述人直接讲给读者的,"后来的事"发生在与X海鹰1974年分手以后,在当时自然没有可能讲给X海鹰,但王二为什么要隐瞒"湿被套"这件事?

"湿被套"("大炼钢铁"带来的划伤)与"炉筒子"("大炼钢铁"的小高炉)是王二童年创伤的两种症候。所谓"湿被套",发生在1958年,六岁的王二目睹"大炼钢铁"的怪诞后,不慎摔倒在钢堆边,手臂被划开了。当王二后来有性意识时,"湿被套"的意象压抑着性:"我小的时候,在锅片上划破了手腕,露出了白花花的筋膜,这给我一个自己是湿被套扎成的印象。后来我就把自己的性欲和这个印象联系起来了。"②"大炼钢铁"对于王二的创伤并没有结束,先是钢铁划开了他的身体,粉碎了王二欣喜若狂的梦(在童年王二眼中,"大炼钢铁"是充满着紫色烟雾的达利式的梦境),之后"炉筒子"粉碎了王二再一次寻找神奇的幻想。王二一度想把"大炼钢铁"的神奇——"紫红色的天空和种种奇怪的情景"③——找回来,八九岁的时候开始爬一座遗弃的小高炉,"这就是土高炉那个砖筒子——虽然它只围了几平方米的地方,但我觉得里面有一个神奇的世界"④。然而当十三岁的王二终于爬进去后,小高炉里面的世界并不神奇,而是和现实生活一样逼仄与庸俗:

---

① 王小波:《黄金时代》,第258页。
② 同上书,第293页。
③ 同上书,第216页。
④ 同上书,第217页。

现在该说说我爬炉壁的事是怎么结束的。到十三岁那一年,我终于爬过了那个炉筒子,进到了土高炉里。那里面还是什么都没有。除了一个砖堆,砖堆边上有一领草席,草席边上还有个用过的避孕套,好像一节鱼鳔。里面盛了些胶冻似的东西。虽然当时不能准确指出那是什么,但也能猜到一些。那里面的东西叫我联想起六岁时在伤口里看到的自己的本质——一个湿被套。从那时开始,我的人生观就真正悲观起来了。①

有意味的是,小说特意标明了王二开始具有性意识的年龄,也是十三岁:"我在十三岁时,感到自己正要变成一个湿被套,并且觉得自己已经臭不可闻。当时我每星期都要流出粘糊糊的东西。"②正是小高炉里面的真相,使得王二将同一年开始的性欲与创伤体验相联系。"湿被套"与"炉筒子"所指代的"大炼钢铁",作为"革命时期"的象征,构成了王二的精神创伤。"大炼钢铁"中的钢构成一种"阉割"的焦虑,"小高炉"构成一种对于欲望的祛魅与压抑,当王二在十六岁时(1968年春天)第一次尝试做爱时,被精神创伤所干扰而没有成功:"等到我和姓颜色的大学生试着干这件事时,心里就浮现炉筒子里的事。那时候我抱着她的肩膀(她的肩膀很厚实),脸贴着她饱满的胸膛,猛然间感到她身后是炉筒子。一股凄惨就涌上心头,失掉了控制。这在技术上就叫早泄吧。"③

在弗洛伊德的思想里,压抑的欲望可以通过对于"父亲"的认同而转化,但是随着"文革"的展开,父与子的关系也断裂了,父亲将革命的暴力(红卫兵批斗)转嫁到"我"的身上,"六六年我就厌倦了我爸爸,但他仍然是我爸爸"④。"父亲"所象征的秩序空洞化,无法给予欲望以合法性支撑,这导致着主体的忧郁。反讽的叙述是对于主体的忧

---

① 王小波:《黄金时代》,第257—258页。
② 同上书,第267页。
③ 同上书,第298页。
④ 同上书,第287页。

郁的一种克服,这是王二在十四岁时的决定:

> 这些事情我都忍受过来,活到了十四岁。一辈子都这样忍下去不是个办法,所以我决定自寻出路。这个出路就是想入非非。爱丽丝漫游奇境时说,一切都越来越神奇了。想入非非就是寻找神奇。①

然而,"叙述"治愈了王二的精神创伤吗?或者把这个问题的象征意味显豁地讲出来:"文学"能否解决"历史"问题?1990年代以来,米兰·昆德拉、村上春树以及王小波,以"文学"之轻盈解脱"历史"之沉重,这份沉重的历史债单上罗列着二战、冷战等20世纪的核心主题,这些主题也构成了后革命时期的精神创伤。他们的作品深刻契合着当代中国历史语境的转轨,不断掀起阅读的热潮,用米兰·昆德拉的一部作品来讲,就是"庆祝无意义"。但是王小波指向精神创伤的反讽叙述,最终包含着自我的瓦解;他那堪为"伤痕文学"最高成就的《时代三部曲》,也无法在叙述的迷宫中彻底遗忘历史的真相。"我"就是"王二","我"不在历史之外,而是在历史之中。王小波的"局外人"的视角结束于这样一个时刻,"我"重新成为"王二":

> 有一件事使我不得不如此。小时候我跑到学校的操场上,看到了一片紫色的天空,这件事我也可以用第三人称讲述,直到我划破了胳膊为止。这是因为第三人称含有虚拟的成分,而我手臂上至今留有一道伤疤。讲到了划破了胳膊,虚拟就结束了。②

反讽的解脱不同于禅宗的解脱,反讽是与历史的游戏,而不是取消历史,反讽的逻辑中始终有一个"我"。这个"我"解构一切真理后,最终要回落到最为个体化的身体层面上,这是无法虚无的剩余。"胳臂"的伤痕赫然在目,结束了局外人视角,伤痕最终如其本来面

---

① 王小波:《黄金时代》,第243页。
② 同上书,第205页。

目,是身体化的铭刻。"文学"不是"医学",不应再抱有"医"与"文"互相置换这种现代性的文学意识,怎样的"文学"也无法祛除伤痕。在《革命时期的爱情》中,在王小波所有戏谑狂欢的作品中,有一层隐隐的阴郁与绝望。王小波的小说归根结底是悲剧性的,他就像是愁容骑士,忧郁地行吟在大地上。

断续写于 2013 年秋到 2014 年夏,完稿于 2014 年 8 月 5 日
上海二三书舍

(作者为中国人民大学 2009 届博士毕业生,
现为华东师范大学中文系教授)

文变染乎世情
——"《废都》批判"整理研究

魏华莹

1993年,以"商州系列"在当代文坛独树一帜的贾平凹写出了自己第一部以城市生活为题材的长篇小说《废都》,由《十月》杂志1993年第4期全文刊载,同年6月北京出版社出版单行本。在作品的后记中,贾平凹将其称为"安妥我破碎了的灵魂"的一本书。然而,又如他所言,书出版之后就和作者完全脱节。之后,围绕《废都》的评论成为1993年最为热闹的文化事件,赞之者誉之为"好书""奇书",毁之者称之为"黄书""黑书"。对一部作品竟然出现如此迥异的评价,这些充满矛盾和分歧的文学批评也折射出转型期知识界波涛暗涌的动荡与哗变。此后,在新闻媒体、书商的助势之下,大量批评《废都》的文章结集出版,对其否定性批判终成压倒之势,这也导致《废都》在出版半年之后被北京市新闻出版局以"淫秽色情""低级庸俗"为由下文收缴。可以说,《废都》作为"一部普通的长篇小说,竟一时成为知识界的'公敌',遭到很多文章的严厉批评、否定,当然也有维护的观点,这本身就是一个值得讨论的'问题'"。本文尝试对"《废都》批判"进行整理。韦勒克告诉我们,"不同时代有不同的文学批评观念和批评规范"[①],时过境迁之后,《废都》作为"重放的鲜花"[②]由作家出版社再

---

① [美]勒内·韦勒克、奥斯汀·沃伦:《文学理论》,第35页,刘象愚等译,江苏教育出版社,2005年。

② 孟繁华认为:"《废都》再版对贾平凹个人来说,也是一朵重放的鲜花。"王新民:《一部奇书的命运——贾平凹〈废都〉沉浮》,第49页,花山文艺出版社,2011年。

版,当年一些激烈批判《废都》的学者也做出反思。因此,本文的整理主要围绕着1993年6月《废都》出版到1994年1月被禁的时间范围,从中找寻文学转轨的历史脉络。

一、众声喧哗议《废都》

1993年,《废都》的出版备受文学界关注。一方面,它伴随着"陕军东征"①的步伐进入文坛;另一方面,在琼瑶热、梁凤仪热、王朔热的文坛背景下,贾平凹是唯一可以和这些"通俗"作品相抗衡的"纯文学"作家。因此,《废都》还未出版,就引起极大轰动。先是抢稿大战,"十几家出版社开始追踪他,有人拍出数万订金,有人拿出企业资助的优惠,有家出版社还动员了官方力量"②。然后是被某报纸误报道为"稿酬百万","'一部小说赚了100万'的消息被30多家国内外报纸炒红"③,甚至某国内大报也发出《宁可信其有,不可信其无》的报道,直呼"文学升值有望",这又酿成新一轮的"百万稿酬风波"。此外,媒体又进一步曝光作品内容,借用研究者、评论家的话语,声称此书是"当代《红楼梦》""当代《金瓶梅》""继《围城》之后写知识分子最好的小说"……

前期的宣传到位,加上贾平凹的个人影响——其作品多次获奖,在纯文学界一直享有很高的地位,他的书尤其是散文销量一直很好——也导致了书未出,而征订数目已经达到30万册,第一版开印就

---

① 包括高建群《最后一个匈奴》,作家出版社1992年9月出版;京夫《八里情仇》,中国文联出版公司1993年1月出版;陈忠实《白鹿原》,人民文学出版社1993年6月出版;贾平凹《废都》,北京出版社1993年6月出版。韩小蕙在1993年5月25日《光明日报》中将其誉之为"陕军东征"。

② 刘爽:《贾平凹与〈废都〉近闻录》,1993年7月25日《中国妇女报》。

③ 参见刘爽:《"〈废都〉热"与"百万稿酬"》,1993年7月16日《南方周末》。该文介绍《废都》得稿酬6万元。

是37万册①,北京出版社及另外六家出版社紧急再版或租型印制《废都》近百万册,发往全国各地,大有铺天盖地之势。与之同时,各种报纸杂志关于《废都》的报道不绝于耳,《中国青年报》予以连载,《南方周末》7月16日刊登《"〈废都〉热"与"百万稿酬"》;《光明日报》7月17日以整版篇幅登出《废都》后记,改名为"安妥我灵魂的一本书";《羊城晚报》8月1日登出《沸沸扬扬炒〈废都〉》;《北京晚报》8月1日《一部难得的世态人情小说——写在贾平凹的新作〈废都〉面世之际》;《文汇报》8月7日刊登《简说〈废都〉》;《陕西日报》8月17日第四版头条刊出《贾平凹与〈废都〉》;《文学报》8月12日登出《〈废都〉的性描写引起了争议》;《工人日报》8月15日刊登读者来信《〈废都〉让人看了不舒服》;天津《今晚报》10月11日刊登《〈废都〉引起的凶杀案》……

文学评论界对《废都》的出版也积极响应,陕西省评论界率先开展对话;北京知识界撰写大量的批评文章;江苏当代文学研究会举行"《废都》和《废都》现象"的学术讨论会;上海批评家或撰写文章,或展开对话讨论;广州评论界在暨南大学召开座谈会;《当代作家评论》在1993年第6期开设"贾平凹作品评论小辑",《文艺争鸣》在1993年第5、6期开出"《废都》争鸣专栏"……毁誉共生、以毁为主的批评纷沓而至,对于贾平凹"媚俗""堕落""无耻"的批判声音也与日俱增,"大批判"之后,这些评论文章迅速结集推出。包括:

王新民选编:《多色贾平凹》,陕西人民出版社1993年7月出版。多是作家、批评家、编辑眼中的贾平凹,也包括《废都》的创作答问和故事梗概。

《出版纵横》编辑部:《贾平凹与〈废都〉》,陕西人民出版社1993年7月出版。包括《废都》大观、七嘴八舌说平凹、老少话平凹、书人品评等。

---

① 同为"陕军东征"的代表性作品,人民文学出版社1993年6月出版的《白鹿原》,新华书店初次征订仅为800册,第一版印刷数为14851册。周昌义、小王:《〈白鹿原〉复生和〈废都〉速死》,《西湖》2008年第2期。

江心主编:《〈废都〉之谜》,团结出版社1993年9月出版。内容包括众说《废都》、《废都》梗概、近看贾平凹和贾平凹"档案"等等。

井频、孙见喜:《奇才·鬼才·怪才贾平凹》,西安出版社1993年9月出版。书中多收录对贾平凹的身世、成长、家史、环境、个性、爱好、婚恋、爱情、为人处世、趣闻佳话的翔实描述,关于作家的艺术追求、文学主张、创作生涯、写作心态、名篇背景、心得体会、社会评述的真实记载,以及对《废都》创作过程和素材的介绍。

先知、先实选编:《废都啊,废都》,甘肃人民出版社1993年10月出版。主要包括贾平凹关于《废都》的创作问答、《废都》大讨论、陕西专家评价《废都》的主要观点、京都评论家谈《废都》等等。

黄海舟编:《废都之谜》,贵州人民出版社1993年10月出版。编者声明:"要笑骂由你笑骂,切莫将贾平凹比庄之蝶。欲评说任人评说,管他是红楼梦与金瓶梅。"共包括四个版块:《废都》一日读、《废都》人物群像、《废都》一家之言、诸子百家侃《废都》。

肖夏林主编:《〈废都〉废谁》,学苑出版社1993年10月出版。此书分为:贾平凹在《废都》中挣扎;苦难之作安妥我的灵魂——贾平凹《废都》自述;贾平凹醉眼观世界;贾平凹,走红的受难者;秦军东征,《废都》披靡黄土地;《废都》出版的前前后后;《废都》,笑骂任人评说;北京高校师生游行《废都》。

多维编:《〈废都〉滋味》,河南人民出版社1993年10月出版。撰稿者多为北大博士、硕士以及社科院青年批评家。内容包括:压根就没有灵魂,湿漉漉的世纪末,真"解放"一回给你们看看,除了脱裤子无险可冒,"看哪,其实,他什么也没穿",贾平凹借了谁的光,一锅仿古杂烩汤,不是说写苦难吗,《废都》真的"都废"吗,贾平凹的滑铁卢在哪儿。

十月编选:《沸沸扬扬话〈废都〉》,中国友谊出版公司1993年10月出版。包括贾平凹简介,主要著作目录,获奖作品年表,《废都》故事梗概,后记,《废都》的生成及命运,"《废都》热"与"百万稿酬",《废都》中有关"性"的描写,有关"老太太"的描写,有关"牛"的描写,等等。

陈辽主编:《〈废都〉及〈废都〉热》,中国矿业大学出版社1993年11月出版。此书由江苏当代文学研究会于1993年9月在南京举行的"《废都》和《废都》现象"的学术研讨会评论文章编辑而成,主要是江苏文学界对《废都》的"百家争鸣"。

庐阳:《贾平凹怎么啦——被删的6986字背后》,上海三联书店1993年12月出版。内容包括阴影中的阴影,世纪末的光斑,商业文化的得逞 人文精神的没落,阳光下的鬼魅魍魉,十字架与枷锁,是圣餐还是残餐,我要出去,《废都》:贾平凹在哪里安妥灵魂,逃避与沉沦——知识分子的一曲挽歌。

刘斌、王玲主编:《失足的贾平凹》,华夏出版社1994年1月出版。书中收录了《废都》的大量批评文章,分布于病态的心理写照、寻求新的突破、我所了解的贾平凹三大板块之中。

星明编著:《贾平凹谜中谜》,太白文艺出版社1994年9月出版,是王新民编选的贾平凹逸闻轶事集。

二、多重"废都"滋味

在《废都》批判的风潮中,几乎所有国内一线的现当代文学研究学者、批评家悉数卷入,新闻界、学术界、书商出版商、女权主义者等等概未能免。然而,"在'《废都》热'——《废都》的阅读与评论中,我们可以明显地看到两种完全不同的对于《废都》的二度写作——两种完全不同的'《废都》滋味'。一种是庄之蝶的同代人对《废都》感伤的抚摸,一种是晚生代对它的愤怒的呵斥,以至认作是'一部嫖妓小说'"①。巴赫金认为,"文化在定型的时期,基本上由统一的'独白话

---

① 旷新年:《从〈废都〉到〈白夜〉》,《小说评论》1996年第1期。

语'所支配,转型时期的标志,就是'独白话语'的中心地位的解体和语言杂多局面的鼎盛"①。一本小说多重阅读,其所衡量的尺度或文学批评成规存在何种差异和分歧,还原其批评话语,有助于我们更好地理解转型期作为"文学事件"的《废都》裹挟的理论紧张。

最早发出声音并极力推崇《废都》的是陕西评论界。1992年,在痛失杜鹏程、路遥、邹志安之后,陕西文坛损兵折将,元气大伤。《废都》的出版及伴随其间的"陕军东征"为陕西文学界提供了很好的重振旗鼓的机会。因此,在《废都》还未出版的1993年初,王新民和孙见喜就拟发征稿信,向全国的专家学者和文朋书友征集有关贾平凹创作尤其是《废都》创作的文章,先后编辑出版了纪实性的《贾平凹与〈废都〉》、逸闻性的《多色贾平凹》,评论集《废都啊,废都》。他们也最早对《废都》表示力赞:"在当代长篇小说创作中,《废都》是第一部完满实现了向中国古典审美传统回归的作品,所谓的《红楼梦》味儿即由此出。贾平凹用《废都》向现行的一套文艺理论和阅读习惯挑战……这部小说将传统的创作实践抛弃甚远,这是中国小说回归自我的第一声响雷。""《废都》是废都地区改革开放的'清明上河图';这是一首民族文化大裂变的挽歌;是人类文化精英求索人性底蕴的'离骚'……人类文学史上,这本书第一次使性描写进入文化哲学——生命科学的层次。""《废都》是继《围城》之后写中国知识分子的一部杰作。这是贾平凹的里程碑,标志着平凹进入自己艺术创造的峰巅状态,从某种意义上讲,也是中国当代文学极具开拓性的一部小说。"②

陕籍评论家、贾平凹的好友白烨,西北大学的校友王富仁,评论家雷达,学者温儒敏等人更多地给予作品理解和同情,将其称之为"真实的心灵刻画"和"世情小说"。他们认为"这种自剖魂灵的勇气构成了

---

① [美]刘康:《对话的喧声:巴赫金的文化转型理论》,第2页,北京大学出版社,2011年。

② 孙见喜整理:《陕西部分专家评价〈废都〉的主要观点》,先知、先实选编:《废都啊,废都》,第45—46页,甘肃人民出版社,1993年。

作品的最大内力与魅力。因为不再做作、不再雕饰、作品在生活艺术化、艺术生活化上也打通了原有的界限,可读性与可思性也就熔为了一炉。人们从朴茂中读出了深邃,从轻松中读出了沉重,从而借助《废都》这面多棱镜反观自我、认识环境和思索人生"①。"《废都》属于世情小说,与我国古典小说有着极密切的关系,又糅合了现代生活语汇,化合的功夫之到家令人惊叹,可说深得'红楼'、'金瓶'之神韵。"其叙述语言流畅、练达、素朴、自然。② 贾平凹的《废都》"对传统与现代的碰撞交汇所形成的人义景观进行了深入的思索,或者说,是以矛盾痛苦的心情去体验当今历史转型期的文化混乱,表现现代人生命困厄与欲望"。"书中写的是市井庸常,但涉及深广,对当今大陆变革中的各种民情习俗的剖划尤为真切。诸如开会、庆典、过节、旅游、股票、下海、恋爱、结婚、离婚、官司、后门、送礼、著书、作画、赌博、卜卦、气功、出家……社会生活各方面的情状无不影射出世变人心。"③

相比较之前的赞赏或理解,更多的声音是不满和讨伐,并将大批判的号角吹向每一个角落。这些文章散见于《〈废都〉滋味》《〈废都〉废谁》《失足的贾平凹》等等。在这种批判浪潮中,青年批评家、北大博士尤为愤慨,他们集中批判了《废都》的媚俗、颓废、性描写等等。

"贾平凹披着'严肃文学'的战袍,骑着西北的小母牛,领着一群放浪形骸的现代西门庆和风情万种欲火中烧的美妙妇人,款款而来,向人们倾诉世纪末最大的性欲神话,令广大读者如醉如痴,如梦如歌。"④"赤裸裸的性描写,绝少生命意识、历史含量和社会容量,而仅仅是一种床笫之乐的实录;那种生理上的快乐和肉体上的展览使这种

---

① 蔡葵、雷达、白烨:《〈废都〉三人谈》,肖夏林主编:《〈废都〉废谁》,第135页,学苑出版社,1993年。
② 文波整理:《说长道短论〈废都〉——京都评论家八人谈》,肖夏林主编:《〈废都〉废谁》,第128页。
③ 温儒敏:《剖析现代人的文化困扰》,肖夏林主编:《〈废都〉废谁》,第217、219页。
④ 陈晓明:《真"解放"一回给你们看看》,多维编:《〈废都〉滋味》,第24页,河南人民出版社,1993年。

实录堕落到某种色情的程度。""《废都》的形成,与新闻界、出版界的精妙的宣传与过度的烘托密切相关,但有一点不可否定,该书的流行与书中几乎饱和的性含量也大有关系,它在很大程度上撩拨了读者的阅读愿望,刺激了读者的性幻想。"①"《废都》既不能撞响衰朽者的丧钟,又不能奏鸣新生者的号角,它所勾画的是一帮无价值、又不创造价值的零余者的幻生与幻灭。"②"我完全有理由把《废都》看作是一部'嫖妓'小说。与那些不入流的黄色淫乱作品相比,不同的是《废都》经过了'严肃文学'的包装,它在技巧和结构上更圆熟,并且出自于名家之手罢了。"③"《废都》无疑是一部令人心惊的黄书淫书,实在与中国的第一淫书《金瓶梅》没有什么差别。我实在没有想到这样的书能在今天的中国出版,这既是作家的堕落,也是社会的堕落。我认为我们应该追究当事者的责任。中国的扫黄应该从《废都》始。中国扫黄若不扫《废都》,那么我们的扫黄将毫无意义。"④

女性批评家也对作品表达了强烈的不满。"《废都》是一个赤裸裸的白日梦,是一个在社会和性方面都受到压抑的男性所寻求的心理补偿。""女人在《废都》中,是舒适生活的保姆,是发泄性欲的工具,是铺平仕途的基石,是抒展个性的渠道,是创作灵感的源泉,是毁灭男人的祸根,唯独不是'人',她们的人性早已被物性淹没了。这些女人,无一不是素质低下,头脑简单,心胸狭窄,欲火高涨。而作者对她们明显地持有一种既欣赏又蔑视的矛盾态度,其他不论,单就妇女观来说,今天的贾平凹竟比数百年前的汤显祖、曹雪芹还要落后一大截。在20世纪90年代,我们还要写这样的评论文章,不能不说是中国文学的悲

---

① 尹昌龙:《媚俗而且自娱——谈〈废都〉》,肖夏林主编:《〈废都〉废谁》,第242、241页。
② 田秉锷:《〈废都〉与当代文学精神滑坡》,《徐州师范学院学报》1993年第4期。
③ 孟繁华:《贾平凹借了谁的光》,多维编:《〈废都〉滋味》,第102页。
④ 北京某民主党派出版社的总编辑:《扫黄当从废都始》,肖夏林主编:《〈废都〉废谁》,第137页。

哀,中国妇女耻辱。"①

虽然贾平凹在《废都》扉页写下"唯有心灵真实,任人笑骂评说",但这些批评话语仍给作家带来极大困扰,他不无伤感地说:"《废都》出版前,我被文坛说成是最干净的人,《废都》出版后,我又被文坛说成是最流氓的一个,流言实在可怕。"萨义德在《世界·文本·批评家》中阐释:"当代的批判意识,就处于两个可怕而又相互联系的吸引批评关注的权力所代表的诱惑之间。一个是批评家们(由于出生、民族、专业而)在嫡属性上与之相紧密联系的文化;另一个是(由于社会的和政治的信念,经济的和历史的境况,自愿的努力和赋予意志的慎重而)在隶属性上所获得的一种方法或者体系。"②两种看待《废都》的不同方式,更多源于批评家立场和视角的不同。

在对《废都》持同情和理解态度的一方看来,庄之蝶就是贾平凹的影子,庄之蝶的"名人"之累也是贾平凹真实的心灵写照。贾平凹在1990年写就的《名人》已经发出身为名人的压抑和苦痛:"在多少多少人的眼里,你活得多荣光自在……但是,你给我说,你活得太累,你已经是名第一,人第二。""我不要这个名,我要活人!"因此"作为与贾平凹交往甚密、相知甚深的朋友"白烨才在《走红的受难者》一文中说:"联想到《废都》里的某些情节和场景,更知《废都》里的种种描写确有其扎实而可靠的生活依据。""他在作品里发抒了观感,宣泄了情绪,似乎在精神上超越了现实,但说到底,那也是面对苦闷现状的一种审美补偿,是寻求个人生活的整体平衡的文学努力。"③王富仁在《〈废都〉漫议》中以"曾在西安生活过三、四年的"亲历者身份来体味《废都》,认为相比较以前穿着"文学的衣服"而言,《废都》里说话的贾平

---

① 刘红林:《"人"的失落——〈废都〉妇女观简论》,陈辽主编:《〈废都〉与"〈废都〉热"》,第154页,中国矿业大学出版社,1993年。
② [美]萨义德:《世界·文本·批评家》,第39—40页,李自修译,生活·读书·新知三联书店,2009年。
③ 白烨:《走红的受难者——贾平凹与〈废都〉琐记》,肖夏林主编:《〈废都〉废谁》,第87页。

凹才更像真的贾平凹,《废都》所营造的生活才是真实的现实生活。"庄之蝶以自己的方式返回这个世界,他只有在这样一个真实的世界里才能获得属于人的真实的东西。"①"一个本色的写作时代在与精英文化的疏离和对抗中业已来临。每个人都抛去了自己的精神假面,而开始以其本来的面目进入写作。"②

相比较之后铺天盖地的大批判话语,同情和理解的声音显然被批判者的愤怒所压低。而在批判《废都》的理论体系中,对其"媚俗"、"性描写"、女性观的非议显得过多流于表面。在《废都》出版的1993年,通俗文学热早已吹向大江南北,琼瑶、三毛、席慕蓉、汪国真等等早已风行一时,王朔的畅销小说甚至得到王蒙的赞赏和支持。女性主义的抗拒性阅读策略已然降落,注重寻求中国本土的女性精神资源和现代传统。关于性描写,且不说《金瓶梅》《查泰莱夫人的情人》《洛丽塔》,仅就中国当代"纯文学"来讲,经张贤亮、王安忆等一路走来,已经对"性本能""性欲望"做了无限探讨。即便和《废都》同时出版的《白鹿原》,一开篇就是"白嘉轩后来引以为豪壮的是一生里娶过七房女人",据统计,《白鹿原》中的性描写并不比《废都》少。为什么仅仅是《废都》引起如此巨大的争论和非议?伴随着1994年1月《废都》被禁,有关《废都》的争议戛然而止,这些批判话语背后的深层焦虑也被湮没在历史的尘埃中。打开尘封的历史、找寻更多的历史沉积,也成为文学史研究者一项有意义的工作。

三、激进批判的"身份"焦虑

《文艺争鸣》杂志在1993年第1期发表了《王朔自白》,其中"关于知识分子"一节,"也许是迄今为止当代文坛上唯一的一篇'痞子教

---

① 王富仁:《〈废都〉漫议》,肖夏林主编:《〈废都〉废谁》,第212页。
② 蔡翔:《日常生活的诗情消解》,第159页,学林出版社,1994年。

训知识分子'的奇文"①。"中国的知识分子可能是现在最找不着自己位置的一群人。商品大潮兴起后危机感最强的就是他们,比任何社会阶层都失落。他们的经济地位已然丧失了。""如果不及时调整心态,恐怕将来难有一席之地。"②贾平凹在《废都》创作问答中回应"有人说庄之蝶像'多余的人'"的话题时,说:"我想了想,有这么个味儿。""庄之蝶是废都里一奋斗者、追求者、觉悟者、牺牲者。他活得最自在,恰恰又最累,又最尴尬,他一直想有作为,但最后却无作为,一直想适应,却无法适应。"③书中,"苦闷的庄之蝶、冲撞的庄之蝶、觉悟的庄之蝶"为权贵服务、给假农药做宣传、谋取友人字画珍品、对自己要写的长篇小说却自始至终并未动笔。他始终找不到自己的位置,完全沦落为"废都"中的"多余人","只好靠对女人和性的无穷的追逐来证实自身",沉醉于"一蝶四花"的美梦中,终至中风倒下。两相比较,我们会发现,"我立意写小说,的确是想光明正大地发点小财","我写小说是为我自个,要活人,要闹口饭吃"④,"一点正经没有"的"痞子文学"作家王朔和"处事没从流俗走,立身敢与古人争","严肃、纯情、真挚、笃重"⑤的"纯文学最后的大师"贾平凹在知识分子"找不到位置"的"隐秘心态"看法上形成了同构,这的确让以知识分子、精英、启蒙者"身份"自居的批评家们难以接受,于是他们惊愕地喊出"贾平凹怎么啦","这是贾平凹的作品吗这是贾平凹写的吗?!贾平凹怎么也写起黑书黄书来了,贾平凹是不是没钱花了,用黄与黑来获得王朔式的商业成功。这不是堕落吗?贾平凹这样的作家都如此堕

---

① 樊星:《世纪末文化思潮史》,第 231 页,湖北教育出版社,1999 年。
② 王朔:《王朔自白》,《文艺争鸣》1993 年第 1 期。
③ 贾平凹、王新民:《〈废都〉创作问答》,先知、先实选编:《废都啊,废都》,第 7 页。
④ 王朔:《我和我的小说》,《文艺学习》1988 年第 2 期。
⑤ 艾斐:《〈废都〉现象与贾平凹的文学道路》,《理论与创作》1995 年第 1 期。

落如此义无反顾走向金钱,那么中国的作家还能有几个让人有信心呢?"①

1992年到1993年,是文人"下海"频发的两年,也是知识分子身份转变和精神大颓败的两年。1992年7月9日,上海《文学报》报道:"当年工人作家,而今弃文从商——胡万春到越南办企业。"1993年,中国作协副主席陆文夫开办"老苏州弘文有限公司";以《灵与肉》《绿化树》等蜚声1980年代文坛的宁夏作协副主席张贤亮,创办"华夏西部影城有限公司"。此外,以王朔为核心的"海马影视创作中心",集结了30名中青年作家,包括海岩、莫言、魏人、朱晓平、刘恒等等;济南的"天马"创作室"刚刚成立,因其有苗长水、周大新、刘照如、于爱香、陈志斌、孙晓等雄厚的创作实力,便接手了中央电视台的一部20集的电视剧"。②

在这种作家群体华丽转身、迈向"影视最强音","纯文学"日益凋零的背景下,"多次表示无意下海","我除了写作不会别的"的贾平凹的意义更为凸显。"从《满月儿》发表至今,在10余年的创作历程中,贾平凹的创作可以说基本上一直是在刚健、庄尚、淳真和优雅的道路上前进的。""汪曾祺把他称为'鬼才作家',孙犁则把他比作'是在一块不大的园田里,在炎炎烈日之下,或细雨濛濛之中,头戴斗笠,只身一人,弯腰操作,耕耘不已的农民'。孙犁还说,'我是喜欢这样的文章和这样的作家的!'"③"他发表于1978年的短篇小说《满月儿》,预示了当时的小说创作由揭露'伤痕'向正面写实的过渡;他发表于1984年间的《腊月·正月》《小月前本》和《鸡窝洼的人家》以及后来的《浮躁》,有力地促进了'改革文学'向现实生活深处的掘进和发展;他发表于1982年的《卧虎说》最早发出了文学'寻根'的审美信

---

① 《〈废都〉与废墟——北京文化界人士谈〈废都〉》,肖夏林主编:《〈废都〉废谁》,第137—138页。
② 李纪钊:《作家"下海"现象面面观》,《山东青少年研究》1993年第2期。
③ 艾斐:《〈废都〉现象与贾平凹的文学道路》,《理论与创作》1995年第1期。

息,此后又以'商州系列'作品成为'寻根文学'的一员主将。"①正如王富仁所说,"在中国文学象走马灯一样变化着各种潮流,很多作家倏忽而来转瞬即逝的时候,贾平凹却几乎受到整个社会的普遍器重。至少我所接触的很多文学评论家,是把中国当代文学的希望寄托在他的身上的"②。

早在1990年代初由王朔领衔编剧的《渴望》,"在对市民的传统色彩极浓的伦理道德加以极度赞扬的同时,这部长篇电视连续剧中作为批判和谴责对象的知识分子形象,却激起了一批文化人的反感"③。此后,王朔屡屡在作品中调侃知识分子,也引发了知识界的集体围攻。而《废都》中的庄之蝶似乎恰好印证着王朔对知识分子形象的有意建构。"在'新时期'的'现代性'话语中,知识分子始终扮演着'代言者'的角色……《废都》中有关庄之蝶如何受崇敬的表述,似乎就是对这种旧梦的不停的重温。""它在描述了庄之蝶的高雅脱俗之后,却又写了在市长和黄厂长等人面前的局促尴尬"④,那一串串"□□□□"更是不堪入目。于是,批判者们愤怒地指出,《废都》批判的"问题不在于贾平凹现在写出了《废都》,而在于他曾经写出过象《鸡窝洼人家》那样触动我们心灵的作品"⑤。"作为一个严肃作家通过性描写满足国人某方面的饥渴,达到一种商业上的畅销,这是一种极为令人伤心的媚俗行为。"⑥"问题在于,曾被寄予厚望的八十年代中国文学所发生的当代逆转,那些曾以五四新文化传人自命的作家,为什么会在最艰难的关头临阵'反水',这么顺当地就抛掉了'为人生'和'为艺

---

① 白烨:《多色贾平凹》,王新民选编:《多色贾平凹》,第3页,陕西人民出版社,1993年。
② 王富仁:《〈废都〉漫议》,肖夏林主编:《〈废都〉废谁》,第210页。
③ 张志忠:《1993:世纪末的喧哗》,第48—49页,山东教育出版社,1998年。
④ 易毅:《〈废都〉:皇帝的新衣》,《文艺争鸣》1993年第5期。
⑤ 李书磊:《序:压根就没有灵魂》,多维编:《〈废都〉滋味》,第2页。
⑥ 夏林:《贾平凹"废"了自己》,刘斌、王玲主编:《失足的贾平凹》,第70页,华夏出版社,1994年。

术'的旗帜,而将'传厚黑之奇'的'黑幕','言床第男女之欲'的言情,以及'专以雕琢为工,而连篇累牍无其命意者'之骈文融为一炉,从而成就一部'旷世之作'《废都》。"①

由此我们看到,知识分子群体愤慨围剿《废都》,是有一个预设的前提:庄之蝶＝贾平凹＝知识分子。王朔的媚俗、调侃只是一种"痞子"式的"一点正经没有",而作为"严肃作家",同属知识分子内部的贾平凹则已经溢出问题本身,而上升到整体的知识分子身份层面。因此,他们不无伤感地说:"连我们时代'最后一位大师'都无力修复'纯文学'(美文)的历史,它最终不得不变成对古籍、禁书、淫书的拼贴,那么,'纯文学'的破败确实是无可挽回了。一个虔诚的文化守灵人,却又不得不高唱纵欲者之歌,以此来祭奠经典文化的死亡和招徕街头书摊的匆匆过客——这本身就是一幅令人触目惊心的末日景观。"②

时过境迁之后,曾经激烈批判《废都》的陈晓明也曾对此现象做出反思:

> 他(贾平凹)也确实抓住了某种历史情绪,他显然也是为九十年代初的现实所触动又一次偏离了原来的位置,他试图转过来描写城市中的"知识分子"。平心而论,他有历史的敏锐性,九十年代初的要害问题之一就是知识分子问题,这是八十年代终结的后遗症。九十年代的知识分子不仅茫然无措,也处于失语的困扰中。王朔的调侃替代了知识分子话语真空,但却替代不了知识分子的位置,知识分子还是处在那个尴尬的位置,他们对王朔进行了集体的围攻。知识分子的话语以毫无历史方向感的形式第一次获得了表达,那就是对现实强烈不满的表达,王朔不幸成为杂语喧哗的对象。失语后的复活没有别的方式,只有强烈的批判

---

① 韩毓海:《除了脱裤子无险可冒》,多维编:《〈废都〉滋味》,第52—53页。
② 陈晓明:《废墟上的狂欢节——评〈废都及其他〉,《天津社会科学》1994年第2期。

性,矫枉必须过正,下一个对象是贾平凹,他显然是一个更合适知识分子重新出场较量的对象。①

诚然,如王蒙所言:"'五四'以来,我们的作家虽然屡有可怕的分歧与斗争,但在几个基本点上其实常常是一致的。他们中有许多人有一种救国救民、教育读者的责任感:或启蒙,或疗救,或团结人民鼓舞人民打击敌人声讨敌人,或歌颂光明,或暴露黑暗,或呼唤英雄,或鞭挞丑类……他们实际上确认自己的知识、审美品质、道德力量、精神境界,更不要说是政治的自觉了,是高于一般读者的。他们的任务他们的使命是把读者也拉到推到煽动到说服到同样高的境界中来。"②自1970年代末期以来,处于边缘的中国知识分子又有了短暂的"回光返照"的机缘。整个1980年代基本上由知识分子引领着一拨又一拨的文化潮流,从伤痕文学、反思文学、改革文学到寻根文学、先锋文学,"归来"的知识分子与学院中的知识分子成了思想文化主要的言说者与阐释者,他们又一次体验了大众"启蒙者""代言人"的豪情或悲壮。即便在市场经济浩浩袭来,"范导者失效""下课的钟声已然敲响"的1993年,知识分子仍然试图用"人文精神讨论"来"设计了一个人文精神/世俗文化的二元对立,在这种二元对立中把自身变成了一个超验的神话"③。在这种知识体系和认知背景下,批评家们对贾平凹的新作《废都》的种种纠葛充满不解,知识分子庄之蝶从"启蒙者"到"多余人"身份的转化,作品没有了贾平凹早期的"清新""刚健",成为一本"颓废"小说;宣传、策划完全背离"精英"圈子,跑步进入市场轨道;那一串串"□□□□"更像是《金瓶梅》的东施效颦……

萨义德说:"没有任何阅读、释义的行为是纯粹中性的,不受'污染'的;在不同的程度上,每一个读者和文本都是理论立场的产物,当

---

① 陈晓明:《穿过本土,越过"废都"——贾平凹创作的历史语义学》(代序),贾平凹:《废都》,第16页,作家出版社,2009年。
② 王蒙:《躲避崇高》,《读书》1993年第1期。
③ 张颐武:《人文精神:最后的神话》,1995年5月6日《作家报》。

然这立场可能是很含蓄而且是无意识的。"①批评家们痛心疾首地呼喊:"王朔对灵魂清醒的毁坏反使我们觉出一点生机,只有象贾平凹这样对灵魂不自觉的(因而也是真正的)弃绝才使我们感到幻灭。"②因此"可以肯定地得出结论,由知识分子出面操持的对文化的阉割和对文化的减价处理,比王朔的主动向精英文化进攻遗害更大。以贾平凹为代表的对于文化的轻薄态度,上承五四对于文化的实用主义理解,下接"文革"对于文化的工具主义定义,其共同特点是以文化传人世家子弟的面目出现,不将文化作心灵支撑和血脉承传,而作祖宗家业,似是而非地搜求或阉割,而不求反诸于心,结果是炫耀、践踏和贩卖。"③在批判的话语中,我们可以发现,批评家仍是用1980年代纯文学的知识谱系,以"启蒙者"的知识分子身份意识、"大众代言人"的道德规范来界定贾平凹和《废都》。佛克马、蚁布思关于身份和成规的概念告诉我们:"成规这一概念预设了一群对他行为的期待相同的人。因此,一种成规是一个明确的或彼此心照不宣的协议,这两种协议本可能是不同的,但人们认为它们是令人满意的,因为每个或几乎每个人都知道被期待的是什么。"④而贾平凹显然打破了1980年代的文学成规,"在强调'文化抵抗'的关键时刻,贾平凹却走到了文化抵抗的反面,这是他招致绝大多数批评家反感的主要原因"⑤。因此,《废都》中颓废的庄之蝶"多余人"身份塑造只能迎来对它有着不同成规期许的批评家们愤怒的呵斥。"《废都》之所以激起知识分子的暴怒,某种程度上,在于它在这样一个过于敏感的历史时刻,讲述了'知识分子之

---

① [美]萨义德:《世界·文本·批评家》,第5页。
② 李书磊:《序:压根就没有灵魂》,多维编:《〈废都〉滋味》,第2页。
③ 韩毓海:《除了脱裤子无险可冒》,多维编:《〈废都〉滋味》,第62页。
④ [荷]佛克马、蚁布思:《文学研究与文化参与》,第122页,俞国强译,北京大学出版社,1996年。
⑤ 程光炜:《批评对"贾平凹形象"的塑造》,《当代文坛》2010年第6期。

死'。""一场天怒人怨的大批判,已然可以预见。"①

四、在1990年代的门槛上

有学者提出:"'《废都》批判'像一座被废弃于当代文学史深处的矿址,它牵涉的复杂问题可能至今都没有得到启发性的解释。它被认为是80年代文学终结和90年代文学兴起之标志,当代文学从此从意识形态轨道向市场经济轨道彻底转轨。因此,'《废都》批判'很大程度上成为俯瞰当代文学转型的另一窗口。"②在知识分子作为"精神贵族"以决绝的姿态抵抗世俗文化的同时,其内部也存在着分裂,这种裂变也彰显出进入1990年代的不同方式。在对王朔和《废都》的批判风潮中,依然有着王蒙在《躲避崇高》中对王朔的赞赏和王富仁在《〈废都〉漫议》中为脱去"文学衣服"的真实贾平凹叫好。与此同时,持1980年代"纯文学"知识谱系的批评家们对《废都》愤怒的批判已经彰显作品完全脱离了1980年代的文学轨道,成为一种新的文学现象。甚至可以说,站在1990年代门槛上的《废都》所遭遇的"大批判"使它霎时间成为各种矛盾的"集结号",它是"严肃作家"的"纯文学"作品,却遭遇到"市场"的极力热捧;它是作家"在四十岁的觉悟","唯有心灵真实""安妥破碎的灵魂"的作品,却被批评界冠以"颓废""堕落""缺乏理由的人生幻灭感";它承递明清世情小说,却被抨击为"对明清文学的皮毛仿制";它写知识分子的无所皈依,却被讽刺为《废都》中的"多余人""《花花公子》的中国兄弟"……一本书的出版在短时间内集结了13本书的诠释和争论,40万字的言说迎来数倍的批判话语。可以说"它所汇聚的矛盾,它所引发的争论事件,实际上就是上世纪九十年代初中国文学面临的困局,也是九十年代社会转型、知识

---

① 黄平:《"人"与"鬼"的纠葛——〈废都〉与八十年代"人的文学"》,《当代作家评论》2008年第2期。

② 程光炜:《当代文学60年通说》,《文艺争鸣》2009年10期。

分子重新出场的标志性事件"①。

"新时期揭幕后,当知识者一路意气风发地从1979年直奔1989年,突然遭遇人文/市场这道他们从未见过的巨大历史沟壑时,很多人内心经历像蔡翔所说'下课的钟声已经敲响'的剧烈沮丧可以想象。"②1992年,"邓小平南方谈话的发表使社会经济运作机制的大转变成为不可逆转的历史潮流。人文知识分子不可能走上经济的主战场,他们被宿命般地排斥在市场经济之外,而传统的人文理想在这一时代失去了往日的神性光彩。于是,一种强烈的失落情绪浓云般地笼罩在这个群体的心头"③。

后来成功策划"布老虎丛书"的安波舜辛酸地回忆:"1992年,也就是'布老虎'出生的前一年,文学跌进了最低谷,出版社出版长篇小说几乎就意味着赔钱。我当时正在创作一部书写少年时期成长经历的长篇小说,每天晚上写得泪流满面。可是想想,写完之后怎么样?谁给出?出了以后谁会看?当时不光我,我周围的许多作家,包括著名的先锋作家马原、洪峰他们都很沮丧。洪峰那时刚刚创作完《东八时区》,在文学圈子内很有影响,但找了几家出版社都不给出,大家在一起聊天时感到很受打击,觉得自己热爱的事业居然这么贬值,这么不获得承认。"即便自称"比一般作家日子好过一些","字画还能卖点钱"的"知名作家"贾平凹也坦言:"现在的作家太穷,稿费太低,我并不奢望靠写稿发大财,这是不可能的,但如果太低,实在不公,生计问题解决不了,难以保证好的创作。言义的是君子,言利的也是君子。"④

对于贾平凹,如他自己所言,作为作家,书写出来交给出版社就不再管了。而作为《废都》责任编辑的田珍颖则需要找到更好地适应

---

① 陈晓明:《穿过本土,越过"废都"——贾平凹创作的历史语义学》(代序),贾平凹:《废都》,第10页。
② 程光炜:《引文式研究:重寻"人文精神讨论"》,《文艺研究》2013年第2期。
③ 孟繁华:《众神狂欢:世纪之交的中国文化现象》,第6页,中国人民大学出版社,2009年。
④ 贾平凹:《贾平凹答记者问》,肖夏林主编:《〈废都〉废谁》,第26页。

1990年代的生存方式,"文学要不要包装?文学要不要推销?我们在面对经济大潮时,似乎无法回避这个问题。""作为一个编辑,面对我们的潜心写作的作家们,我常产生一种苍凉感,和一种忿忿不平。因此我愿为我担任责任编辑的作品,努力宣传——倘若我们必须回避'包装'、'推销'之类的词,用'宣传'二字,总是体面的吧!""面对市场经济的庞大声势,向社会宣传文学,是一个文学编辑应具有的竞争的能耐。"因此,《废都》的宣传、策划所贯穿的媒体时代的"注意力经济",也引起了批评家们的强烈不满,"先是一则捕风捉影的消息称,《废都》稿酬高达一百万元。消息一传出,全国几乎所有文摘版面八方呼应、竞相转发。""接踵而来的是人们都想知道《废都》是怎么样一部作品,于是评论家们纷纷介入了:据贾平凹的朋友认为,《废都》是一部当代的《红楼梦》;陕西一位评论家读过《废都》的手稿后说,'这是《围城》以来最好的一部写知识分子的长篇小说'","让人费解的是,当这些'伟大'的言论出现于传媒时,此时的《废都》还未正式出版呢!"①"书未见,推销却已经使这本书变成了街谈巷议的话题,这无疑使惯用'雅'文学为自己定位的贾平凹彻底地进入市场……这一方面巩固了贾平凹那些风格诡异的散文在文化消费的市场上打出的名声,另一方面,则以一种越轨的、打破禁忌的传闻极大的拓展了贾平凹的市场效应。于是,在《废都》尚未出版时,它的成功就已被肯定了。……这的确是一件极其成功的推销的范例。"②

在批评家们痛心疾首地呼喊"《废都》作为世纪末面对历史的又一次绝望的写作冒险,宣告了中国知识分子由世纪初的文化冒险家,到世纪末的文化掘墓人的必然转化;宣告了中国文学由文化写作,经政治写作向市场写作的全盘倒戈"③的同时,我们也无法忽略社会转轨的现实。在主流意识形态提出经济从计划转向市场,文学急剧

---

① 程德培:《莫非批评界也被"批租"》,1993年8月12日《新民晚报》。
② 易毅:《〈废都〉:皇帝的新衣》,《文艺争鸣》1993年第5期。
③ 韩毓海:《除了脱裤子无险可冒》,多维编:《〈废都〉滋味》,第50页。

市场化的背景之下,1980年代的文化地图已然失效,1990年代并未按照1980年代的预设发展,启蒙话语已经告终,新的媒体制度悄然兴起,而批评界显然对此缺乏准备,显得仓促上阵。一方面是批评界重寻"人文精神",倡导"启蒙主义"的理想激情;另一方面是文学界的不断溃败,连自称"我是农民"的贾平凹也在"性描写"中宣泄"颓废"和"虚无"。于是,批评界在当时"红尘滚滚的年代",对消费时代的文学投降主义倾向表达出极大的不满,对《废都》的批判就显得更为激进。

虽然批评家们对"严肃作家"贾平凹与市场的无缝对接表达出强烈的不满和谴责,我们却无法忽视短短几个月内十余本《废都》批判书籍密集问世背后潜在的市场力量。曾撰文批判《废都》的方位如此回顾《〈废都〉滋味》出笼的过程:

> 当时召集这次座谈会的两位出版社的编辑说出他们商业色彩极浓的目的后,是一片静场。应邀出席这次座谈会的除了我这个下了海的人以外,其余几乎是清一色的文学博士,还有一位是芝加哥大学的政治学博士。当时我有点担心,担心哪位博士会突然耍起清高的脾气,拒绝参加这种商业目的极为明确的讨论和写作,那样大家都会很难堪的。接着就发生了让我吃惊的事情:刚才还在对贾平凹先生为推销自己的作品使用"广告"手段持极为激烈的轻蔑态度的朋友并没有做出让我担心的清高举动,而是在一阵极短的静默之后就很自然地投入对写作这样一本《废都》批评集子的结构安排、名字选定和市场策划的讨论之中……①

与此同时,伴随着市场时代"媒体批评"和书商势力的日益庞大,对《废都》的批判显然并不单单流于知识分子内部,在《废都》批判的话语中,就包含着大众话语,有书摊主的"这书有点黄""就这东西人爱看",有学生家长的"□□□□全是一口口陷阱",有普通职员的"写那个,老是删去多少字,看着不舒服,要写就写,不写拉倒,何必这

---

① 方位:《〈废都〉真的"都废"吗》,多维编:《〈废都〉滋味》,第165—166页。

样吊胃口",有退休老干部"扫黄的人干嘛去了"的大声质问,大学生"让贾平凹进牛棚"的强烈呼吁……如是看来,"从文学传播学的角度上说,《废都》可以算作是当代文学走向大众、走向传媒、走向民间社会的一个较早的成功样板"①。王晓明在《精神废墟的标记——漫谈"〈废都〉现象"》中已然提出:"不但是一位作家创作一部小说来描写'废都',而且这部小说使许多文学出版机构、大众传播、读者乃至文学评论家都一齐陷入了'废都'式的喧哗,甚至作家的描写本身,也反过来证明他自己正是'废都'中的居民,还有什么,能比这样的自我映证更令人震惊呢?'《废都》现象'确实以相当的深度,证实了我们这个社会的人文精神的危机,在某种意义上,它正构成了精神废墟的一枚触目的标记。"②对《废都》的批判,也成为人文精神危机大讨论的重要组成部分。有学者指出:"80年代他们批评的是'文革'浩劫,90年代批评的却是来势汹汹的市场经济,这种角度转移暗示了80年代的结束和90年代的到来,这正是两个年代的一个明显分界点。或者说是新旧两个文明的决裂线。"③此后,即便还有张汝伦宁愿《活在历史中》的理想情怀和诗性表达,我们也不得不用冯骥才《一个时代结束了》作为1990年代的"发声":

> 一年来,市场经济劲猛冲击中国社会。社会问题性质,社会心理,价值观念等等变化剧烈,改变着读者,也改变着文学。文学的使命、功能、方式,都需要重新思考和确立,作家面临的压力也不同了。
>
> 一切都变了,时代也变了。
>
> 作家们将面临的,很可能是要在一个经济时代里从事文学。④

---

① 贾平凹、谢有顺:《贾平凹谢有顺对话录》,第23—24页,苏州大学出版社,2003年。
② 王晓明等:《精神废墟的标记——漫谈"〈废都〉现象"》,《作家》1994年第2期。
③ 程光炜:《引文式研究:重寻"人文精神讨论"》,《文艺研究》2013年第2期。
④ 冯骥才:《一个时代结束了》,《文学自由谈》1993年第3期。

"《废都》批判"的主体指向是它的媚俗、迎合市场大众的堕落,批评家们一方面在哀叹《废都》的轰动效应所彰显的"商业文化的得逞和人文精神的没落",一方面却以13本书籍密集"上市"的方式完成了对其狂轰滥炸,这的确极具吊诡性。今天再回过头来看,文学界对《废都》就有了完全不同的理解,多是肯定其文学价值和在文化转轨中的独特意义。《文学雕龙》讲"文变染乎世情,兴废系乎时序","《废都》批判"也具有很强的时代性,它就是站在1990年代门槛上的知识分子因所追寻的理想主义无法成为可行的现实操作方案,在彷徨中升腾起迷惘、虚无、茫然无措的心绪,不知该往何处去成为其内心的隐忧,而《废都》却真正赤裸裸地写出了中国文人的那种颓败、虚无和绝望感,因而迅即成为众声喧哗的对象。贾平凹在《废都》后记中写道:"这本书的写作,实在是上帝给我太大的安慰和太大的惩罚,明明是一朵光亮美艳的火焰,给了我这只黑暗中的飞蛾兴奋和追求,但诱我近去了却把我烧毁。"可以说,《废都》作为"媒体时代的经典个案",它以"飞蛾扑火"般的凄美照亮了1990年代的多彩斑斓,它告诉在门外徘徊不前的知识分子,纯文学经过包装亦有市场,于是催生了"布老虎丛书";它以令人咋舌的销量宣告长篇小说亦能热销,改变了新时期之后中短篇热的状况;它使作家和出版者认识到文学也具有大众传播的潜力,文学也有可能摆脱困境;它使得更多的"精神贵族"脱下了"文学衣服"、抛却了"精神假面",重新出发……然而,在迈还是不迈过这道"门槛"的挣扎和纷扰之中,《废都》却成为一个时代情绪和历史话语的聚集目标,成为知识分子重新出发的牺牲品。在《废都》批判的风潮中,媒体、出版社、批评家、流言奇怪地混合在一起,共同演绎了这个盛大的"文学事件"。

(作者为中国人民大学2014届博士毕业生,现为河南大学文学院教授)

失态的季节
——重读"二王之争"

魏华莹

1994年底,王彬彬发表《过于聪明的中国作家》,文章批评王蒙"对王朔的赞赏"可以看作"是对自己的肯定",二者都是极聪明的人;以及萧乾以"文革"中吕荧的例子告诫青年人"要尽量说真话""不说假话",也是"极聪明的自我调节""极聪明的自欺欺人"。此文一出,引起王蒙等人的极大不满,王蒙以《黑马与黑驹》强烈反击,萧乾撰文《聪明人写的聪明文章》予以回应。此后,双方围绕着"理想""纯洁""红卫兵文风""宗教之恶与世俗之恶""宽容与批判"等等展开多轮较量,使得"二王之争"成为1995年最为轰动的文化事件。论战双方言辞激烈、借古讽今,甚至有些"意气之争"的味道,虽被旁观者批评为"随意""无章法""缺乏规范",却真正撤离了政治意识形态的干预,成为知识分子内部"因社会发展的转型利弊俱生的现实困扰所引发的一场文化争论",因此也被称为"进入1990年代以来中国文学最值得纪念的一个事件"。① 本文试图重读"二王之争",通过论战双方的话语聚焦,找寻知识分子的思想、观点、心态、追求与社会思潮的冲突及碰撞,进而重新审视知识分子内部的紧张和1990年代的文学话语环境。

---

① 谢冕:《值得纪念的一个事件》,《文艺争鸣》1995年第6期。

一、人文精神的变奏

  细究起来,王蒙和王彬彬并无前怨,王彬彬对王蒙的批评主要基于他在《躲避崇高》中对王朔的赞赏;王蒙则是在看到《过于聪明的中国作家》之后才从友人处得知对方是一名取得"最高级学位"的文学青年。在"二王之争"的导火索《过于聪明的中国作家》一文中,王彬彬批评了作家王蒙、王朔、萧乾等人的"聪明",赞扬了吕荧的"书生气",并在文章结尾感叹"什么时候中国文人不再那么聪明了,什么时候始可指望人文精神的重建和高扬"。可见,王彬彬的批评指向是人文精神,也侧面说明"二王之争"仍是"人文精神讨论"的组成部分。作为无论从论战时间抑或平台都与"人文精神讨论"重叠的"二王之争",由于其所争论的话语驳杂多变,以及"非常情绪化的混战"方式,使得"人文精神讨论"的发起者王晓明专门指出"二王之争"和"人文精神讨论"彼此并无关系。这主要是论战话题的不断游移所致,同时更多地将人文精神的学理探讨转入道德批评层面。

  1990年代初,随着市场经济成为发展重点,意识形态的功能被还原到应有的位置,人文知识分子迅速滑向社会的边缘。一个世俗社会的来临,总是伴随着一场深刻的精神危机。"过去我们不从属于自己,代表官方、政治、中心、主流,现在才出现了角色的转换,走向边缘化、民间化、职业化,过去是'我们',现在变成了'我'。重新寻找精神依托,锻造自己的生存能力,成为文化人不得不考虑、不得不解决的问题。"①"我们正处在这样一个时代的入口处——它似乎将一切法则都归结到了金钱本身的法则上。于是它使一切人的头脑变得极端简单化了。简单得直截了当而且粗鄙。"②为了对抗"粗鄙化"的时代,知识

---

  ① 谢冕、雷达等:《状态·理想·过渡——九十年代文化与新状态恳谈会纪要》,《钟山》1996年第2期。
  ② 梁晓声:《1993——一个作家的杂感》,《钟山》1994年第2期。

分子自发开展起"人文精神讨论",寻找业已失落的人文传统,开展自我诘问和精神向度的追求。而正在"人文精神讨论"如火如荼时,王蒙却成为一个"另类"。无论是他的"市场经济的假定前提恰恰是承认人的平庸与趋利避害,尽管这种承认也许令理想主义的文人沮丧",还是"我不明白,一个未曾拥有过的东西,怎么可能失落呢?"①都触动了正在为市场经济和文化沦丧愤怒、以"不能缺钙"和"抵抗投降"自我激励的人文知识分子的神经。于是,反驳王蒙观点的文章大量出现,如"崇高无须躲避"、何谓"人文精神"、"中国的人文精神传统"问题,都还维持在对人文精神内涵和外延的探讨。在"人文精神讨论"的发起者王晓明看来,人文精神本应是"知识分子的自救行为",或许是由于同属知识分子内部的王蒙对王朔的赞赏、对人文精神的质疑,王朔的一贯反知识分子立场、"我是流氓我怕谁"的"痞子"论调,使得之后的讨论出现偏差,对于王朔的评价以及王蒙论调的反驳似乎成为争论的主要内容,这也或多或少压抑了"人文精神讨论"的自我反思。

"在90年代中国,不论是文学界,还是整个思想文化界,王蒙都是一个焦点。仅就1993年初以来,围绕王蒙的《躲避崇高》等文章和对上海一些中青年学者呼唤人文精神的不同意见引发的各种文章就不下百篇,加上各种公开场合和私下里的纷纷议论,可以说构成了90年代中期最引人注目的文化热点。"②如果说,王蒙在1980年代的形象更多地维系在探索意识流、改革派、开明作家等文化符号,受到知识分子的热捧,到了1990年代,在知识分子群体面对汹涌袭来的市场经济惊慌失措、愤怒不已时,王蒙却因其淡定和接纳,为市场经济的摇旗呐喊迅速沦为多数文友的对立面。1992年作家下海热、王朔的调侃知识分子、《废都》的"媚俗""堕落",使得持精英立场的人文知识分子举起了"抵抗投降"的大旗。在张承志、张炜"以笔为旗""诗人,你为什

---

① 王蒙:《人文精神问题偶感》,《东方》1994年第5期。
② 丁东、孙珉选编:《世纪之交的冲撞——王蒙现象争鸣录》"前言",第1页,光明日报出版社,1996年。

么不愤怒"抵抗文学的感召下,在书写文化英雄顾准、"愧对顾准"的自责声中,人文精神的道德指向得到更多的升腾。人文精神不光是一种态度,一种心境,更是一种生命的承诺,"它不仅要有高度的道德操守,也要有一种殉道精神"。理想化地改造世俗社会、公共空间成为一种新的动向,恰如萧夏林在"抵抗投降书系"所言:

> 虽然媚俗背叛成为中国文坛的主潮,控制了市场的巨大空间,虽然,理想派作家的阵营里,已所剩无几,但这并不意味着他们丧失信心,接受失败,甘愿被投降的声浪淹没或被淘汰出局。所以,在媚俗和背叛的洪流中,我们仍然能看到拼死反抗的作家,仍然看到理想的圣战者,看到道德的坚决捍卫者,他们依然在信仰中坚守,在崇高中运笔,在苦难中呼喊。仍然以坚持真理和正义为荣。①

在这种思潮和背景下,按照科塞的社会冲突理论,以集体的目标为动机的冲突要比以个人目标为动机的冲突"更激进、更冷酷无情"。② 因此,在人文精神作为知识分子"心境""生命的承诺"的感召下,对于质疑人文精神的王蒙的批评显得更为激进。"二王之争"中,王彬彬就避开之前知识分子所惯用的"曲笔",直率地批评王蒙、萧乾的"聪明",以"文革"中吕荧的书生气来反衬对方的世故和缺乏人文精神,并且提出"什么是人文精神,苏格拉底刀架在脖子上也勇于说出真理,便是人文精神的表现;吕荧那种不识时务地说真话的行为,便是人文精神的表现"。这种"指名道姓的批评",借助反右、"文革"的历史语境来指认对方的道德缺陷和人文精神缺失的论战方式显然使得二位长者大动肝火。如果说之前的争论还停留在对于人文精神的不同理解,那么这次的论争在萧乾、王蒙看来,是直接讽刺他们在

---

① 萧夏林:《时代的哀痛者和幸福者——写在〈抵抗投降书系〉的前面》,愚士选编:《以笔为旗——世纪末文化批判》,湖南文艺出版社,1997年,第273页。
② [美]科塞:《社会冲突的功能》,第105页,孙立平译,华夏出版社,1989年。

经历反右、"文革"之后的苟活,是埋怨他们"没有像张志新那样死去"。于是,王蒙迅速回应,在1995年1月17日《新民晚报》上撰文《黑马与黑驹》,直接批评"咋咋唬唬好走极端装腔作势借以吓人的学风文风",并将其概括为"'红卫兵'文风或大字报文风",并恶讽为"俨然又一小黑马——应该算是黑驹——应运而生矣!"王彬彬遂以"黑驹"自命,斥责对方《"伪君子"风景》,认为"标榜宽容"才是真正的伪君子;王蒙《想起了日丹诺夫》,提到日丹诺夫的撒手铜乃是崇高二字,而自己所肯定的王朔的"躲避崇高"指的是"躲避这种吓人杀人的自封的崇高即伪崇高"。王彬彬《也谈"日丹诺夫主义"》提出"日丹诺夫主义"是从属、依附于"斯大林主义"的。"当代中国一些痛斥日丹诺夫的人,他们给人扣起帽子来,他们辱骂污蔑人来,似乎比日丹诺夫有过之而无不及。"王蒙发问《我们这里会不会有奥姆真理教》,进而表达忧虑:"在转型社会,价值失范,有识之士纷纷对礼崩乐坏的局面表示担忧,一腔热血的青年精神上饥不择食的今天,造神运动、神秘主义与信仰主义很容易乘虚而入。"王彬彬直言《宗教之恶与世俗之恶》,反驳道"人固然可能在神圣、崇高、理想的名义下作恶,但人更可能在'我是流氓我怕谁'、'千万别把我当人'旗号下作恶,更可能在践踏了一切神圣、崇高、理想的情况下,在泯灭了最起码的良知和正义的情况下作恶",甚至认为长者的教育是《错开的药方》。

"二王之争"如火如荼,也吸引了众多"仁人志士"的参与,刘心武《长虹的湮灭》以高长虹与鲁迅对骂虽一时暴得众目所瞵的效应,却湮没无存,"于社会的文化积累无功,于所冲突者的基本价值无损,于己则是一个酸涩的空无",告诫"一个想成为批评家的人,总在那里东抨一下老前辈,西骂一顿'当红作家',以当'黑马'自娱","就可能重蹈高长虹的覆辙"。王彬彬《如此借古讽今》,回应"刘心武这样的动辄以'名人'自居者,是自以为享有'批评豁免权'的,是只能'捧'不能'骂'的。若是对他们稍有'不敬',他们便会用'黑马'、'黑驹'、'黑驴'一类字眼来辱骂你,就会预支一份自己在文学史上的崇高地位来吓你和压你"①。张扬《也谈'长虹的湮灭'》,提出"这种'论战'方式显然有问题。问题也许出在刘心武读书太少而王彬彬读书太多上"。曾镇南《知人论世的聪明》,对王彬彬"引例失义"做出批评;朱学勤《城头变幻二王旗》批评长者"以被清算者比附当下的批评者,说四十岁的黑马下出了一匹三十岁的黑驹""有伤忠厚"。至此,论战出现混战状态,有《倡导指名道姓的公开批评》(傅书华),有指出《王蒙的误区》(张德祥),有讨论《王蒙究竟开罪了谁?》(王京),也有旁观者"在感到'热闹'、'好看'之余,也想出来说三道四,既为对阵的双方加油喝采,也要给他们排排毛病论短长,以期论战除了激烈火爆之外,还能够取得积极的建设性的成果"②。

话题的不断游移既吸引了众多批评家、学者参战和围观,也使得本属于"人文精神讨论"的话题有了更多的面向,并演变成针锋相对的攻击。双方在人文精神、道德立场之外,又衍生出许多子命题,诸如"大字报文风"、可怕的"纯洁"、宗教之恶与世俗之恶等等。然而,在批评的指向中,我们发现双方更像是在打乱仗,长者批评对方借打击"名家""大家"出名,俨然一匹小黑驹;年轻者批评长者实为内心恐惧,标榜宽容的伪君子。萨义德告诉我们:"纯属个人的知识分子是不存在的,因为一旦形诸文字并且发表,就已经进入了公共世界。仅仅是公共的知识分子——个人只是作为某个理念、运动或立场的傀儡、发言人或象征——也是不存在的。总是存在着个人的变化和一己的感性,而这些使得知识分子所说或所写的具有意义。"③也许分析论战双方的话语资源,才能帮助我们更好地看清"二王之争"的背后分歧。

---

① 王彬彬:《如此借古讽今》,1995年6月14日《中华读书报》。
② 张志忠:《我看"二王之争"》,1995年6月7日《中华读书报》。
③ [美]萨义德:《知识分子论》,第17页,单德兴译,生活·读书·新知三联书店,2002年。

二、话语资源的错位

"二王之争"中,论战双方自行其是地表达自己的不满,甚至"成为王蒙和王彬彬之间个人'身体'的'袭击'"①。这也需要我们在"热闹""激烈""失态"的言辞之外,寻找其背后的话语分歧。我们发现很多时候双方的争论话题并不在一个层面上,比如王蒙一方认为王彬彬的批判文章是"大字报文风""红卫兵文风",王彬彬却不认同,"文革开始时,我刚够上幼儿园的年龄,又生活于偏远的乡村,并不曾当过一天'红卫兵',也对'红卫兵'运动毫无感性认识"。"当我的脑袋上被按上一顶'红卫兵'帽子时,我总有一种滑稽感。"②王彬彬也不满于一向持"宽容"立场的王蒙对自己的批评文章却不宽容,进而说明"标榜宽容,伪装谦谦","方可谓之伪君子"。费振钟也指出所谓王蒙的宽容,是"被涂改了的宽容","我们从宽容中看到的是满脸谄笑的乡愿,神情暧昧的媾和,放弃了精神操守与人格尊严的苟安,没有是非价值标准的伪善"。③仔细分析,我们发现,王彬彬一方是以1980年代的理想主义作为立论根基,批判的是世俗化的商业社会;而对于王蒙来说,其所依托的是"十七年"和"文革"话语,所警惕的是崇高背后的压制力量。

新时期以来,在"团结一致向前看"的口号之下,知识分子迅速度过了短暂的"控诉"与"暴露""文革"的"伤痕"时期。在作家们"理应把目光主要投注到现实生活中去,而不应老是缅怀过去,更不应该沉溺在对不幸的历史的伤感中"④,在"反映当前全国各族人民如何同心同德搞'四化',这是最值得大写特写的题材"的号召下,"伤痕文学"

---

① 旷新年:《对"人文精神"的一点考查与批评》,《文艺争鸣》1995年第6期。
② 王彬彬:《"红卫兵"这顶帽子》,《东方艺术》1996年第3期。
③ 费振钟:《被涂改了的宽容》,1995年3月29日《中华读书报》。
④ 胡余:《请把目光注视着今天》,《文艺报》1981年第22期。

因为无法使人们感受到"时代的精神"而被迅速地扬弃。即便有着历史创伤的萧乾,也不得不承认:"1979年后,像我这种情况的人,照例是不提往事的。过去那些年,仿佛是块空白,什么也没发生过,大家都把过去严严实实地掩盖起来,用'向前看'这三个无可厚非的大字一笔勾销。九年来,我何尝不也是这么想,这么做的!"曾有学者指出:"从70年代后期开始的历史反思潮流,始终没有跨越1957年。"①王蒙的《布礼》在《当代》1979年第3期面世后,当时的《文艺报》记者雷达在对王蒙的"专访"中提到:"你怎样看待这件二十多年前文坛上的公案(指《组织部新来的青年人》)呢?"王蒙的回答是"我不想翻历史老账了"。"比起我们的党、国家和人民这些年付出的巨大代价,个人的一点坎坷遭遇又算得了什么呢?"②

此后,文学的热点逐渐从历史转向了现实,继而又转向文学自身的变革,"右派""文革"的话语更多地成为一种叙述,成为当代小说中的"故事元素"。因此,当年轻的王彬彬自述"余生也晚,'文革'结束时也还未到入团的年龄,又一直生活在偏远的乡村,对'文革'中的'大批判'和'红卫兵运动',可说不甚了然。至于50年代的批胡风和'反右'等运动,就所知更少了"③,由于历史的疏离,主要依靠反右、"文革""故事"建构自己的历史"记忆",对其间知识分子集体沦落,为"我们有顾准"(双料右派)而自我激赏时,他可能还无法理解王蒙、萧乾等人那内心深处因多年的历史创伤而储存的浓酽区与敏感点。

当年轻的王彬彬批评对方"一看到批判,便联想到政治上的讨伐和迫害……乃是政治全能时代的一种精神后遗症,是'一朝被蛇咬,十年怕草绳'",他可能无法理解"像我这个年龄以上的知识分子,如果记忆中总储藏着极左肆虐时的种种阴影,并在思维定势中存在着

---

① 贺桂梅:《人文学的想象力——当代中国思想文化与文学问题》,第210页,河南大学出版社,2005年。
② 雷达:《"春光唱彻方无憾"——访作家王蒙》,《文艺报》1979年第4期。
③ 王彬彬:《所谓"文革语言"》,《文学自由谈》1997年第2期。

一种敏感性的对比与警觉,这种'恐惧',实在有其合理与必要的一面"①。巴金老人曾著文回顾自己的"文革后遗症":"春节期间在电视节目里一连几天听见人唱'样板戏',听了几段,上床后我就做了一个'文革'的梦,我和熟人们都给关在牛棚里交代自己的罪行。一觉醒来,心还在咚咚地跳,我连忙背诵'最高指示',但只背出一句,我就完全清醒了。我松了一口气,知道大唱'样板戏'的时代已经过去,牛棚也早给拆掉了,我才高兴地下床穿衣服。"②当决绝的王彬彬声称对方为自己的批判话语扣上的"红卫兵帽子"、"所谓'文革语言'"是"错开的药方",坚持为纯粹的理想和道德宁愿"死在路上"时,他恐怕还不能体会萧乾的"三十年前,各种残酷的死,并不足奇。史无前例的倒是死前之辱:从胸前挂大牌,姓名打红×,喷气式,坐飞机,以致给女同志剃阴阳头"。"开头,利用纯洁的革命小将替他们行孽。等乱够了,又借莫须有的'五一六'把千千万万无辜青年投入冤狱。当时,我正在咸宁五七干校。夜审'五一六'时,为了怕人们听到受刑者喊叫,就在野地里用土坯堆成窝棚,从零株连到一大帮。""借拔白旗,把多少宝贵的科学家迫害致死,红小鬼出身的老干部被活活打死,多少受不住屈辱的人士举家自杀。"③当提倡"书生气"的王彬彬等愤慨提出王蒙、萧乾良好的"适应性"背后彰显的"世故""油滑",批评他们"为了否定和取消批判从而无条件地肯定现状,从而对种种被批判的现象曲意回护,则会成为社会进步文化发展的阻碍力量"时,他可能无法理解刘心武"我已年过半百,耳闻过'胡风事件',目睹过'反右斗争',经历过'文革'的全程,我体会到至今所初步形成的文学多元格局的来之不易,以及作家特别是新一代作家存在方式与创作取向自主择抉的可贵一面,所以我特别主张对作家、作品和文学观点的尽可能

---

① 刘心武:《恐惧与恐怖》,丁东、孙珉选编:《世纪之交的冲撞——王蒙现象争鸣录》,第320、434页,光明日报出版社,1996年。
② 巴金:《随想录选集》,第84页,生活·读书·新知三联书店,2003年。
③ 萧乾:《南柯噩梦》,《文学自由谈》1996年第2期。

宽容,只要作家的创作活动是在法律和法规的范围之内,你可以不赞同,甚至厌恶,却一定不要轻言'不允许存在',更不能动辄'严厉批判,无情打击'"①。经历过极左政治的人,总会在心灵留下沉重的阴影,有学者如是回顾这段历史:

> 在"文革"的整个过程中,立场、站队、表态成为精神生活的最重要内容,构成我们紧张的畸形心态的根源。因而,在走出"文革"之后,我有一种类乎"本能"的对"站队"、"立场表态"的抗拒。我尽量回避需要表明"立场"的场合,也不会把文学史研究作为表达鲜明道德立场的载体。②

"重大的公共事件在直接参与者的心灵中留下了深刻的印记,特别是在他们还处于成年身份形成的早期阶段,在他们还是年轻人的时候。"③反右、"文革"记忆是老一代知识分子的历史梦魇,是久被尘封不愿提及的往事。在国家意识形态的有意疏离和受难者的拒绝回望中,1980年代文化建构使得反右、"文革"成为一个重要的在场的缺席者和缺席的在场者,一个拒绝被质询、追问的对象。因而对于1980年代成长起来的一代知识分子来说,是在"文学的光环""启蒙的复苏"中"重回五四"传统,在寻找新的"启蒙"话语资源的过程中获取充分的主体姿态。正如福柯所描述的,这是"一种时间的不连续的意识:一种与传统的断裂,一种全新的感觉,一种面对正在飞逝的晕眩的感觉"。1980年代也以一种历史隐喻的方式,将自身的历史起点对接五四时期,使其成为一个借以建构自身的理想化镜像,"一个世俗化过程中的神学阶段"。在"二王"论战的过程中,我们发现,王彬彬所着重强调的"人文精神,是人文知识分子应有的一种品格,一种情怀,是这个阶层的精神特征","批判精神,这是人文精神的题中应有之义;

---

① 刘心武:《不赞同与不允许》,1995年7月29日《羊城晚报》。
② 洪子诚:《当代文学的概念》,第10页,北京大学出版社,2010年。
③ [法]莫里斯·哈布瓦赫:《论集体记忆》,第52页,毕然、郭金华译,上海人民出版社,2002年。

批判,也正是人文知识分子的一种重要职能"①,仍是在相当大的程度上分享着1980年代形成的社会共识以及对知识分子功能角色的指认:"一个特立独行的或曰具有独立人格与独立思想的知识分子,有勇气'说不',或有勇气坚持某种'不合作'的立场和姿态,进而实践着某种抵抗、颠覆、重建现实权力与秩序的使命。"②

"社会思想本质上必然是一种记忆,它的全部内容仅由集体回忆或记忆构成。"③经历了半个世纪的颠簸之后,王蒙终于意识到革命和激情是历史的双刃剑。1995年4月12日,在温哥华接受青年学者丁果的专访时,王蒙坦言:"我个人碰到的麻烦看起来很荒谬,以我一个从少年时代就追求社会主义、共产主义的年轻人,竟被自己所追求的革命宣布为一种异己的、敌对的力量。但我觉得这种情况的出现也有它的必然性,也许我在革别人的命时,也曾经是这么激进、不眨眼,对自己认为不革命或反革命的,就是要压倒他们,而这种命运也落到了自己身上。所以50年代后期中国所采取的过'左'的做法,实际上有其历史的必然性,它是激进理想主义的产物。"④在王蒙看来,"中国知识分子最深刻的生命悲剧和历史悲剧,主要根源于长期以来我们一直引以自豪的两种美德:启蒙心态和历史使命感"⑤。两相对照,我们会发现,王蒙等对于崇高的警惕与王彬彬等对世俗的深恶痛绝,论战双方围绕宽容与批判、宗教之恶与世俗之恶的批评错位,更多地是历史记忆以及知识谱系的建构不同所致。

---

① 王彬彬:《具体而实在的人文精神》,1995年4月19日《中华读书报》。
② 戴锦华主编:《书写文化英雄——世纪之交的文化研究》,第7页,江苏人民出版社,2000年。
③ [法]莫里斯·哈布瓦赫:《论集体记忆》,第313页,毕然、郭金华译,上海人民出版社,2002年。
④ 王蒙:《探寻中国文化更新与转换的契合点》,李延青选编:《文学立场:当代作家海外、港台演讲录》,第146页,河北教育出版社,2003年。
⑤ 赵学勇:《文化与人的同构——论现代中国作家的艺术精神》,第167页,兰州大学出版社,2000年。

三、"代"的烙印

在论战中,对自由知识分子研究颇深的谢泳已经敏感地指出:"最近对王蒙有批评意见的人,多是比他晚一代到两代的知识分子,也就是50年代前后出生的'老三届'和60年代前后出生的青年人。"①这种不同的人生轨迹也导致看待问题的方式不同,季羡林曾讲:"你问一问参加过'文革',特别是在'文革'中受过迫害的中老年知识分子,如要他们肯而且敢讲实话的话,你就会知道,他们还有一肚子气没有发泄出来。今天的青年人情况可能不同。他们对'文革'不了解,听讲'文革',如听海外奇谈。"②

对于1960年代生人来说,他们可以骄傲地宣称"我们没有赶上……'三年困难时期'","我们成长的时候,我们的父辈或者在激情中燃烧,或者在被激情煎熬,他们根本无暇顾及我们,因而我们的童年是少有管束的"。"我们基本没赶上'文革'最惨烈的时期,或者对那个时期的印象很模糊,很少受到过大的刺激。等到我们有清晰记忆的时候,'文革'已经进入相对温和的时期了","我们基本上没有赶上上山下乡,没有在农村的广阔天地里吃过苦头"。"所有这些因素,使我们对那个年代并没有恶感。而且那时我还小,只知世事的光明和美好"。③即便对于年长一些的朱学勤来说,他的"文革"记忆就是,1968年前后,"我才小学毕业,只能守在弄堂口等候两个在重点中学的大年龄伙伴黄昏回家,给我讲述当天在他们校园内发生的思潮辩论,或者是那些有思辨色彩无具体派性的大字报"④。

"文革"后,高分学生涌进文史哲专业,大量古籍再版,名著得到翻

---

① 高增德、谢泳、丁东:《话说王蒙——谈当代知识分子的精神纯洁性》,《东方》1995年第3期。
② 季羡林:《余思或反思》,《牛棚杂忆》,第185页,浙江人民出版社,2016年。
③ 王沛人:《六十年代生人成长史》,第8、9、11页,中国青年出版社,2008年。
④ 朱学勤:《思想史上的失踪者》,第184页,花城出版社,1999年。

译,幽闭已久的国门重新打开,西方文艺思潮以罕见的速度和规模被翻译、介绍到中国,长期受压抑的知识分子精英意识和五四新文学传统开始逐渐复苏。作为同龄人翘楚的王彬彬、朱学勤等"幸逢思想解放和改革开放",得以在大学接受完整的学院教育。伴随他们文化启蒙的,不仅有大量的西方现代文学艺术资源,还有各种西方现代哲学资源。从尼采的超人哲学到萨特、加缪的存在主义哲学,皮亚杰的解构主义到罗兰·巴特的符号学,从哈贝马斯等法兰克福学派的现代哲学到德里达的解构主义哲学,以及现代人类学、历史学等新思潮,都形塑着一代人的知识建构。西方知识谱系为1980年代中国学术提供的,不仅是用以表述自身状态的思想资源和知识表达方式,同时更是一个借重构西方来重构中国本国学术文化的理想化镜像。在文化发生学的意义上,它们还潜示了该群体的某些独特的成长经历和文化记忆。时过境迁之后,查建英在《八十年代:访谈录》开篇还写道:"我一直认为二十世纪八十年代是当代中国历史上一个短暂、脆弱却颇具特质、令人心动的浪漫年代。""中国八十年代的文化主调也是理想主义、激进的自我批判,以及向西方思想取经。"[①]"历史叙述的各种形式都是试图从比喻上把握世界的产物,同样,历史主义表述的各种形式也受制于不同作者的理论装备。"[②]对于王彬彬、朱学勤这一代人来说,在1980年代强大的"现代"话语笼罩下,他们形塑了极强的精英意识,对问题不以一种世俗化的、语言游戏的甚至权力运作的态度去看,相反,更多的是强调不断地向内挖掘而获得自我新生,在增加文化资本或更新知识结构基础上建构自己的思想地基。

曾有作家如是归纳1990年代文学批评的理论背景:"看看如下名单的运行:精神分析、存在主义、俄国形式主义、新批评、符号学、阐释学、读者反映批评、解构理论、女权批评、后现代主义、后殖民话语。这是一份多重的周边签证。它暗含着'此地是他乡'、'生活在

---

① 查建英:《八十年代:访谈录》,第3,9页,生活·读书·新知三联书店,2006年。
② 张京媛主编:《新历史主义与文学批评》,第196页,北京大学出版社,1993年。

别处'这样诗意的循环法则。"①当富有理想主义精神乃至提出向世俗化宣战的王彬彬指出"我所谓的书生气,是指一种知识分子精神,一种知识分子的价值观念,一种知识分子的文化人格。我所谓的书生气,首先表现为一种独立思考的品质,一种抗拒流俗、不为喧嚣的时潮所左右的风范,一种依据某种神圣的尺度评判世界批判社会的立场"②,"中国的儒家也好,道家也好,某种意义上,都只能说是一种滑头哲学,都往往忽略人的意志和品格"③时,他坚持以萨义德的"知识分子"谱系来审视自身和他人,指出对方在权势面前由"说真话"到"不说假话"是极聪明的自我调节和自欺欺人。"知识分子不是专业人士,为了奉承,讨好极有缺憾的权力而丧失天性;而是——再次重申我的论点——具有另类的、更有原则立场的知识分子,使得他们事实上能对权势说真话","决不把团结置于批评之上,这就是简洁的答案"④可视为其学理基础。在王彬彬的笔下,知识分子"是真理、正义等普遍价值的代言人、携带者,是全人类的意识与良心",这些福柯式话语中仍暗含着"当他们'批评'某人、'驳斥'他的思想、'谴责'他的著作的时候,我想象他们是身处理想的情势中,对那人拥有绝对的权力"⑤的意味。

"选择关乎对于道理的认同,道理的制作是产生信念的正当性来源,因而选择不仅仅与生活经验、文化、语言、历史有关,更与偏好、价值、标准和原则的建构和认同有关。前者来自于生活世界,后者来自于精神世界。"⑥正如王蒙无法理解青年知识分子对人文精神的推崇,更多地与代际差异所造成的1980年代的文学接受不同相关。王

---

① 孙甘露:《虚构》,《在天花板上跳舞》,第102页,文汇出版社,1997年。
② 王彬彬:《死在路上》,第44—45页,上海人民出版社,1996年。
③ 王彬彬:《过于聪明的中国作家》,《文艺争鸣》1994年第6期。
④ [美]萨义德:《知识分子论》,第82、33页。
⑤ 包亚明主编:《权力的眼睛——福柯访谈录》,第102页,严锋译,上海人民出版社,1997年。
⑥ 张静主编:《身份认同研究》,第70页,人民文学出版社,2006年。

蒙这一代知识分子性格的形成,青年时期的信仰起重要作用。他们的基本背景是新中国的诞生,这一代人信仰革命信仰苏联,无限光明无限幸福无限胜利无限热情,但后来许多人"遭遇到反右运动的蒙头盖脸的试炼,于是又形成一种难以清除的对于极左的警惕乃至于'恐惧'"①。被打入历史另册长达二十余年的经历,使得这一代人在思想解放运动中最为彻底地坚持历史清算。王蒙他们也吸收西方文化,但比较全面地接触西方文化是在1980年代后。这时他们已经人过中年,有了一定成就,担负一定的领导责任。这种年龄接受一种外来的文化,必然是实用性多于情感性,是跟上时代潮流的需要。他自己也坦承:"我没有受过完好的学校教育,所读书卷也很有限。有时承蒙不弃,被认为还有点什么思想见解,并不随波逐流也者,首先是得益于生活实践的启示与好学好问的感悟。"②"我本来就是一个'经验主义者',自己的这一辈子的经验既帮助着成就着一个人也决定着限制着一个人。看来,'代'的烙印与区分特别是局限性是难以避免的了。"③威廉·詹姆斯把直接的生活之流称为"纯粹经验","这种直接的生活之流供给我们后来的反思与其概念性的范畴以物质材料"。④因此,王蒙所理解的"人文精神",是包含着个人的无尽体验,"王任叔——巴人,为了'三人主义'的罪名,遭致了多么惨烈的迫害,我们应该记忆犹新"。"一般的,欧洲文明式的,乃至西欧马克思主义者与前苏联、东欧诸国的对于人文精神的承认,对于中国人民来说,曾经是太奢侈与太陌生了。忘记了这一点,便成了云端的空论。"⑤

---

① 王蒙:《你是哪一年人》,《文学自由谈》1997年第6期。
② 王蒙:《我的处世哲学》,《东方》1994年第6期。
③ 王蒙:《沪上思絮录》,丁东、孙珉选编:《世纪之交的冲撞——王蒙现象争鸣录》,第74页。
④ [美]威廉·詹姆斯:《彻底的经验主义》,第65页,庞景仁译,上海人民出版社,2006年。
⑤ 王蒙:《人文精神问题偶感》,《东方》1994年第5期。

西方知识谱系建构的精英知识分子和经验主义造就的老一代知识分子的语境错位,我们可以用韦伯对心志伦理与责任伦理的区分找寻答案。"根据心志伦理行事的人,所求的是某一项理想的绝对胜利,而不去考虑外在的环境、条件或后果。""依据责任伦理行事的人,就会评估可用的手段,衡量当时的情况,计算一下人性无可避免的弱点,考虑到各种会产生的后果。准此,他为手段、缺失与可预见的后果(无论是利或弊)负起责任。"①对韦伯来说,这两种态度都是正当的,甚至都是值得赞赏的,虽然二者可能因为背后两种极端不同的终极价值而完全对立。因此,个人可以出于一片诚心,选取这两套伦理中的任何一套伦理。王蒙一再表示"每个人的情况有很大不同……我已60有加,我宁愿选择和平的、理性的态度,从各式各样的见解中首先考虑它合理的那部分"②。依靠西方知识谱系建构的王彬彬等更多地怀有一种"理想的乌托邦",他们坚持道德化、理想化的倾向,固守时代的正面精神,尊崇崇高,要将被世俗化社会放逐的神圣感重新寻找回来,有着浓厚的精英立场与人文情怀。在王蒙看来,这种道德理想主义所秉持的激进主义思潮,是与时代精神背道而驰的,有可能导致将乌托邦推向极端而形成极权主义,甚至毁灭多元价值格局,这也是他内心极为恐惧的。而对于王彬彬来说,"以否定一切神圣、崇高、理想、激情的方式来预防'文革'式灾难,以拒绝一切乌托邦的方式来阻止乌托邦可能的危害",同样是"错开的药方"。③"启蒙"力量支撑的"理想的乌托邦"与依靠经验累积行事的现实"辩护士"一经碰撞,"代"的烙印所造成的话语冲突就无可避免。

---

① [德]马克斯·韦伯:《学术与政治》,第96页,钱永祥等译,广西师范大学出版社,2010年。
② 李辉、陈建功、王蒙:《道德乌托邦和价值标准》,《读书》1995年第8期。
③ 王彬彬:《错开的药方》,《文艺争鸣》1996年1期。

四、或缺的干预

"二王之争"一开始就剑拔弩张、火力十足,有时缺乏礼貌而恶语相向,有时缺乏学理而以偏概全,从"文革"到奥姆真理教、从孔子到苏格拉底,论战双方自行其是地表达不满和对抗。和以往文艺论争不同的是,这种民间纯自发性的"二王"论战并未受到任何"上级"或"意识形态"部门的干扰,以至于有学者惊喜地指出:"这里没有设置'裁判所',亦没有戴黑帽子的'法官',而参与者免不了的意气用事般的相互'宣判'并不具有威慑性的'镇压'作用,'被宣判者'第二天即可披挂上阵还以牙眼。因此,撤离了严酷的政治意识形态立场的大规模文化论争于我们说来还是第一次。"①

在当代文学的进程中,文学争论或文学评论通常是在国家意识形态的干预下进行的,论争是被政治发动起来的,其结果必定是以一方宣判另一方而告结束,政治的介入和统摄决定了它权威的解决问题的方式方法。中华人民共和国成立后,对电影《武训传》批判、俞平伯《红楼梦》研究的批判、胡风反革命集团的批判等等,都是根据政治意图做出决议,把思想观念和文艺理论上的分歧做了政治化的处理。1956年"双百方针"的提出,虽有了短暂的"民主"氛围,但1957年周扬《文艺战线上的一场大辩论》,以官方的身份彻底清算了讨论中的非主流观点,重新回归文艺为政治服务的轨道。此后,贯穿反右、"文革"中的"香花""毒草"批判,一直是以政治的晴雨表为脉络的。

新时期以后,文学论争也通常在有规划地进行。作为1980年代初影响最大的"公共事件"之一,"潘晓讨论"自1980年5月在《中国青年》杂志见刊以来,迅速引起极大的社会反响。仅仅25天时间编辑部就收到各地青年寄来的信、稿18000多件,讨论也迅速引起决策层

---

① 孟繁华:《主持人的话》,《文艺争鸣》1995年第6期。

的注意。1981年第6期《中国青年》发表《献给人生意义的思考者》一文画上"潘晓讨论"的句号。这篇经过中宣部组织修改审定的署名"本刊编辑部"的文章"以官方意识形态的代言者身份,对于青年的未来进行了'范导'"。而在1983年"清除精神污染"运动中,仍因讨论的核心问题是宣扬个人主义受到官方的批判。

　　进入1990年代,1992年邓小平南方谈话发表,提到"中国要警惕右,但主要是防'左'";李瑞环不久即在内蒙古讲话中提出"文学作品只要不违背现行法律,就不要横加干涉"——这一政策性的松动使文化界获得了相对宽松的文化环境。在文学家们再度欢呼"春风"来临时,批评家们也呼吁一种良好的批评风气,希望一种"不打棍子"①的批评时代的出现,希望批评不再"以势压人,受批评后有反批评的权利"②。即便如此,在1993年最为热闹的文化事件"《废都》批判"中,正当专家、学者、大众以各种报纸杂志为载体,以半年内13本批判书籍密集上市的方式如火如荼地论争《废都》是"好书""奇书"抑或"淫书""黑书",探讨其中的"世情性""颓废性""知识分子"的定位问题时,北京市新闻出版局以"淫秽色情""低级庸俗"一纸禁令收缴《废都》,也为《废都》盖下了"黄书"的"印章"。甚至在一段时间内,《废都》成为一种"禁忌",报纸杂志如若出现"废都"的字眼就要受到处理。同样以政治判断的方式为《废都》定性,使得"《废都》批判"的讨论成为远未完成的话题。

　　而1995年的"二王之争",却出现了新的面貌。论战双方没有身份的焦虑,一方为前部长,一方为文学青年。前部长称呼后辈为"咋咋唬唬"的"黑驹",后辈回应前辈"伪君子",这种激烈的"问候"也使得刘心武告诫后辈不要学习靠高长虹辱骂鲁迅成名,后辈却认为对方是在拿"文学史的地位"压制自己。令旁观者在感到"热闹""好看"之

---

① 《拨"左"反正,繁荣创作——北京作家评论家学习十四大文件座谈纪要》,1992年11月7日《珠海特区报》。

② 陈辽:《九十年代:中国文坛之变迁》,《唯实》1993年第8、9期合刊。

余,也想出来论长道短。董大中《高长虹挨骂何时了》,认为"刘心武的文章"不是学术文章,不能不说,"高长虹和鲁迅的冲突,跟林语堂、梁实秋、陈西滢等人不同,除了'思想界权威者'等小的认识上的分歧以外,大都是生活琐事"。刘金《"矫枉"不可"过正"——关于高长虹与鲁迅的冲突》,认为董文中关于高鲁之争的是非曲直有失公允,过分袒护高长虹。王彬彬《再说高长虹》也表达对董文的不满,认为"鲁迅在高长虹的谩骂攻击面前之所以那样愤怒,就因为高长虹的谩骂攻击并非为了一个远人目标而是纯粹出于私利私怨"。张扬《也谈"长虹的湮灭"》告诫"下笔得郑重,写文章得讲究些逻辑。年轻人固然如此,'名家大家'尤须自爱"。这种在知识分子内部席卷的争论,使得批评界一反往日的沉寂,刹那间热闹了起来。

在诸位看客中,有人将其比附鲁迅的论战方式,而且王彬彬以"鲁迅深通世故而不世故"批评中国作家"立身处世上的聪明",以"一个都不宽恕"的鲁迅"韧的战斗"方式横扫王蒙、萧乾、王朔,连带一位"颇有名望的文人"等众多中国作家。固然刘心武将其归纳为高长虹、鲁迅之争被批评为"引例失义",但这种自由、宽松,以牙还牙以眼还眼的言说方式确实和20世纪鲁迅与陈西滢的"笔战"有些相似。"陈西滢是鲁迅认真对付、刻骨铭心的第一个论敌。"① 二者起于"女师大风潮"的"闲话"之争,双方以《现代评论》《晨报副刊》为平台,围绕"闲话与并非闲话""抄袭与剽窃""攻周专号""李四光的薪水问题"等等展开。同样因文化背景、知识趣味、社会观点的微妙差别,论点演变为鲁迅对某一集团和阶层的人的反驳,如他为陈西滢、徐志摩、胡适、王世杰、丁西林等所谓"留学欧美的博士""名流""学者""青年的导师""正人君子""绅士"等等描绘的漫画相。双方论战的失范以至于连《晨报副刊》都迫不得已发表声明《结束闲话,结束废话!》。

---

① 阎晶明:《鲁迅与陈西滢》,第3页,河北人民出版社,2002年。

1930年代后的一段时间,文化领域的论战其实都是政治意识形态之争,那里有明确的主流与非主流的话语系统和森严的"等级"关系。然而,1995年的文化论争没有这样的背景。两相比较,"二王之争"在实质上已超越了派系之争,"左""右"之争,构成了一种新型的学术批评,论战双方以自由人身份自发参战,《中华读书报》《文艺争鸣》《新民晚报》等等也给各位论战对象提供了"争鸣平台",颇似1920年代的自由论战环境。王彬彬在1994年底《文艺争鸣》第6期刊载《过于聪明的中国作家》,1995年1月9日的《中华工商时报》就登出刘心武《有毒的逻辑》,认为这种批判的逻辑是"文革"思维;1月17日的《新民晚报》就上演了王蒙的《黑马与黑驹》……甚至《中华读书报》主编梁刚建也来参与,表态"王蒙、王彬彬先生都是我们的作者,本报曾多次为双方发表文章,就是想通过此举为文化界创造一个宽松的争鸣环境,由此达到活跃文坛的良好目的"。这些随笔性和书评性批评短文尽管缺乏专业规范性和学理深度,但却能快速及时而敏锐地就许多文学文化问题发言。"一方面加快了文化交流的速度,另一方面也扩大了文化问题传播的广度。"①

这种宽松的文艺论争环境,和社会的进一步转型不无关系。邓小平南方谈话之后,市场经济成为主要发展方向,国家也由意识形态中心化转向了商品经济多元化,思想上是多元观取代了绝对主义观,也使得话语空间拓展和自由度逐渐变宽。在王岳川看来,这就是从1980年代的"文化中国"向1990年代"经济中国"的转轨,从一种失序、无序、杂序的状态慢慢进入有序和整饬的阶段。这种渐渐退隐的整齐划一命令和至高无上权威,使得自由平等的学术思想话语成为可能,真正有效地促进社会公共空间或话语公共领域的生成。而这种文人间的乱战所导致的种种"失态",也伴随着后现代、后新时期、后乌托邦、后知识分子风靡中国,使得激进主义、保守主义、自由主义的论战以更

---

① 贺桂梅:《批评的增长与危机》,第55页,山西教育出版社,1999年。

为自由和民间的方式进入。因此,谢冕在回顾文学1995年时将其归纳为《值得纪念的一个事件》,"之所以说是'最值得纪念的',是由于这一次范围广泛的讨论,以它不具备任何权力加入或干预的色彩,以它纯粹的民间自发性而成为至少半个世纪以来中国文学实践中的绝无仅有。了解中国当代文学历史的人都会珍惜这样一种民主性的萌芽"①。这场论争"打破了八十年代以来知识分子只有一个集体性声音(即为'现代化'和'改革开放'呐喊)的不正常局面,而将知识界内部在学术、思想、政治乃至道德层面上的深刻分歧,公开地呈现出来"②。当然,这种"失态"的交锋正是中国文学曾有而未能实现的梦想,它的一切问题和弊端,都是由于它的这种初始性。

---

① 谢冕:《值得纪念的一个事件》,《文艺争鸣》1995年第6期。
② 王晓明:《"人文精神"论争与知识分子的认同困境》,陈清侨编:《身份认同与公共文化——文化研究论文集》,第363页,(香港)牛津大学出版社,1997年。

作为"预言"的新世俗传奇
——读王安忆的小说《香港的情与爱》

胡红英

王安忆完成于1993年6月的中篇小说《香港的情与爱》,将一个以香港为故事背景的"钱与色"交易的故事讲述为一个颇感人的"情与爱"的故事,如多数读者的感受——与张爱玲的《倾城之恋》构成了对话关系,事实上建构了一个新世俗传奇。这个新版世俗传奇,完成与发表于奠定1990年代以来中国社会走向的邓小平南方谈话的次年——初刊于1993年第8期《上海文学》,同时又是1993年第6期《上海文学》率先发起之后持续到1995年的"人文精神讨论"开端期的作品,今天读来很能辨识其消费主义时代"预言"的意图。

一、"情与爱"对"钱与色"的改写

作为一个"情与爱"的故事,《香港的情与爱》很能引起读者的认同。三十四岁的女人逢佳,让多年前抛弃她和母亲与别的女人去了香港的父亲帮助,移居香港。本想安定之后再接丈夫、儿子到港,"不料"第一年,她丈夫就和她离婚去了美国。一则父亲在港"自顾不暇",一则"也是为争一口气",逢佳决意也要去美国,而由老乡小栉介绍认识了老魏。五十多岁的有妇之夫老魏,美国第二代移民,辛苦创下了家业,一年两度生意淡季便到香港度假。这两位男女主人公,都出身于艰苦的家庭成长环境,在他们历经一番人生磨砺之后,因要进行交易走到一起,发展成一个"情与爱"的故事,确实有着辛酸、动人的地方。

然而，将一桩不道德的"钱与色"的交易成就为让读者认同的"情与爱"的故事，并不是那么理所当然。为了使它成为一个获得认同的"情与爱"的故事，王安忆在《香港的情与爱》中对通常的"钱与色"的故事进行了必要的"改写"。

首先，这个故事是循着情爱故事的模式展开的，"老魏基本以隔天一次的节奏请逢佳吃晚饭或是喝酒"，就是不带逢佳回酒店——故事开始于老魏以形同追求者一般的方式持续地约会逢佳。无疑，作为交易这样的过程显得拖沓和奇怪，所以，逢佳跟小楠说："老魏是个老滑头，不说行，也不说不行，却是三天两头地请她吃饭喝酒，她倒成了个陪酒的了。"但是，经由这一"约会"式的开端，老魏和逢佳反而自然地开始了——作家很自然地铺展了超出了交易的关系。

其次，按照逢佳一再重申的说法，在这个故事中"反正大家凭良心"，即是说这个故事的交易性质具有不彻底之处，尤其是"良心"作为一种心理动力，推动其奔向一个"情与爱"的故事。约会期间老魏带逢佳买衣服，逢佳专拣不起眼的看，"这一切，老魏也都是看在眼里，他体会到她的世故和自尊，也体会到她对自己的顾恤。虽然是交易的关系，但内心还都保持了善意"——这自然就是男女方都有"良心"的写照。老魏再次到香港，已住到了逢佳寄住的公寓，后更买下一套房子，形成了小楠眼中的"一副你唱我随的和合景象"——可见，有"良心"的参与，"即便是这样的一种关系，也经不住朝夕相处，就是磨也磨出点真心了"。因此，即使交易目的非常明确的逢佳，后来也跟老魏说，"就这样也很好，干脆我做你的小老婆吧"，且有一段时间沦陷于彼此关系是否有结果，跟老魏玩起了第三者试图"上位"的"把戏"，而本该面目冷酷的交易的"甲方"老魏则充满人情味地处处为逢佳感到心疼和怜惜。

以情爱故事的模式开展，并借助了"良心"作为发酵剂，这一钱色交易的故事于是成就为一个"情与爱"的故事。在这一情爱故事模式和"良心"的引导下，读者往往很容易忽略其交易的性质，因为其中本不相干的两个人仿佛不经意间磨出了真情——从而证明了人与人之间情感的微妙、向善,感到温情。

毫无疑问,王安忆不会仅仅满足于将一个"钱与色"交易的故事改写为一个具有情感感染力的"情与爱"的故事。她的这一"改写",并不难以察觉,事实上进行了一次新的金钱故事的建构、新的情爱关系的表达——在"钱与色"的表象之下,它实质上是一个钱与情感经验交易的故事,即是,她事实上进行了一次对新型的以金钱为中介的情爱关系的探索,同时赋予它超越情爱的深刻意义。

这一意义的完成,依赖于它的故事发生地——"香港"。王安忆说:"它对于我来说,其实并非是香港,而是一个象征。这名字也有一种象征含意,一百年的历史像个传奇,地处所在也像个传奇。"①从王安忆同年发表的这番夫子自道,可以看出,她依赖"一百年的历史"和"地处所在"赋予"香港"象征的意义。在这一历史与地理的坐标之中,"香港"首先是一个中西文化交汇的中心场域——其作为中国的一部分、其一百多年的英国殖民统治,其次是一处远离中国核心的政治、文化中心的沿海/边缘之地。因此,可以说,"香港"象征了中西文化同场,也象征了与以精神为主导的1980年代中国相反的以金钱为主导的生活现场。

这个经由"钱与色"的故事改写而成的"情与爱"的故事,也即是诞生于这样一个中西文化同场、以金钱为主导的生活现场之中,而且只是其中故事的一个——"香港的际遇大多是萍水相逢,然后转瞬即逝。可它是人海战术,按照概率的原则,它终能成功几宗。逢佳和老魏,便是成功里的一宗。"

将老魏和逢佳的情爱故事成就为一宗"香港"故事,单单把故事开端设置为一般情爱故事的模式、赋予两人"良心",自然说服力不够。为了使这一故事成为"香港"的"情与爱"故事,王安忆在《香港的情与

---

① 王安忆:《"香港"是一个象征》,《乘火车旅行》,第154页,中国华侨出版社,1995年。

爱》中,延续了她在《叔叔的故事》《乌托邦诗篇》《伤心太平洋》等小说,鲜明地在人物的文化身份坐标上建构人物性情、欲望的叙事手法,也从而使小说衍生了更深层的意义。

老魏是唐人街长大的一代,他那一代人"英语讲得磕磕巴巴","汉语也不大行",是心理上没有国家也没有籍贯的人,人生也是实打实的——从老魏这一文化身份可以看出,他跟香港处在相似的中西文化夹缝、国族观念模糊的境遇中。老魏对此也做出了准确的指认——他走遍世界各地,对香港最有认同感和归属感,选择"把他最悠闲和最自在的时间留给香港",认为"只有香港才能容纳他这些好时间"。而逢佳,在内地长大,结婚生孩子之后才投靠了香港,且急于奔赴美国,她"是朴素的,真实的,可信的",又"难免是有些俗气的,但也正是这俗气,使她成了个真人";如果说以上描述还不足烘托逢佳的身份特征,从"她的化妆是大红大紫的"、她的服饰颜色也是大起大落的则可看出,她带有较为纯粹的乡土中国色彩。在这一交易中,逢佳的目的是非常明确的——"她将自己交出去,老魏便得还她个美国,然后银货两讫,大家走人;老魏要是给不出个美国,那么就恩人变仇人,接下来,还是走人"。即是说,老魏和逢佳之所以会发展为"情与爱"的关系,是因为逢佳那一乡土中国气息吸引了老魏,让他不甘于"钱与色"的交易,就像他准确指认出了他与香港在文化境遇上的相似,他事实上在逢佳身上指认出了浸淫在西方文化中的他,即移民日益模糊了的中国传统文明。

逢佳并不是老魏在香港的第一个"艳遇",在逢佳之前他曾跟凯弟有过一段关系。凯弟出生于台湾地区,从小没有父亲,随母亲改嫁到菲律宾后,全家又迁往美国,"在纽约她爱上一个艺术家","艺术家虽然爱她但更爱他的艺术,她就来到了香港"。虽然,"老魏很欣赏她从来不向他要求责任,就像通常中国女孩子会做的那样",但他还是选择跟逢佳发展成"情与爱"的关系,因为"逢佳是更难对付的,她是要求负责的,她是叫人感到重量的,因这却把虚空给拴住了给坠住了。而凯弟只会放大那虚空,使那虚空更加飘无定所"。显然,凯弟是比自己文化身份更为模糊、文化心理更为飘浮的人,老魏也相当准确地指认了出来。不过,凯弟的不要求负责,抑或是她试图抓住一点实在的手段——拒绝将自己的身体物化为交易的商品,而和老魏有意在自己身上建构一个中国故事的方式相反,她是以在自己身上拒绝彻底的西化/资本主义的方式去填补"虚空"。可见,王安忆真是非常有心地通过人物的文化身份去建构他们的性情和欲望,从而通过"香港"这一场域,成功结构了一个新型的以金钱为中介的情爱故事。

所以说,老魏所进行的交易,实质是钱与情感经验的交易,通过这一交易,他要填补的既是前半生疲于奋斗所错过的恋爱经历,更是身为华人长期浸淫西方文化,疏远了中国传统文明而具有的心灵上的"虚空"。

因此,王安忆依赖"香港"这一"传奇"的空间,让故事的发生地和故事人物互相映现——以香港的历史、地理内涵映现人物的文化身份、心理结构,又以人物的性情、欲望映现香港此时此地的文化形态。在这一互相映现的结构之中,王安忆合理地将"钱与色"交易的故事改写为一个"情与爱"的故事,从而凸显其钱与情感经验交易的实质,又以其钱与情感经验的交易,透露出香港这一资本主义文明发达的华人城市和浸淫在西方资本主义文明中的华人的一种内在的缺乏,从而展示了在中西文化交汇之中,在城市表面的繁荣之下,西方资本主义文明的介入对以中国传统文明为根基的华人制造的"虚空"。

二、新版世俗传奇的"传奇"性

尽管王安忆坦言早就读过但写的时候"完全没有想到《倾城之恋》"[①],作为同样以香港为故事发生地、主要人物都是男华侨和上海

---

① 王安忆、张新颖:《谈话录》,第265页,人民文学出版社,2011年。

女人、情节结构都是由虚情假意发展到真情实意的中篇小说,从文学史意义上讲,《香港的情与爱》与张爱玲的经典小说《倾城之恋》之间的对话关系已经是不言而喻的了①。如果将《倾城之恋》看作一个民国的旧版的世俗传奇,那王安忆的《香港的情与爱》则是一个新版的世俗传奇,它们各体现了不同的"传奇"色彩。

作为讲述俗世里的男人和女人的故事,展示俗人的性情和欲望的场域,《倾城之恋》之为"传奇",首先是它的标题所示——"倾城之恋":在战争爆发、城市倾覆的背景下,成就的恋爱;其次,白流苏与范柳原的结合在那个年代的世俗生活中是难得一见的事,如张爱玲所说:"向来中国故事里的美女总是二八佳人,二九年华,而流苏已经近三十了",范柳原却又"豪富,聪明,漂亮,外国派"是"一班少女"要找的"理想丈夫"。② 自然,"倾城"是个大前提,没有"倾城",这一"传奇"便极不可能发生。而"倾城"之所以能成就"传奇",则需范柳原和白流苏在倾城时刻相聚在一起,而近三十的白流苏跟少女眼中的"理想丈夫"范柳原走到一起本身也便具有"传奇"性了。因此,还需解答他们为何会走到一起?对于白流苏来说,跟范柳原一起去香港,是出于无奈的选择。她离婚回到白家七八年了,被兄长骗光了钱成了吃闲饭的眼中钉,遇上她前夫去世,他们便想赶她回前夫家守寡、过继个前夫的侄子——"就是拨你看守祠堂,也饿不死你母子",好撇掉包袱。作为一个旧式淑女,"寻了个低三下四的职业,就失去了淑女的身分。那身分,食之无味,弃之可惜",而且"除了人之外,她没有旁的兴趣",但"凭着这点本领,她能够做一个贤惠的媳妇,一个细心的母亲",白流苏能够认可的最好出路只有改嫁一条。因此,既然范柳原在跟宝络相亲时看上了她,暗邀她去香港,即使前途未卜,白流苏也要赌

---

① 张新颖在《谈话录》便特意问及王安忆创作《香港的情与爱》时是否读过《倾城之恋》,且期刊网已收录数篇将两篇小说专门一起讨论的文章,可见熟悉文学史的人都很容易觉察此对话关系。
② 张爱玲:《关于〈倾城之恋〉的老实话》,《倾城之恋》,第462页,北京十月文艺出版社,2006年。

一下——"如果她输了,她声名扫地,没有资格做五个孩子的后母。如果赌赢了,她可以得到众人虎视眈眈的目的物范柳原,出净胸中这一口气"。

自小在国外长大、"思想上没有传统的背景"的范柳原,对白流苏,则多少是真有好感的。白流苏家虽败落了,但她还算是一个上流社会的淑女,范柳原在"上等调情"中把她的优势看得很明白:

柳原道:"你好也罢,坏也罢,我不要你改变。难得碰见像你这样的一个真正的中国女人。"流苏微微叹了一口气道:"我不过是一个过了时的人罢了。"柳原道:"真正的中国女人是世界上最美的,永远不会过了时。"

柳原道:"我陪你到马来亚去。"流苏道:"做什么?"柳原道:"回到自然。"他转念一想,又道:"只是一件,我不能想像你穿着旗袍在森林里跑。……不过我也不能想像你不穿着旗袍。"

只是,"很明显,他要她,可是他不愿意娶她。然而她家里穷虽穷,也还是个望族,大家都是场面上的人,他担当不起这诱奸的罪名"。所以,范柳原设计了那样一次香港旅行,让白流苏终于在"内中还掺杂着家庭的压力——最痛苦的成分"的情形下做了他的情人,不料弄假成真为"倾城"之恋。

作为新版世俗"传奇",《香港的情与爱》之为"传奇",首先相对于老魏和逢佳现实轨道中的生活而言。老魏作为唐人街长大的一代,他的人生是实打实的加倍辛劳的人生:婚姻是"必须手拉手,才不致滑落下去";"一生是辛劳,没有休憩,逆水行舟不进则退的一生,是没有逃避的一生";"没有材料开辟一个精神的避难所和休憩地",精神是个虚无的东西。因此,这一香港故事,作为老魏一手谋划而非命运迫使他选择的插曲,"使他的人生有了一个空穴,供他逃避和休憩"。对逢佳来说,她此前的人生是不断被"抛弃":年幼时被父亲抛弃,后来去了香港找父亲,本想着安定下来把丈夫、孩子接过去,却又被丈夫抛弃——"我这个人好像总是被人家抛弃,被父亲抛弃一次还不够似的,再要被丈夫抛弃一次"。所以,逢佳遇到老魏,老魏给了她一段安稳的生活,让她的愿望折中地完成——帮助她去了澳大利亚,也算是使她的争取有了结果,改变了她的生活。因此,无论对老魏还是逢佳来说,这段关系都是他们现实生活的彼岸。

其次,还因为《香港的情与爱》作为一个世俗故事又是超越了"香港"的"普通人生"的。王安忆说:"香港简直没有宁静的一刻,一出连着一出,浪高过一浪,似乎永远是一个特殊时期,没有日常生活","它将人和人的相逢提炼为邂逅,它将细水长流的男女之情提炼为一夜欢爱,它将一日三餐提炼为盛宴"。① 在同一篇文章中,她又说:"我是要写一个用香港命名的传奇,这传奇不是那传奇,它提炼于我们最普通的人生,将我们普通人生中的细节凝聚成一个传奇。"② 因此,在王安忆看来,香港的"普通人生"——"似乎永远是一个特殊时期,没有日常生活",所以,她写的这个"传奇"反而是——"提炼于我们最普通的人生,将我们普通人生中的细节凝聚"而成的。也所以,老魏和逢佳的故事拒绝了任何的戏剧性,显得非常日常,非常细水长流。一个在家倾听着电梯声等另一个下班回家,一个烧菜煮饭另一个帮着洗碗,一起看电视,晚上闭灯后一起倾谈心事,等等,这些刻意提及的细节,铺陈出日常生活中独有的温情画面。而"老魏最爱的是有时他们夜半醒来,有雨滴滴滴答答溅在窗上,谁家的排风扇还在呼呼地运作,逢佳会突然地说起话来",相比那"普通人生",则已经是奢侈的事了。难怪逢佳这个实际的人,也简直要把这个"香港的梦境"变成真的。

可见,旧版世俗传奇《倾城之恋》作为民国故事,新版世俗传奇《香港的情与爱》作为1990年代的故事,虽都是彻骨的世俗故事,其"传奇"的着色处却是很不同的:张爱玲通过两个戏剧性结构,将一桩

---

① 王安忆:《"香港"是一个象征》,《乘火车旅行》,第152页。
② 同上书,第154页。

以婚姻为目的的关系写成一对自私的男女各怀鬼胎,最终却在战争中弄假成真结为夫妻的故事,王安忆将一个以"钱与色"交易为目的的金钱故事,改写为一个男女主人公在日常而温情的相处中磨出真感情的"情与爱"的故事;张爱玲认为是战乱导致"倾城"成全了主角们的故事,王安忆让小说男主人公一手策划了那一故事;张爱玲讲述的是世俗生活中的戏剧性,王安忆特别强调的是世俗生活中的日常性。

王安忆评价说:世俗的张爱玲,"她却又不是一个现实主义者,能够就事论事地面对现实。她并不去追究事实的具体原因,只是笼统地认为,人生终是一场不幸,没有理由地一径走着下坡路,个人是无所作为的"。而对于《倾城之恋》的圆满结局,王安忆也认为,那不过是张爱玲"对虚无的人生略作妥协的姿态",终归张爱玲不相信"现实的理想与争取"①。在《香港的情与爱》中,确实可以看到王安忆"就事论事"地肯定世俗的人与人之间的"良心",肯定个人的争取与奋斗,从而对《倾城之恋》执意不认为范柳原与白流苏之间有真情、个人的意愿于人生有用——"他不过是一个自私的男子,她不过是一个自私的女人。在这兵荒马乱的时代,个人主义者是无处容身的,可是总有地方容得下一对平凡的夫妻"——这种虚无的、消极的价值观,进行了一番反驳。

当然,通过《香港的情与爱》与《倾城之恋》之间的对话,王安忆不只对张爱玲的人生观进行了反驳,更为突出的是,她通过这一新版世俗传奇与旧版世俗传奇就"传奇"性的对照,展示了对世俗中的日常生活本身的特别的关注。

三、想象消费主义时代

1990年代初,在创作《香港的情与爱》(1993)前,王安忆还写了

---

① 王安忆:《王安忆读书笔记》,第160—164页,新星出版社,2007年。

《叔叔的故事》(1990)、《妙妙》(1991)、《歌星日本来》(1991)、《乌托邦诗篇》(1991)、《伤心太平洋》(1993)等重要的中篇小说。从这几篇小说实可看出王安忆该时期小说创作的倾向。简要地说,《叔叔的故事》《乌托邦诗篇》《伤心太平洋》着重围绕旧日的价值观与信仰进行探讨,《妙妙》和《歌星日本来》注重于书写变动中的新的时代。也就是在这种对社会转型颇为敏感的精神状态下,王安忆写了《香港的情与爱》这个新版的世俗传奇故事,传达出对消费主义时代的想象。

作为一个民国的故事,《倾城之恋》中战争的残酷性大概完成了对一个时代的书写。虽说是两个"自私"的人的故事,《倾城之恋》写到范柳原和白流苏的感情发酵的几个场面时,有两幕读来其实有几分煽情。一幕是在浅水湾饭店躲轰炸时——"流苏到了这个地步,反而懊悔她有柳原在身边,一个人仿佛有了两个身体,也就蒙了双重危险。一弹子打不中他,还许打中他,他若是死了,若是残废了,她的处境更是不堪设想。她若是受了伤,为了怕拖累他,也只有横了心求死。"还有一幕发生在停战后,白流苏和范柳原回到香港的家中——"在这动荡的世界里,钱财、地产、天长地久的一切,全不可靠了。靠得住的只有她腔子里的这口气,还有睡在她身边的这个人。她突然爬到柳原身边,隔着他的棉被,拥抱着他。他从被窝里伸出手来握住她的手。"这两幕很好地表明,战争在这时这刻把什么都毁掉了——甚至摧毁了人的自私,金钱的秩序失去了效力,却不意味着一切秩序都失去了效力,战争带来的"动荡的世界"便是新的秩序,一切都衍生在这个"动荡的世界"之中。所以,张爱玲在结构了上述感人画面后,还是说:"他不过是一个自私的男子,她不过是一个自私的女人,在这兵荒马乱的时代,个人主义者是无处容身的,可是总有地方容得下一对平凡的夫妻。"所以能把这个故事成全的是"倾城",而张爱玲会在结尾写道:"香港的陷落成全了她。但是在这个不可理喻的世界里,谁知道什么是因,什么是果?"这终究是个关于"不可理喻的世界"的故事,带来这"不可理喻"的最大因素就是导致"兵荒马乱"的战争——因其是两个对战争置身事外的有钱人的故事,更足见战争的凶险。

战争困扰一切的民国已经是历史,《倾城之恋》作为过去时代的故事,在今天观察它的时代特征能够依赖历史常识,《香港的情与爱》却不能够。要说明《香港的情与爱》故事结构中的时间、空间色彩及其内涵,还得做一些铺垫。

1990年代初,在《香港的情与爱》写作与发表之际,发端于1993年第6期《上海文学》的"人文精神讨论"是人文学界的一个重要历史事件。在今天看来,那就像一个挥别1980年代远眺1990年代的标帜,清楚分隔开两个时代,参与讨论的学者、作家,如程光炜,说那是"以'80年代'的人文知识积累和理想愿望试图进入不兼容的'90年代'的多元社会和文化结构"①,围绕"人文精神"和"市场经济"——以捍卫"人文精神"还是适应"市场经济"为核心主题,饱含充沛的激情,表达了对于时代交接的深刻情绪。现在学界大体也能达成共识,这场讨论的历史意义尽管当时不可能看得这么清晰,其复杂性也可作更为细致的回顾,但在今天试图理解1990年代以来的社会现实和人文知识分子的处境时,它作为一个可对照的前史,为研究者提供了重温、认识历史的契机。② 因此,这场携带了诸多历史内涵的"人文精神讨论",它是人文知识分子回应现实的一次互动,它的发生跟社会的结构性变化直接关联,它提示了一个事实——1990年代初,中国社会处于转型的关口,人文知识分子的处境及心灵普遍受到了冲击。

"人文精神讨论"由诸多上海学者率先发起、参与,王安忆1990年代初几个中篇小说的主旨跟"人文精神讨论"的精神也相近,这自然不会是单纯的巧合。对于1990年代的上海,王晓明是这么说的:"正是'改革'之潮在90年代初的大转弯,将上海托上了弄潮儿的高位。

---

① 程光炜:《引文式研究:重寻"人文精神讨论"》,《文艺研究》2013年第2期。
② 陈思和、王晓明、张汝伦、高瑞泉等发表在2012年5月26日《东方早报》的"对话"《人文精神再讨论》,程光炜发表于2013年第2期《文艺研究》的论文《引文式研究:重寻"人文精神讨论"》,都可以看出这一共识。

上海凭借历史、地理和政府投资的三重优势,迅速显示出新的神威。两千多幢高楼拔地而起,四十年没有粉刷过的淮海路被用大理石墙面装潢一新。殖民地时代的老店名纷纷重现街头,权威报纸更以醒目的篇幅报道'百乐门'舞厅的重修工程,粗黑的标题动人心魄:'昔日的夜夜笙歌,今将重现!'仅仅十年时间,上海带动长江三角洲地区,一跃而为中国经济最发达的地区,上海也取代十年前的海口和十五年前的深圳,成为各地走投无路者和跃跃欲试者寻求生计和财路的首选。"①以上作为一种事后描述,对于1990年代初的上海尚是后话,是不久的将来逐步完成的远景,从回忆者激动的语气能够看出,1990年代上海在那十年间的变化是何其之大,因此又恰好彰显了1990年代初的上海即将面临的巨大改变。《香港的情与爱》以及王安忆同时期的其他中篇小说和"人文精神讨论",就出现于那个面临巨大变化的紧张的历史时刻。

因此,在1990年代初,王安忆创作《香港的情与爱》时,囿于社会转型刚刚起步,人文知识分子对于即将统领1990年代的"市场经济"的理解与认识,同样也处在一个起步的阶段,对于社会即将到来的变化依旧缺乏想象。如果不说其时人们普遍对"市场经济"本身意味着什么还来不及思考,至少可以说多数人更注意到1980年代的价值观念、信仰体系遭受的冲击而不是1990年代社会可能会带来什么——所以学者们更花笔墨叙述对1980年代逝去的确认而不是描绘可能到来的1990年代。对此,陈思和的回顾也谈得很清楚:"到了1992年以后,突然市场经济、商品经济的大潮就汹涌起来,'开放'了。这个东西在中国现代历史上来说不是一个新时代,但对我们来说是一个新时代,因为我们没有看到过市场经济是怎么回事。……所以在1994年那个时候,大家第一个反应,就觉得,这样一种市场经济大变革,会给我们日常生活中的伦理道德习俗都带来强烈冲击,可能在人文立场上

---

① 王晓明:《从"淮海路"到"梅家桥"——从王安忆小说创作的转变谈起》,《文学评论》2002年第3期。

带来的冲击更大。"①

在那个仿佛静止的"历史瞬间",《香港的情与爱》讲述了一个怎样的故事呢？首先，它借助"香港"呈现出一个中西文化同场、与以精神为主导的1980年代中国内地相反的以金钱为主导的生活现场，然后铺展了一个为自己建构中国式情感经验的心灵"虚空"的华人与盲目地想要去美国的上海女人的由"钱与色"走向"情与爱"的故事。其次，它作为一个新版的世俗传奇，在与《倾城之恋》的对话之中，相对于后者对世俗生活中的戏剧性的渲染，表现了对世俗中的日常性的特别的关注。这两方面的内容，都扎根于广阔的背景，前者放眼于香港"一百年的历史"及其"地处所在"，后者勾连出"世俗传奇"的谱系，因此而构成了复杂的时间与空间结构——前者提供对西方资本主义文化与中国文化多年碰撞和交融的社会形态的想象，后者则描述了在这一想象的社会形态之中华人的生活与精神处境的独特性。因此，相较于《倾城之恋》讲述的是一个正在进行的"兵荒马乱"的现实生活中的故事，《香港的情与爱》讲述的却是一个在作家想象出来的时间、空间中生长、完成的故事。所以王安忆要强调"香港"的特殊意义："它对于我来说，其实并非是香港，而是一个象征。"

自不必说，西方资本主义文化与中国文化的碰撞与交融，在"市场经济"发展进入鼓励消费的阶段、致力于批判资本主义全球化的文化研究成为国内新一门显学的今天，已经是理解当下中国社会的主要视角。世俗生活的日常性，在今天城乡人口流动性越来越大致使多数家庭成员之间聚少离多、白领阶层在城市生活中疲于生计的中国社会，也已在普通人的生活中越发显得难得。透过依然披着朦胧面纱的1990年代初的历史语境，不能不说，王安忆的《香港的情与爱》结构的这一西方资本主义文明渗入华人社会、华人生活的故事表明，在其时

---

① 陈思和、王晓明、张汝伦、高瑞泉:《人文精神再讨论》，2012年5月26日《东方早报》。

人文知识分子普遍陷于对1980年代的怀念时,她已经意图明确地"奔向"了对1990年代——消费主义时代的想象。

(作者为中国人民大学2015届博士毕业生,
现为深圳大学中文系助理教授)

1980—1990 年代转变的证词
——读《一地鸡毛》

范阳阳

刘震云 1958 年出生于河南延津县一个农民家庭,十五岁参军到部队。1978 年复员后到一个中学当老师,同年考入北京大学中文系,毕业后去《农民日报》工作。1982 年开始发表作品,有以现实为题材的《塔铺》《新兵连》《单位》等,也有"故乡"系列"新历史主义"小说,近年仍不断有新作问世,可谓多产作家。其作品多次获奖,在当代文坛中享有一定的赞誉,王朔称他为"当代小说家里对我真正能够构成威胁的一位"①,王蒙说他是"富有创意的、生活气息浓郁的鬼马作家"②。他的《一地鸡毛》发表于 1991 年第 1 期的《小说家》,后被视为新写实小说的代表作之一。通过重新审视这部作品及关于它的各种评论,我们可以找到一个理解 1980—1990 年代转变的切入口。

一、1980 年代、1990 年代之交的生活感觉

作品大致写成于 1990 年前后,这可以看作故事发生的时间。主人公小林经历了双重变化:就个人而言,是从学校走向社会(《单位》中写他 1984 年毕业);就社会而言,是经济逐渐成为时代的主题。以此为背景展开的人物生活场景描述了他所面对的各种日常琐事,为我

---

① 冯小刚:《我把青春献给你》,第 69 页,长江文艺出版社,2003 年。
② "鬼马"是广东话,意为灵巧、大胆。王蒙:《〈手机〉微言大义》,2004 年 2 月 11 日《福州晚报》。

们提供了一个认知1980年代、1990年代之交生活感觉的参照物。

　　大学生在当代社会中地位、思想的变化无疑是和时代紧密联系在一起的。1980年代大学生是天之骄子,被冠以各种光环和期望,作品通过小林夫妇和"小李白"的变化来表征1980年代大学生的生活历程。在上大学时,"小李白"和小林"都喜欢写诗,一块加入了学校的文学社。那时大家都讲奋斗,一股子开天辟地的劲头",而且"'小李白'很有才,又勤奋,平均一天写三首诗,诗在一些报刊还发表过,豪放洒脱,上下几千年,秦皇汉武,唐宗宋祖,都不在话下"。对文学、文化和各种思想的关注与喜好是当时的时代主潮。"80年代人们表现出前所未有的对文化的热情,几乎所有的青年,若不是诗歌爱好者或文学爱好者,便是哲学、美学或其他文化形式的爱好者。文化在那个时代是个人自我确证的崇高方式",李陀在回顾1980年代时指出:"八十年代一个特征,就是人人都有激情。什么激情呢,不是一般的激情,是继往开来的激情,人人都有这么一个抱负。……那时候的人……都是有历史观和历史意识的,毛泽东说的那个'人民,只有人民才是创造历史的动力'的说法深入人心,那时候人人都相信自己对历史有责任。'就从这里开始/从我个人的历史开始,从亿万个/死去的活着的普通人的愿望开始',这是江河的几句诗,很能反映那时候人们的情绪。"①占据时代中心的知识分子在当时具有较高的地位和影响力,"在80年代后期,知识分子的确成为某种意义上的'文化英雄',在大学校园、在街头、在广场,他们都成为受人欢迎、引人注目的'文化英雄'。一时风头之劲,比起现在的传媒明星恐怕有过之而无不及。而且,今天的明星是很世俗的,而当时的'文化英雄'却带有一种神圣化的理想光环"②。

---

① 查建英主编:《八十年代:访谈录》,第252—253页,生活·读书·新知三联书店,2006年。
② 许纪霖:《知识分子是否已经死亡?》,陶东风主编:《知识分子与社会转型》,第35页,河南大学出版社,2004年。

但伴随着商品经济时代的到来,现实发生了逆转,"中国民间流传着不同的笑话:80年代,有人在街上随便扔一块石头就能砸到一个诗人;80年代末,变成了在街上扔一块石头就能砸到一个经理"①。当经商成为时代热潮的时候,就不难理解"小李白"前后巨大的转变了。小林问他现在还写诗吗?他以极端的方式给予了否定:"狗屁!那是年轻时不懂事!诗是什么,诗是搔首弄姿混扯蛋!如果现在还写诗,不得饿死!"他得出的结论是:"我可算看透了,不要异想天开,不要总想着出人头地,就在人堆里混,什么都不想,最舒服。"小林夫妇也经历了类似的转变,"两人都是大学生,谁也不是没有事业心,大家都奋斗过,发愤过,挑灯夜读过,有过一番宏伟的理想,单位的处长局长,社会上的大大小小机关,都不在眼里,哪里会想到几年之后,他们也跟大家一样,很快淹没在黑压压的千篇一律千人一面的人群之中呢?"生活被各种具体的琐事填充,"买豆腐、上班下班、吃饭睡觉洗衣服,对付保姆弄孩子",这种重复性否定了先前对生活的设想,"什么宏图大志,什么事业理想,狗屁,那是年轻时候的事,大家都这么混,不也活了一辈子?有宏图大志怎么了?有事业理想怎么了?'古今将相在何方,荒冢一堆草没了!'"带有自我解嘲意味的话语流露出无奈,现实生活自有其逻辑和规则,单纯的理想追求现在被物质利益的纠葛和关注所代替。

当个人生活从宏大动员中抽身而出之后,个人开始切实地面对真实的生活感觉。"现代生活,要求每个个体去独立地寻找中道,而不再有那么一个现成的过法","帮助人们过日子的纲常被瓦解了,人们必须直接面对'过日子'本身……要自己学会在复杂的人际关系中过日子的'理'"。②"烦恼"是新写实小说中人物日常生活的一个关键

---

① 李陀等:《漫谈文化研究中的现代性问题》,陈思和、杨扬选编:《90年代批评文选》,第5页,汉语大词典出版社,2001年。

② 吴飞:《"为生民立命"是否可能——理解自杀札记之四》,《读书》2005年第11期。

词,这或许并不能简单归结为作家们对这一话题的青睐及有意铺陈、渲染;如果结合当时的时代背景,或许有助于理解这一情节取向。要处理诸如对付保姆、孩子看病、入幼儿园等事情,需要依靠心机或利益的交换等,这些都使他们感到心烦和难以应对。小林夫妇带着感冒的女儿去看病,感慨"现在给孩子看一次病,出手就要二三十;不该化验的化验,不该开的药乱开。小林觉得,别人不诚实可以,连医生都这么不诚实了,这还叫人怎么活?……每次给孩子看完病,小林和老婆都觉得是来上当"。这一生活感觉可以套用社会学上的术语"相对剥夺感",它是"由美国社会学家 S. A. 斯托弗等人提出,是指剥夺是相对的,人们对其处境感到怨恨或不满,未必是在绝对意义上被剥夺,而是与某种标准相比感到被剥夺了。……美国社会学家 Robert. K. 默顿进一步发展了相对剥夺感理论,默顿认为,当个人将自己的处境与其参照群体的人相比较并发现自己处于劣势时,就会觉得自己受到了剥夺"①。作品中还有很多情节传达出人物的这种感觉,如小林为了帮老婆调动工作给人送礼,结果被拒,"尴了半天,两人才缓过劲儿来。小林将箱子摔在楼梯上:'×他妈的,送礼人家都不要!'又埋怨老婆:'我说不要送吧,你非要送,看这礼送的,丢人不丢人!'小林老婆也说:'这个人怎么这么恶劣,这个人怎么这么小心眼!'"小林家的保姆没有用心照看小林的女儿,任由她玩凉水,结果引发了感冒,小林怕引起风波没有告诉妻子。小林老婆的单位开通了班车,"原来以为坐班车是公平合理,单位头头的关心",后来才知道是因为领导老婆的妹妹,她"马上有些沮丧,感到这班车通的有些贬值,自己高兴得有些盲目。……小林听到心里也挺别扭,感到似乎是受了污辱"。小林的女儿靠邻居的帮忙上了自己中意的幼儿园,但后来才发现他们是出于自己的目的和打算,小林老婆对小林说:"他们孩子哭闹,去幼儿园不顺利,这才拉上咱们孩子给他陪读。……我坐班车是沾了人家小姨子的

---

① 杨玉芹:《浅析相对剥夺感心理》,《经济研究导刊》2012 年第 21 期。

光,没想到孩子进幼儿园,也是为了给人家陪读!""当天夜里,老婆孩子入睡,小林第一次流下了泪,还在漆黑的夜里扇了自己一耳光:'你怎么这么没本事,你怎么这么不会混!'"

这种个人生活中的相对剥夺感从微观层面折射出了当时的现实形势,改革开放在 1980 年代初曾给人们带来希望,"70 年代末到 80 年代前期……整个社会的主流情绪还是乐观积极和昂扬的"①,而之后形势的发展无疑给人们带来不同的感受。可以说,小林他们身上感受到的相对剥夺感源自商品经济对个人生活的影响,而且这在当时具有一定的普遍性,"生活在 80 年代末 90 年代初的人们其心情是沉重的,这是一段社会、经济、文化发生巨大转折且折角最尖锐的时期。……物质的贫乏和生活的困窘在短暂的缓和之后一下子又成为人们街谈巷议的热门话题"②。"1988 年我们曾对北京市的党政机关干部、企业干部、专业技术人员 3 个群体进行调查,几乎所有群体都认为自己与其他群体相比地位是低的……那么到底是谁'赚了'呢？或者说,社会上得到实惠最多的又是谁呢？在回答这一问题时,几乎所有的群体都会指向其他群体,并且认为自己得到的实惠很少。"③有资料显示:"1988 年中国社会持续十年的社会主义经济体制改革在完成了其最初的生产刺激后越来越走向迷惘。其间,由于经济体制改革缺乏有效的监督和制约,它所滋生的官僚腐败行为,某些方面民意得不到及时表达和宣泄,使得当时的民众怨气于心。"④小林夫妇和其他普通人一样承担着改革的负面结果:医生诚信、利益交换、人际交往的实用化……

当时社会面临的一个首要现实问题是物价上涨及其带来的负面效应,这一情况是从 1986 年下半年开始的,"1988 年市场物价更以出

---

① 王沛人:《六十年代生人成长史》,第 231 页,中国青年出版社,2008 年。
② 范家进:《中国现当代小说点击》,第 279 页,文化艺术出版社,2005 年。
③ 王奋宇、李路路:《当代中国制度化结构体系下的社会心理特征》,《社会学研究》1993 年第 1 期。
④ 于淑静:《试析新写实小说中的生存问题》,《文艺理论与批评》2010 年第 3 期。

乎人们意料的高幅度往上涨,全年上涨 18.5%,其中 12 月比上年同月上涨 26.7%"①,这"超越了群众、企业和国家的承受能力,相当一部分居民生活水平下降。这些情况引起了社会的普遍关注和群众的严重不安"②。有数据显示,"据 1987 年 5 月的调查,薪给阶层(包括单位负责人、行政事业单位干部、企业干部、中小学教师以及各类专业人员等)对物价的不满程度最高,不满人数达 87.4%;个体户不满程度最低,不满人数达 66.7%"③,可见当时的情况是较为严重的。将作品中的情节置于这一语境之中,或许可以理解小林夫妇对经济开支的重视,带来烦恼的是它,带来幸福感的也是它。小林老婆为一块豆腐大发脾气,两人吵架也都离不开经济损失,如打碎暖水壶、花瓶。再如他们带女儿去看完病后,小林老婆说可以省下药钱:"这药不拿了,不就是感冒吗?上次我感冒从单位拿的药还没吃完,让她吃点不就行了?大不了就是'先锋'、'冲剂'、退烧片之类,再花钱也不是这个!""小林觉得老婆的办法也可试一试。……孩子的病也确诊了,老婆想出办法,看病又省下四五十块钱,这不等于白白收入?大家心情更开朗。"两人挑选礼物也同样是基于价格考虑。这些细节不断重复出现在文本之中,显然是在有意提醒我们经济的得失对于个人生活感觉的切实影响,而这种生活感觉无疑是对 1980 年代、1990 年代之交日常生活的真实再现。

二、从身份到契约:"经济人"的形成

经济时代的到来使社会逐渐从身份社会转向契约社会,人的心态在这一过程中也随之发生改变。作品中小林和"小李白"的不同处境

---

① 邱晓华:《九十年代中国经济——兼论经济总量与结构调整》,第 8 页,上海远东出版社,1999 年。
② 孙健:《中华人民共和国经济史(1949—90 年代初)》,第 330 页,中国人民大学出版社,1992 年。
③ 李朝鲜:《职工对物价上涨的承受能力》,《统计研究》1989 年第 6 期。

是当时社会阶层重新分化、组合的写照。

中华人民共和国成立后,国家制度设计的思路是"通过单位制和身份制,把个人都纳入行政框架,使人成为高度的'组织人'"①,同时,"国家全面控制单位,单位高度依附于国家。……单位实际上成为国家行政组织的延伸和附属物"②。单位主要通过资源配置、身份确认等方式和手段来承担起连接个人和国家的功能。在作品中,小林夫妇都处于单位制度的体系当中。"小李白"这种游离于这一体系之外人群的出现显然也是经济发展的结果,当时一些人从事个体经营是出于生计的考量抑或无奈,"小李白"毕业后"分到一个国家机关。后来……辞职跑到一个公司去了",再后来"公司倒闭了,就当上了个体户",他对小林说:"不卖鸭子成吗?家里五六张嘴等着吃食哩!"而有些是因为被单位制度所拒斥:"'为何要当个体户?'王朔的回答是'被逼的'。……复员后分配在一家医药公司当药品推销员。由于种种原因,他辞了职。……'当时如果有个单位收留,我也许不会是今天这个样子了'。"③其中一些成功者在经济收入上可以自足,甚至超过薪资阶层。1988年时,"一些小道传闻和报刊消息不断动摇着知识分子那份淡泊而宁静的胸怀……要知道,那年首都北京的脑力劳动者月均收入只有172元,体力劳动者的月均收入为182元……富了摆摊的,苦了上班的"④。

但就社会制度的设计而言,显然单位体制内的人能得到更多的保障,不仅是经济上、生活上的,也包括身份。对多数人而言,放弃单位制度给予的身份确认而"下海"并非一个好的选择,"离开单位,放弃单位人的身份,就意味着丧失了一切……城市居民同单位之间从来就

---

① 刘祖云:《从传统到现代——当代中国社会转型研究》,第207页,湖北人民出版社,2000年。

② 任学丽:《从基本重合到有限分离:单位制度变迁视阈下的国家与社会关系》,《社会主义研究》2010年第3期。

③ 殷金娣:《北京的文化个体户(上)》,《瞭望周刊》1992年第22期。

④ 宋强:《1988:商潮涌起》,《书摘》2009年第2期。

不曾有过自由、平等的契约关系"①。而现代经济时代恰恰是要实现由身份社会向契约社会的转变,"所有进步社会的运动,到此处为止,是一个'从身份到契约'的运动"②。小林和"小李白"处在这一转变过程之中,他们的身份因此有着不小的差距。当时对个体经营者的成见是较为深固的。小林帮"小李白"卖鸭子时碰到处长老关,便解释说自己碰巧遇见同学,"觉得好玩,就穿上同学的围裙坐那里试了一试,喊了两嗓子,纯粹是闹着玩……他并没有卖鸭子,给单位丢名誉"。老关说:"我说呢,堂堂一个国家干部,你也不至于卖鸭子!"这可以看作当时生活在单位制度下人们的看法,阿城回忆说:"八十年代还是国营企业一统天下,工人还好。他们甚至看私营小贩倒卖牛仔裤的笑话:你蹦跶吧你!有俩糟钱儿敢下馆子,你有退休金吗?摔个马趴,你有公费医疗吗你?幸灾乐祸。"③因此也就不难理解"小李白"说服小林帮忙时劝他不必太"要面子",而小林"一开始还真有些不好意思。穿上白围裙,就不敢抬眼睛,不敢看买鸭子的是谁,生怕碰到熟人",以至于感到和"娼妓"的相似性,这些都说明身份确认的重要性。

值得注意的是,小林在这件事情上前后心态的变化其实也反映出商品经济时代对于个人思想转变的影响,"下班挣个零花钱有什么不可以?有钱到底过得愉快,九天挣了一百八,给老婆添了一件风衣,给女儿买了一个五斤重的大哈密瓜,大家都喜笑颜开。这与面子、与挨领导两句批评相比,面子和批评实在不算什么"。"小李白"给他报酬并说以后还会请他帮忙时,他"这时一点也没有不好意思,声音很大地答应:'以后需要我帮忙,你尽管言声'!"单位虽然在当时可以提供给个人在体制外的人无法获得的各种保障,但个人毕竟抵挡不住经济收入的诱惑。同时,这种心态的变化也暗示着"新人"的出现,如果借经

---

① 揭爱花:《单位:一种特殊的社会生活空间》,《浙江大学学报(人文社会科学版)》2000 年第 5 期。
② [英]梅因:《古代法》,第 112 页,沈景一译,商务印书馆,2017 年。
③ 查建英主编:《八十年代:访谈录》,第 30 页。

济学上的概念,可以把小林夫妇思想的变化概括为"经济人"的形成过程,这是与从身份社会转向契约社会的时代语境密不可分的。"在经济学说史上,比较完整地和系统地阐述'经济人'思想,并把它作为经济学理论基础和逻辑起点的,一般公认是亚当·斯密"。他认为,现实中的人都怀有"自利的打算",即"利己心"或"自爱心"①,他举例说:"我们不是从屠夫、酿酒师和面包师的恩惠中得到自己所需的食物,而是从他们的自利打算中得到。"②

"经济人"的特点是思想、行为的理性化和实用化,以现实利益的得失作为价值衡量的标准、准则。这种新人的出现与当时经济时代的热潮密不可分。现实迫使人们逐渐变成现实的"经济人",经济交换的原则开始被人们接受,并且渗透到生活的其他方面(如人际交往、情感付出等),成为现实生活的处事方式和逻辑。李陀说:"卢卡奇有一个洞见,说,商品形式会'渗透到社会生活的所有方面,并按照自己的形象来改造这些方面'。……近二十年中国来了个'大跃进',不过是建设市场经济的大跃进,其中重要一个改造,就是对契约关系的建设。……很多人都没有注意,商业契约的原则,现在已经渗入商业活动以外的我们日常生活里……你给我什么好处,我给你什么好处,都是无形的契约。"③

"经济人"必须懂得各种操作规则而且善于处理各种事情,否则无法达到自己的预期目的,小林夫妇便经历了一个逐渐熟练的过程。小林老婆想换工作单位,一开始找了不止一人帮忙,结果"犯了路线性错误。……找的人多了,大家都不会出力",后来他们去送礼又被拒绝,最终没调动成。小林想送女儿去外单位的幼儿园,却发现"人家名额限制得也很死,没有过硬的关系,想进去比登天还难",他本来想

---

① 转引自邓春玲:《亚当·斯密的"经济人"思想探析》,《中共长春市委党校学报》2004年第5期。
② [英]亚当·斯密:《国富论》,第10页,胡长朋译,重庆出版社,2015年。
③ 查建英主编:《八十年代:访谈录》,第268页。

"直接把困难向人家说一下,看能否引起人家的同情",去了"才知道自己的想法幼稚天真"。园长说如果"能帮他们搞到一个基建指标,就可以收下小林的孩子"。因为这两次失败经历,小林老婆抱怨小林"没本事",他也为此而自责,其实他们抱怨的是没有可用来交换的资源。而后来,当看水表的老头求小林帮忙处理当地的一个批文时,"小林已不是过去的小林,小林成熟了。如果放在过去,只要能帮忙,他会立即满口答应,但那是幼稚;能帮忙先说不能帮忙,好办先说不好办,这才是成熟。不帮忙不好办最后帮忙办成了,人家才感激你。一开始就满口答应,如果中间出了岔子没办成,本来答应人家,最后没办成,反倒落人家埋怨"。小林此时显然已经熟练掌握、运用规则,并且心安理得地收下了老头送的微波炉,"这时也得到一个启示,看来改变生活也不是没有可能,只要加入其中就行了"。

"经济人"在个人生活中把对生活的需求精细化,并且追求利益实现的最大化,如小林老婆嫌单位太远而想要调动工作,他们想让女儿上最好的幼儿园。"现代人们用以对付世界,用以调整其内在的——个人的和社会的——关系的精神功能大部分可称作为算计功能。这些功能的认知理念是把世界设想成一个巨大的算术问题,把发生的事件和事物质的规定性当成一个数字系统。"① 小林夫妇在开支上精打细算,"等孩子入托,辞了保姆,一个月省下这么多钱,家里生活肯定能改善,前途还是光明的"。这种精细化也被运用到感情的付出上,曾经救过小林一命的老师来北京看病,他一开始很高兴,但随后意识到自己无力帮忙,便产生了负疚感。送老师走时,他"感到身上沉重极了,像有座山在身上背着,走不了几步,随时都有被压垮的危险"。第二天在报纸上看到一篇悼念文章,"说大领导生前如何尊师爱教,曾把他过去少年时代仅存的两个老师接到北京,住在最好的地方,逛了整个北京。小林本来对这位死去的大领导印象不错,现在也禁不住骂

---

① [德]西美尔:《货币哲学》,第358页,陈戎女等译,华夏出版社,2002年。

道:'谁不想尊师重教?我也想让老师住最好的地方,逛整个北京,可得有这条件!'"如果说这是源于经济和现实局限而带来的无奈,那么他在对待老家人态度的前后转变则有主动的意味,小林老家经常来人,"往往吃过饭,他们还要交代许多事让小林办。……一开始小林爱面子,总觉得如说自己什么都不能办,也让家乡人看不起,就答应试一试,但往往试一试也是白试……后来渐渐学聪明了,学会了说'不,这事我办不了!'"小林一开始在招待上热心周到,后来发现"你越热情,来的人越多,小林学聪明了,就不再热情。不热情怠慢人家,人家就不高兴,回去说你忘本。但忘本也就忘本,这个本有什么可留恋的!"可见,利害关系的考量逐渐成为感情付出的准绳。

在作品最后,小林夫妇终于熟练掌握了操作规则,主动给幼儿园老师送去炭火,"小林对老婆说,其实世界上事情也很简单,只要弄明白一个道理,按道理办事,生活就像流水,一天天过下去,也满舒服。舒服世界,环球同此凉热"。这所谓的"道理"对应着商品经济时代的各种观念和规则,虽然其中或许带有源于现实的无奈感,但毕竟主人公顺应了这种"道理"而转变成为了"经济人"。

三、进入 1990 年代的方式

当时关于新写实小说的命名大致有:"新写实小说"(丁帆、徐兆淮)、"新写实主义"(雷达)、"后现实主义"(王干)、"现代现实主义"(陈骏涛)这几种。① 《钟山》杂志 1989 年第 3 期的《"新写实小说大联展"卷首语》说:它"是以写实为主要特征,但特别注重现实生活原生形态的还原,真诚直面现实,直面人生。虽然从总体的文学精神上看,新写实小说仍可划归为现实主义的大范畴,但无疑具有了一种新的开放性和包容性"。当时有评论家认为,新写实小说不再遵循典型

---

① 陈旭光:《"新写实小说"的终结——兼及"后现代主义"在中国文学中的命运》,《小说评论》1994 年第 1 期。

化的创作规范,是对现实主义的发展和突破,而另一些评论家则反对这种以碎片化形式呈现的日常生活描写。

相比之下,评论家们更多地关注作品表达的思想及作家的姿态等问题。从这些迥异的评论中,我们不难看出1980年代的共识已经破裂,这背后展现出理解、进入1990年代的不同方式。

知识分子在面对1990年代时大都体验过困惑、迷茫,"80年代那种对于改革开放的热烈而又不乏天真的憧憬、向往,已经被一种欲说还休的现实苦涩感所取代"①。王晓明说:"进入1990年代以后,我常常有一种强烈的困惑:生活怎么会是这个样子?这究竟是个什么样的社会?那以后接着来的,又会是怎样的情形呢?……说1980年代知识分子鼓吹'现代化',这当然是不错的,可是,我在1990年代亲见的这种种变化,实在和1980年代人们的期望相差太远。"②在面对现实所产生的无奈感上,作家和批评家是相通的。王安忆说:"日常生活是很有力量的,现实生活实践着因果关系,所有因果关系都在现实生活里得到检验,逃不过去。"③池莉说:"现实是无情的,它不允许一个人带着过多的幻想色彩,自我设计这词儿很流行很时髦,但也只有顺应现实它才能获得有限的收效。常常是这样:理想还没形成就被现实所替代。那现实琐碎,浩繁,无边无际,差不多能够淹没销蚀一切。在它面前,你几乎不能说你想干这,或者想干那;你很难和它讲清道理。"④在《一地鸡毛》中,如"什么宏图大志,什么事业理想……"是用反语的方式来表达无奈和沮丧。再如"过去你有过宏伟理想,可以原谅,但那是幼稚不成熟,不懂得事物发展规律。千里之行,始于足下,小林,一切还是从馊豆腐开始吧",从这种近乎调侃的语调中,我们不难读出作者的困惑和无奈。刘震云在《磨损与丧失》一文中将这种

---

① 陶东风:《某些"新现实主义"小说的价值误区》,《文学自由谈》1997年第2期。
② 王晓明:《半张脸的神话》,第3页,广西师范大学出版社,2003年。
③ 王安忆:《王安忆说》,第309页,湖南文艺出版社,2003年。
④ 池莉:《我写〈烦恼人生〉》,《小说选刊》1988年第2期。

沮丧、疲惫感倾泻无遗:"我们拥有世界,但这个世界原来就是复杂得千言万语都说不清的日常身边琐事。……这些日常生活琐事锻炼着我们的毅力、耐心和吃苦耐劳的精神",因为"生活是严峻的,那严峻不是要你去上刀山下火海,上刀山下火海并不严峻。严峻的是那个日复一日、年复一年的日常生活琐事。……每一件事情,面临的每一件困难都比刀山火海还令人发怵。因为每一件事都得与人打交道。刀山火海并不可怕,我们有能力象愚公一样搬掉它,象精卫一样填平它。但是我们怕人。"结果,"生活固然使我们一天天成熟,但它也使我们一天天变老、变假,一天天远离'我们'自身。成熟固然意味着收获,但对于我们这些普通人来说,成熟不也意味着遗忘和丧失吗?"①正是基于这种表述,陈思和认为这种写作并未放弃知识分子话语,"知识分子把自身隐蔽到民众中间,用'叙述一个老百姓的故事'的认知世界态度,来表现难以表述的对时代真相的认识。这种民间立场的出现并没有减弱知识分子批判立场的深刻性,只是表达得更加含蓄更加宽阔"②。

批评该作品的评论家或许并未注意到作家的这种无奈感,他们认为作家采取了背弃启蒙话语、向现实生活妥协的创作姿态、立场,"新写实主义小说的出现,表明了作家精神上的困窘状态"③。这些批评站在启蒙话语的立场指责日常生活造成理想的失落、异化、扭曲等,"历史被阉割了,剩下的只有油盐酱醋,吃喝拉撒。……理想主义便不得不从现实中默默遁隐。取而代之的是一种新的存在哲学——活命哲学"。具体到《一地鸡毛》,它"所指示的是如何做一个庸俗的小市民:得便宜不要脸面,行贿心安,受贿理得,随波逐流"。④ 还有评论说:"刘震云的小说具有共同的意象系列——将实存世界最鄙俗、最污

---

① 刘震云:《磨损与丧失》,《中篇小说选刊》1991年第2期。
② 陈思和:《关于九十年代小说的一些想法》,《海南师院学报》1995年第2期。
③ 傅书华:《精神的困窘与灵魂的疲惫》,《文艺理论研究》1991年第6期。
④ 金惠敏语,《"新写实"小说座谈辑录》,《文学评论》1991年第3期。

秽、最卑贱的物象供奉在艺术世界最重要最显眼的位置上。刘震云独特的感受生活的方式——从每个细节看出生活的糜烂和人性的耻辱——由此得到了强化。"①该作者在另一篇文章中认为刘震云的小说有两大主题:"权力崇拜、物质崇拜","无论是机关小说还是历史小说,无论是权力的奴隶还是物质的奴隶,刘震云笔下的人物都是这种昧于理性和良知的奴隶"。②这些指责表明了批评者坚持以知识分子立场来否定日常生活的意义和价值,并且排拒商品经济时代所带来的一切。

同时,我们也看到,新写实小说对知识分子话语的部分疏离也得到了一些评论家的理解和肯定,陈晓明说:"我们这个时代的生活已经为卑琐的日常小事压得透不过气来,文学怎么可能超越这个卑琐的生存境遇呢?它无疑非常恰当而有效地表达了我们时代生活的这一方面。"③"现实的东西和可能东西之间的紧张冲突被自然化解,生活本身并没有作出关于'幸福的承诺',生活的事实倔强而傲然地存在,那些由'父法'(历史法则或权威话语),由集体的乌托邦冲动统治的想象关系也就自行崩溃。"④蔡翔说:"在某种意义上,这种写作心态源自于理想与现实的冲突。正是在八十年代,对人的存在的理想与憧憬被张扬到极致,因此反而造成价值—事实之间的辽阔距离。在这种时候,普通的日常性的生活经验起到了有效的抵制作用,甚至开始怀疑'启蒙'的价值系统。"⑤另有一些评论持较中立的态度,"'新写实'亦可看作是青年一代作家告别英雄主义的仪式……'新写实'作家就其心态来说,显然是在寻找一种与社会的调适方式,而不再以抗争的情绪对之施以报复","它不再讲述集体的故事和想象,它更关注个人的

---

① 摩罗:《刘震云:中国生活的批评家》,《当代作家评论》1997年第4期。
② 摩罗、杨帆:《刘震云:奴隶的痛苦与耻辱》,《当代作家评论》1998年第4期。
③ 陈晓明语,《"新写实"小说座谈辑录》,《文学评论》1991年第3期。
④ 陈晓明:《剩余的想象:九十年代的文学叙事与文化危机》,第71页,华艺出版社,1997年。
⑤ 蔡翔:《九十年代小说和它的想象方式》,《当代作家评论》1998年第1期。

生活经验和感受,并小心翼翼地述说着庸常生活的伤害与痛苦"。① 这些评论背后或许隐含着他们对知识分子话语的限度及实现的可能性等问题的反思。

如果说 1980 年代知识界普遍坚持知识分子立场、视角来观照现实的话,那么这种共识显然在 1990 年代被打破。知识分子选择了不同的理解、进入 1990 年代的方式:是继续坚持知识分子立场、宣扬启蒙话语,还是开始承认日常生活的自足性乃至主体性,他们表现出了明显的分歧。而作家本人关于《一地鸡毛》前后不断变化的言说也更为充分地表征了 1980—1990 年代的变化。针对有人批评《一地鸡毛》会压垮人的精神,刘震云直言:"这是没看懂我的作品。……人们的生活虽然非常琐碎、重复,但的确有一种趣味感,这是一种很了不起的情感。比如在菜市场上,买卖双方之间讨价还价,往往为几分钱喋喋不休,但最后他们谈成了,获胜了,于是就在这几分钱中,体现出他们活着的趣味。在我看来,这几乎就是一种生命的辉煌。我觉得我找到了生命的支点,从这个意义上讲,'一地鸡毛'叫做'一地阳光'也未尝不可。"②这里已没有《磨损与丧失》中的无奈、失落感,1990 年代之后商品经济时代已是主潮,知识分子话语被不断挤压、边缘化,作家显然也有意顺应时代来调整叙述的口吻,他无须再为作品人物身上曾经被冠以的"庸俗""堕落"等名号进行辩解,时代背景的转换反倒使人物变成了"英雄":"小林不是我们认为的那么卑下,他的见识相当了不起,我是把他当做一个英雄来写的。小林认为他们家一块豆腐馊了,是一个很重要的事。"③并且作家有意强调与知识分子话语的不同之处:"我对他们有认同感,充满了理解。在创作作品时同他们站在同一个台阶上,用同样的心理进行创作。这同站在知识分子立场上是不同的,创作视角不一样。……我觉得用知识分子话语的'新写实'不恰

---

① 孟繁华:《中国当代文学通论》,第 290—291 页,辽宁人民出版社,2009 年。
② 沈浩波:《刘震云访谈》,《东方艺术》1999 年第 2 期。
③ 刘震云:《从〈手机〉到〈一句顶一万句〉》,《名作欣赏》2011 年第 13 期。

切,在创作中,我是带有感情的","《单位》《一地鸡毛》等作品中在虚伪卑琐中也有乐趣,这些乐趣构成了支撑他们活下去的精神支柱,他们在自己的生活中插科打诨,这种伪生活也有很多乐趣"。① 当然,作家此时的诸多言说显然是时过境迁的重新叙述,从这当中我们可以明显感觉到1990年代及其所带来的一切在此时均已被视为理所当然。

面对关于这部小说(以及其他新写实小说)的诸多评论,或许可以借用程光炜教授一篇评述当时评论家批评张辛欣、刘索拉小说的文章来总结:"缺乏现代生活切身经验的批评家只能从对传统生活的了解入手来观察小说主人公近乎超前的想法和举止。由于批评家缺乏现代生活的资源,所以他们的批评活动实际无法真正了解他们批评的文学人物。"②反观当时的种种评论,我们可以清楚地看到知识分子选择进入1990年代的不同路径和方式,同时也为我们理解1980—1990年代的变化提供了一份证词。

(作者为中国人民大学2014届博士毕业生,
现为河南大学黄河文明与可持续发展研究中心
暨黄河文明省部共建协同创新中心讲师、博士后)

---

① 周罡、刘震云:《在虚拟与真实间沉思——刘震云访谈录》,《小说评论》2002年第3期。
② 程光炜:《"我"与这个世界——徐星〈无主题变奏〉与当代社会转型的关系问题》,《南方文坛》2011年第3期。

"陕军东征"的知识考古

樊宇婷

1993年是一个各种现象风起云涌,令研究者叹为观止的年份。文坛经历一波又一波的"事件"①,充满喧哗与争议,而且这些现象在文学史上又具有某种转折意义,因而研究者冠以"世纪末的喧哗""文学的转型与突变""新时期文学的分水岭"之名。不过,无论从哪个角度来研究,他们都会提到文学与价值的"多元化"。在1990年代文化为我们设置的影影幢幢的镜城景观中,1993年的"陕军东征"可谓是重要一面,在文学史上有不可忽视的作用。一方面,它诞生于中国文化跌入"苍白的窒息与失语"交杂着"谵妄式词语涌流"的时代语境中,陕籍作家严肃的创作态度与执着的写作精神裹挟着独特的地域文化特色为浮躁文坛吹来一阵凛冽的西北风;另一方面,他们作品中的秘闻史、风情、民俗、性爱书写又投合了大众的阅读要求,从作品的接受来讲,这些元素为新的流行文学配方提供了借鉴,在这个层面上它化解了经典严肃文学与1990年代以来蜂起的消费文学之间紧张的对立关系,进一步促进了多元格局的形成。本文意在此背景下探讨作为文学现象的"陕军东征"的发生,试对其来龙去脉做一梳理。

---

① "人文精神讨论""王朔现象""陕军东征""文学产业化商品化""诗人之死"等等。参见王艳荣:《1993:文学的转型与突变》,中国社会科学出版社,2013年。

一、"陕军东征"说的由来

1993年5月25日《光明日报》二版头条以特大号标题刊登记者韩小蕙的文章《陕军东征》①,正文上方以稍小黑体字简要介绍"北京四家出版社推出陕西作家四部长篇力作:《废都》《白鹿原》《最后一个匈奴》《八里情仇》。文坛盛赞——"。这是首次以"陕军东征"作为标题的文章,尽管韩小蕙之后在其他地方说过《文艺报》的贺绍俊在报道中亦已有使用,但未作为标题,而是用在肩题里。②后来的文学研究者也把"陕军东征"的命名权加诸韩小蕙。她在报道中写到"不知是巧合还是什么原因,北京的四大文艺出版社——北京十月文艺出版社、人民文学出版社、作家出版社、中国文联出版公司近期各自推出的一部重头长篇小说,全是陕西作家所著。这就是贾平凹的《废都》、陈忠实的《白鹿原》、高建群的《最后一个匈奴》、京夫的《八里情仇》。这四部长篇,据说一部比一部分量重,都有雄心问鼎中国长篇小说最高奖'茅盾文学奖'。这一举动震动了文坛,被首都评论界称为'陕军东征'"。文中还对四部作品内容做了简要的介绍。这是目前最早以标题醒目报道"陕军东征"的文章,其中提到的四部作品是"陕军东征"最初意义上的范围。

不过,关于这个名称的"由来"在事隔5年后却有一次不小的争

---

① 很多研究者引用时将此文标题写成《"陕军东征"火爆京城》,实则应为《陕军东征》。

② 韩小蕙:《作家不可以说谎——高建群〈"陕军东征"说法由来〉纠谬》,1998年11月20日《陕西日报》。经我翻阅《文艺报》,1993年5月25日《文艺报》头版第二条文末署"召关"的文章:《陕西作家群体扎根黄土高原不断推出力作 高建群的〈最后一个匈奴〉在京受好评》,文章第一段:"在5月20日举行的长篇小说《最后一个匈奴》讨论会上,首都评论家以'陕军东征'的笑语赞叹陕西作家近来显示出的创作实力成果。"这是全文唯一一次出现"陕军东征"。在1993年7月24日《文艺报》头版有署记者"绍俊"的文章《只要作家敢于攀登严肃文学就有希望〈白鹿原〉风靡关中名噪京华》文中并未有"陕军东征"字样。

议。1998年11月13日和11月20日《陕西日报》"文化景观"版分上、下节连续刊登韩小蕙文章《作家不可以说谎——高建群〈"陕军东征"说法由来〉纠谬》，这是针对1998年7月24日《陕西日报·周末版》高建群的文章《我劝天公重抖擞》（这篇长文共20小节连载于《陕西日报·文化景观》1998年7月24日、31日，8月7日、14日）第二小节《"陕军东征"说法由来》的"纠谬"，为了便于说明问题，我将第二小节全文引用，高建群写道："93年5月19日，陕西省委宣传部、作家出版社等五个单位，联合在京召开《最后一个匈奴》座谈会。会后，《光明日报》记者、作家韩小蕙在征求我如何写会议消息时，我说，不要光写《最后一个匈奴》，贾平凹先生的《废都》，陈忠实先生的《白鹿原》，京夫先生的《八里情仇》，程海先生的《热爱命运》，都即将出版或已先期在刊物上发表，建议小蕙也将这些都说上，给人一种陕西整体阵容的感觉。小蕙的报道名字叫《陕军东征》，先在光明日报发表，后由王巨才同志批示在陕报转载。新时期文学中所谓的'陕军东征'现象，称谓缘由此起。"韩小蕙在纠谬长文第三节"高建群之谬"里写道"因为最明显的一个事实，就是他把'陕军东征'当作一个功劳往自己身上争"①。"因为'陕军东征'确已成为新时期文学的一个现象，会在文学史上留下一笔"②，为了"澄清事实"韩小蕙在文章第一节写了自己当年《陕军东征》一文的写作经过与写作动机。"1993年5月19日早晨，我去北京空军招待所参加《最后一个匈奴》研讨会。上电梯的时候，记得当时里面有阎纲、周明、陈俊涛诸先生，好像还有唐达成先生。不知谁跟阎纲和周明开了句玩笑，说：'你们陕西人可真厉害，听说都在写长篇。好家伙，是不是想来个挥马东征呀？'"文章继续写道："后来在会上发言时，有人提起电梯里的这句玩笑话，于是，发言者纷纷跳

---

① 韩小蕙：《作家不可以说谎——高建群〈"陕军东征"说法由来〉纠谬》（下），1998年11月20日《陕西日报》。

② 韩小蕙：《作家不可以说谎——高建群〈"陕军东征"说法由来〉纠谬》（上），1998年11月13日《陕西日报》。

开《最后一个匈奴》这一本书的思路,争说陕军群体的文学成果与特色。当时明确提到的有《白鹿原》和《八里情仇》,也有人模模糊糊提到《废都》,因为《废都》的书和刊都还没有出来,《十月》编辑部怕人盗版,谁也不给看,据说当时只给了一位评论家看清样,是要约他写评论。"①当时《白鹿原》首发在《当代》1992 年第 6 期至 1993 年第 1 期,《八里情仇》1993 年 1 月由中国文联出版公司出版,《最后一个匈奴》1992 年 9 月由作家出版社出版,"唯一找不到的是《废都》","我与该书责编田珍颖女士是好朋友,就拨通了她家的电话。老田的回答还是非常原则:'书再过一个星期左右就出来了,现在谁也不能给看。'我就说明了我要写一篇关于陕军的整体报道,请老田介绍一下《废都》的大体情况,她是这样回答我的:《废都》是贾平凹第一部城市题材之作,反映了急剧变革中的中国社会现实。'是贾平凹对他过去作品的总的否定总的思考总的开拓'。"我们对看《陕军东征》一文,《废都》的评价基本是田珍颖介绍的转述。这是韩小蕙文章所述的写作经过,作者还补充到写此文的另一个原因:"就是我也注意到全国文坛上发生的一种变化,即长篇小说开始繁荣。"(韩小蕙 1991 年《太阳对着散文微笑》曾及时报道了我国散文创作热潮来临的消息。②)在这篇"纠谬"文章第二部分"大出意外的反应"中,韩小蕙提到程海给她打过电话询问《陕军东征》为何没有提及《热爱命运》一书,韩文中写道"之所以没写他,是因为没有人提起他,以至于我根本不知道还有《热爱命运》这部书已经出版"。这篇文章引起高建群与程海的分别回应。

1998 年 11 月 27 日高建群在答韩小蕙的文章中表示无意于相争冠名权,"陕军东征"确实为韩小蕙所说,"有《陕军东征》一文为证";

---

① 韩小蕙:《作家不可以说谎——高建群〈"陕军东征"说法由来〉纠谬》(上),1998 年 11 月 13 日《陕西日报》。

② 见韩小蕙:《太阳对着散文微笑》,第 3—11 页,文化艺术出版社,2008 年。韩小蕙《90 年代散文中的八个问题》(2000 年 1 月 27 日《文学自由谈》)再次震动文坛,荣获首届冰心散文理论奖。

认同《陕军东征》一文中未提到《热爱命运》,但他觉得《热爱命运》是一本很好的书,《热爱命运》的作者是一个很好的作家,座谈会未提到是因为大家不知道,因此在《我劝天公重抖擞》一文中"权衡再三,还是将《热爱命运》写入"。①1998年12月11日程海在《陕西日报》发表《不请自答——答〈作家不可以说谎〉作者》也提及了"陕军东征",持"五部"的说法的观点,强调五部作品出版的"共时性","1993年,我和陕西另四位作家在北京五家出版社各出版了一部长篇小说,由于出书时间都在那几个月,仿佛集束炸弹一般,又由于在此之前陕西著名作家路遥、邹志安的不幸早逝,引起全国读者对陕西作家倍加关注(当然还有其它一些历史原因),故使这五部长篇小说火爆一时,发行量均创下惊人纪录。此现象后来被文学评论界称为'陕军东征'。"接着程海解答了《热爱命运》被提进"陕军东征"之列的证据:1993年6月(当时这五部书有几部还未出版),陕西省作家协会召开了第四次会员代表大会。在这次会议上,省上一位领导(注:省委副书记刘荣惠②)做了题为《繁荣发展我省社会主义文学事业》的讲话,刊发于该年6月9日《陕西日报》第二版头条。文中一段:"最近,北京的五大出版社……各自推出一部重头长篇小说,都是陕西的本土作家所著,这五部长篇力作是,贾平凹的《废都》,陈忠实的《白鹿原》、高建群的《最后一个匈奴》,京夫的《八里情仇》,程海的《热爱命运》,这五部作品各有优势……都对中国的长篇小说发展做出了贡献。这一举动震动了文坛,被首都评论界称为'陕军东征'。"程海在引用完这段文字后说道:"此后,全国各大报刊和其它新闻媒体都在沸沸扬扬地宣扬这五本书。"③我们看这一时期的评论文章也大都以五部长篇作为"陕军东征"的范围,有分量的评论文章如:张志忠《陕军东征:从哪里

---

① 高建群:《野夫怒见不平处 磨损胸中万古刀——答韩小蕙女士》,1998年11月27日《陕西日报》。
② 参见程海:《陕军东征:往事备忘录》,2013年6月25日《陕西日报》。
③ 程海:《不请自答——答〈作家不可以说谎〉作者》,1998年12月11日《陕西日报》。

来,到哪里去?》①、孙豹隐《繁荣陕西——长篇小说创作放谈》、五湖《也炒"陕军东征"》、白烨《作为文学、文化现象的"陕军东征"》;也有包含六部的,如肖云儒《论"陕军东征"》②(这篇文章除提到五部之外,还详细分析了中国青年出版社早半年出版的赵熙的长篇小说《女儿河》)、旻乐《赝品时代——关于"陕军东征"及当代文化的笔记》及武宝瑞《无奈的流浪、痛苦的回归》(两篇文章均包括老村的《骚土》,后者文中称"陕军东进");1993年12月出版的陈传才、周忠厚主编的《文坛西北风过耳——"陕军东征文学现象透视与解读"》封面上印有以七本书(还有《骚土》《蓝袍先生》)为代表的图案并在第三编"代表作品解读"里对七部书进行了逐一解读。1994年出版的由白烨、白描编选的《陕军东征小说佳作纵览》收入七位作家(陈忠实、贾平凹、京夫、程海、莫伸、高建群、杨争光),并在序言中说"在他们之外还有许许多多的'陕军'作家未能涉及到……""陕军"的指称范围已经逐渐扩大。总体来讲,"陕军东征"的五部范围之说仍为大多数评论者所使用。

在这里要简要介绍一下光明日报记者韩小蕙,用已故诗人臧克家曾经的评说,"小蕙同志是活跃在文学界和新闻界的作家、编辑与记者"。她祖籍河北南戴河,1954年出生于北京协和大院高级知识分子家庭(韩小蕙的父母双亲是1940年代毕业于北平中法大学的知识分子),1970年夏天,初中没毕业就成为工人阶级队伍里的一员,在北京电子管厂工作整整8年,1974年在《北京文艺》(现《北京文学》杂志)上发表了她书写老红军的第一篇散文《火伯伯》,1978年进入南开大学。1982年从南开毕业进入光明日报社,1985年开始文学副刊编辑生涯,自定目标把"文荟"副刊做成全国最好的副刊。在此期间,为了结识作者,她先后阅读全国上千位知名作家、学者的原作并采访了

---

① 载《文艺评论》1998年第2、3期。
② 载《人文杂志》1993年第5期。

他们本人。被她采访和撰写的文化界人物有几百人①,如季羡林、张中行、谷林、张洁、谌容、孙犁、袁可嘉、张承志等②,她曾发起"永久的悔"无奖征文活动,被季羡林赞曰题目"出到人心里去了"。作为作家,她有影响很大的散文理论代表作《90年代散文的八个问题》《七八颗星天外》等。作为记者,她不断地写出引起文坛关注的重头新闻。1990年,最早发现散文创作的升温态势,写出长篇综述《太阳对着散文微笑》,预示了"90年代是散文的年代",此文直接推动了全国散文创作的出版热潮。1992年对"陕军东征"的报道在全国产生了巨大影响,客观上对长篇小说的创作热潮起了一定的推动作用。对于刊登于《光明日报》这样权威报纸的资深编辑的报道,处于媒介对文学影响力不可小觑的时代,它很有可能影响到新时期的文学态势,作者的回信追问也是可以理解的。

二、"陕军东征"前史追溯

按照雷达的概括,自1949年以来当代长篇小说经历了三次高潮③:第一次约在1956年至1964年间,第二次在1980年到1988年间,第三次则出现在1993到2000年。以陕西作家作品来论,列入第一次长篇小说创作高潮名单④的有《创业史》;第二次高潮出现在"文革"浩劫结束后,列入其中⑤的陕西作家作品主要有《平凡的世界》《浮

---

① 苏震亚:《中国文坛的韩小蕙》,《时代文学》2009年第6期。
② 韩小蕙:《我与名家交往》,第1—2页,华文出版社,2005年。
③ 雷达:《第三次高潮——90年代长篇小说述要》,《小说评论》2001年第3期。
④ 《三里湾》《六十年的变迁》《死水微澜》《大波(修订本)》《小城春秋》《红旗谱》《三家巷》《青春之歌》《红日》《林海雪原》《香飘四季》《风雨桐江》《山乡巨变》《我们播种爱情》《在茫茫的草原上》《辛俊地》《苦菜花》《草原烽火》《上海的早晨》《野火春风斗古城》《红岩》《创业史》《烈火金钢》《敌后武工队》《战斗的青春》《李自成(第一部)》《风雪》《艳阳天》《欧阳海之歌》等等。
⑤ 《东方》《将军吟》《芙蓉镇》《冬天里的春天》《许茂和他的女儿们》《沉重的翅膀》《黄河东流去》《钟鼓楼》《洗澡》《活动变人形》《玫瑰门》《浮躁》《古船》《少年天子》《平凡的世界》《红高粱家族》等等。

躁》;"第三次高潮来得突然,来势汹涌,应该说社会和文坛的思想准备都不足,包括从事长篇创作的作家本人也没料到长篇会如此受欢迎。九十年代初,文坛一度相当沉寂,大约自1993年所谓'陕军东征'开始,《废都》《白鹿原》等作品热销,唐浩明的《曾国藩》继之,俱打破了近年长篇销售新高纪录,于是,市场的刺激,社会的审美需求,很快酿成了一个长篇创作的竞写竞售热潮。"①(1993年,中国平均每天出版一部长篇小说。②)由以上叙述可以看出"陕军东征"可以被认为是第二次长篇小说繁盛的前奏。三次长篇热,陕西都有重量级作品出现,相较而言,第三次的"陕军"惊奇在能够于同一时间里"集束"式出版多部作品。其中是否有一定的因由?

1993以前,陕西长篇产量很少,但短、中篇写作却有丰富的实践。1985年4月27日《陕西日报》头版一篇文章《清"左"破旧 繁荣创作 省作协召开理事(扩大)会议》一文中说"据在部分会员中统计,一九八四年发表短篇小说一百八十余篇,中篇小说十八部,长篇一部",陈忠实则说"我在1985年夏天以前,把长篇写作尚作为较为遥远的事"③。回顾陕西诸位作家截至1985年的创作状况及成就,也都集中在短、中篇上。其中,邹志安《哦,小公马》荣获1984年全国优秀短篇小说奖(至1986年,他已写出了100多个短篇、10多部中篇④);路遥中篇小说《惊心动魄的一幕》获得1979—1980全国优秀中篇小说奖,1982年《在困难的日子里》获得《当代》文学中长篇小说奖,1983年《人生》获得全国优秀中篇小说奖(长篇《平凡的世界》整部则完成于1988年⑤);陈忠实想到"至少应该写过10个中篇小说,写作的基

---

① 雷达:《第三次高潮——90年代长篇小说述要》,《小说评论》2001年第3期。
② 孙豹隐:《繁荣陕西 长篇小说创作放谈》,《小说评论》1995年第6期。
③ 陈忠实:《寻找属于自己的句子——〈白鹿原〉创作手记》,第2页,上海文艺出版社,2009年。
④ 雷涛:《不仅仅是悲伤》,《延河》2003年第1期。
⑤ "一九八八年五月二十五日这个日子我却一直没能忘记——我正是在这一天最后完成了《平凡的世界》的全部创作。"路遥:《早晨从中午开始——〈平凡的世界〉创作随笔》,畅广元主编:《神秘黑箱的窥视》,第166页,陕西人民教育出版社,1993年。

本功才可能练得有点眉目",他的《信任》获 1979 年全国优秀短篇小说奖,1981 年陕西人民出版社出版中短篇小说集《乡村》,1985 年上海文艺出版中短篇小说集《初夏》;京夫的短篇小说《手杖》获得 1981 年度全国优秀短篇小说奖①,1982 年小说集《深深的脚印》由陕西人民出版社出版,1983 年中篇小说《军人》刊登于《小说界》,1984 年中篇《王三黑子告状》刊于《青年作家》,1985 年中篇《白喜事》刊于《小说界》②;高建群 1985 年以前尚不出名,他是以 1987 年发表的成名作中篇小说《遥远的白房子》(《中国作家》第 5 期)进入读者视野的③;程海先前是一位颇有名气的诗人,1980 年代转入小说创作,短篇小说《三颗枸杞豆》获 1983 年《小说林》优秀作品奖,《漆彩》获《延河》第一届文学奖④。翻阅 1985 年、1986 年两年的《延河》,只载有一篇"长篇选章"——路遥《水的喜剧》⑤(这其实是《平凡的世界》以 1976 年夏为背景的一段),虽然各位作家都已经进行了短篇和中篇的尝试,但我们可以得出结论:长篇小说创作成绩并不显著或者还并未显出。关于促进长篇创作,这里有一个个例,在更早的 1973 年,人民文学出版社派何启治到陕西组稿,当他看到陈忠实发表的第一个短篇《接班以后》时认为"这是一个长篇小说的框架"⑥,在陈忠实认为长篇仍是"不可想象的遥远莫测的事"时,何启治开始了对他的长篇约稿邀请,而《白鹿原》写成后作者也兑现了承诺"如果今生会发生长篇小说的写作,第一个肯定给他"。1992 年底《白鹿原》正式发稿在何启治任副主

---

① 白烨:《"陕军"七人创作论略——代序》,收入白烨、白描编选:《陕军东征小说佳作纵览》,第 5 页,华夏出版社,1994 年。
② 白烨、白描编选:《陕军东征小说佳作纵览》,第 272—273 页。
③ 杨梅霞:《多种文化背景下的高建群小说创作》,第 9 页,陕西师范大学硕士论文,2012 年。
④ 《延河》1985 年第 7 期载《漆彩》,《延河》1986 年第 6 期刊登胡采的评论文章《诗情、哲理相结合——读程海〈漆彩〉》。
⑤ 见《延河》1986 年第 4 期。
⑥ 陈忠实:《寻找属于自己的句子——〈白鹿原〉创作手记》,第 150 页。

编的《当代》杂志,在 1993 年 6 月由何启治签署终审意见出版单行本①。以至于在《白鹿原》创作成功的 1992 年,陈忠实称其"长达 20 年的约稿邀请"。在此个例之外,有另一个外部原因或可作为作家们着手长篇的刺激。陈忠实提到 1985 年"我和刚刚跃上文坛的一批青年作家参加过一次别出心裁的笔会'陕西长篇小说创作促进会'。连续两届'茅盾文学奖'评奖组织部门要求各省推荐参评作品,陕西省都推荐不出一部长篇小说,不是挑选过于严厉,而是截止到 1985 年夏天,陕西新老作家尚无一部长篇小说创作出版。当时以胡采②为首的作协领导核心引发重视,开会研究讨论,对陕西新冒出的青年作家的创作状况认真分析,结论是:起码有一部分人的艺术修养和思想能力已达到长篇写作的火候,可以考虑进入长篇小说创作,需要'促进'一下"。这次会议在延安、榆林两地连续举办。"我参加了这次会议,有几位朋友当场就表态要写长篇小说了。确定无疑的是,路遥在这次会议结束之后没有回西安,留在延安坐下来起草《平凡的世界》第一部。实际上路遥早在此前一年就默默地做着这部长篇小说写作的准备了。"③"参加会议的作家并不多,仅 30 余人。但对增强陕西作家的'长篇意识',使陕军在长篇创作方面取得突破性的进展,的确起到很明显的促进作用。作家路遥、贾平凹、陈忠实、京夫等,都由此深受激励,自觉投入长篇写作。"④与此同时,1985 年,全国唯一的小说研究方面的刊物《小说评论》在陕创刊,还成立了省作协理论批评委员会,均对小说创作起到推动作用。

---

① 1992 年 9 月何启治改任人民文学出版社主管当代文学一、二编辑室的副总编辑。何启治:《从〈古船〉到〈白鹿原〉》,陈思和、虞静主编:《艺海双桨——名作家与名编辑》,第 126 页,山东画报出版社,1999 年。
② 《文艺报》1993 年 9 月 4 日头版《陕西纪念胡采文学活动 60 年》:"他组织作协读书班,让作家读中外名著,贾平凹、京夫、李凤杰曾是读书班的学员。他又组织作协成立了'笔耕'组,其成员王愚、肖云儒、刘建军、畅广元、陈孝英、李易、费炳勋、薛迪之、孙豹隐等已成为陕西一支重要评论力量。"
③ 陈忠实:《寻找属于自己的句子——〈白鹿原〉创作手记》,第 4 页。
④ 李继凯:《秦地小说与"三秦文化"》,第 86 页,湖南教育出版社,1997 年。

如果说这次"促进"会是一个外部刺激,那么陕西小说创作的优秀传统和各位作家的长期准备才是深刻的内因。张志忠曾说"陕军东征"得益于"人和",并将其归结为"陕西老一代作家群体的作用,建国以后的杜鹏程、王汶石、胡采、李若冰、魏钢焰、柳青等"。这些作家无意中已经成为后来新生力量的模仿对象。路遥创作《平凡的世界》三读《红楼梦》,七读《创业史》①,陈忠实也是几十年崇拜柳青,甚至从柳青到自我之间经历了"沉痛的剥离"②。这种影响无形中埋下了陕西作家"长篇"念想的种子,使得他们能默默耕耘,以便拿出有分量的作品。贾平凹在说到陕军东征时称:"陕西作家大部分从农村进入城市,生活扎实,但在伤痕文学时期,并不冒尖。进入九十年代前后,没有人组织、没有人策划,大家都在埋头写作,差不多在同一时间冒出几部长篇,就像拳头攥在一起,这回人家都承认咱陕西(小说)强了一回。"③能持此论,贾平凹自己首先是偏向于作家的自觉创作的,他在西安生活了将近20年,直到他写《废都》的时候,才找到了对城市的感觉,第一次用长篇形式表现城市生活,如果没有长时间的生活积淀,也远非"促进"一次便可以写得出的。高建群在《最后一个匈奴》的后记中说:"本书的动笔从一九八九年开始,但是它的最初构思却比动笔早了十年。"④在《人与事》中说:"《最后一个匈奴》的酝酿准备工作用了10年,创作用了1年零10天。"⑤陈忠实虽然在会上表示"尚无长篇小

---

① 路遥《早晨从中午开始》:"这次,我在中国的长卷作品中重点研读《红楼梦》和《创业史》。这是我第三次阅读《红楼梦》,第七次阅读《创业史》。"畅广元主编:《神秘黑箱的窥视》,第101页。

② 参见陈忠实:《寻找属于自己的句子——〈白鹿原〉创作手记》,第90—103页。白海君:《沉痛的剥离——论白鹿原的诞生》,该文为2013年秋季学期程光炜教授"现当代文学研究的基本问题"课堂展示文稿,未刊。

③ 王艳荣:《1993:文学的转型与突变》,第101页,中国社会科学出版社,2013年。

④ 高建群:《最后一个匈奴》,第426页,北京十月文艺出版社,2010年。

⑤ 高建群:《人与事》,《匈奴和匈奴以外》,第128页,陕西人民教育出版社,1994年,转引自张志忠《陕军东征:从哪里来,到哪里去?》,《1993:世纪末的喧哗》,第112页,山东教育出版社,1998年。

说写作的丝毫准备",但是他一本短篇集和9部中篇①基本功的训练无不是在默默地准备着他的惊人长篇。终于在《蓝袍先生》第三章"萌动的邪念"时产生了超出"蓝袍"故事之外的故事,"我的长篇小说创作的欲念却在此时确立"②。"京夫是以扎实、稳重的创作风格见长的"③,从1983到1994年,几乎每年都有中篇小说发表问世④,《八里情仇》是他继长篇《新女》(中国少年儿童出版社,1986年)、《文化层》(陕西人民出版社,1991年)之后的又一力作。程海也经过《我的夏娃》(华岳文艺出版社,1989年)的中篇练习才有长篇处女作《热爱命运》的诞生。或许被纳入"陕军东征"范围还有争议的老村的故事值得说一下。2011年4月《骚土》(最终版)正文后的"《骚土》档案"里介绍了辛酸的成书经过:"1989年夏,开始《骚土》写作。之前十多年的中篇小说写作,似乎都在为这部长篇的开笔做着必要的准备或演练。"(1983年写成中篇《饥饿王国的子孙》,小说中的父母和一双儿女,后成为《骚土》中的人物。1985年写成中篇《父亲》,小说中的父亲刘黑烂和母亲针针悲苦无望的人生,即控诉苦难主题,成为推动《骚土》情节发展的激情所系。1986年,中篇《乱伦之子》中的地主邓连山与儿子有柱、孙子雷娃,成为贯穿《骚土》的人物。)1990年冬,写成《骚土》⑤。

以上几位作家基本上经历了短篇—中篇—长篇的写作过程,从创

---

① 李星、陈忠实:《关于〈白鹿原〉的问答》,陈忠实:《寻找属于自己的句子——〈白鹿原〉创作手记》,第200页。
② 陈忠实:《寻找属于自己的句子——〈白鹿原〉创作手记》,第4页。
③ 白烨:《"陕军"七人创作论略——代序》,收入白烨、白描编选:《陕军东征小说佳作纵览》,第5页。
④ 参见京夫主要作品目录,见白烨、白描编选:《陕军东征小说佳作纵览》,第272页。
⑤ 《骚土》的出版也是1990年代值得研究的一个现象。"1991年春节,借进京探亲机会,抱《骚土》稿,频频出入于京城几家大的出版社,也探访过个别著名作家,但都没有结果。""1993年春……将书稿以低廉价格卖断与书商。是年冬,《骚土》由书商操作出版。污秽的封面和删节使《骚土》陷入不堪之境。作者看过书样,跪倒在地痛哭失声。"见老村:《骚土》,第250页,贵州人民出版社,2011年。

作成长的规律来讲,长篇在他们各自写作特定阶段出现是必然的。同时,陕西地处西部,诸位作家成长过程基本在陕西。路遥1949年生于陕西榆林市清涧县一个贫困农民家庭,1973年被推荐到延安大学中文系读书,1976年毕业;贾平凹1952年出生于陕西丹凤县,1972年被推荐到西北大学中文系读书,1975年毕业;程海1947年生于陕西乾县大墙乡上程家村,1964年考入乾县师范学校,1968年毕业;京夫1942年生,陕西商州人,求学在山区,工作亦在山区,1960年毕业于商洛师范学校。这些作家多为农民出身,具有"乡土中国"生存主体的保守性,表现在写作上则是较少跟风写作。20世纪八九十年代,当中国文坛流行新写实小说、新历史小说、先锋小说各种写作形式,思想文化界在争论"人文精神"如何坚守时,陕西作家并不那么"善变",他们大都在埋头写作,勤奋笔耕。或许也惠泽于一种巧合,在同一年里集体亮出佳作。此时之前,路遥于1992年11月17日逝世,两个月后邹志安也在极度痛苦的挣扎中永远抛弃了自己瘦骨如柴的身躯。"据陈忠实讲,1992年,陕西作协连同老作家杜鹏程逝世(1991年10月26日),整个下半年间都在为一个又一个的作家办理丧事,满目是白花,充耳是哀乐,那种低沉、阴郁的调子似乎成了基本的生活氛围。对于陕西作协和陕西作家来说,1992年是黑色的。"然而"也是在1992年初,陈忠实完成了《白鹿原》,贾平凹创作了《废都》,京夫改定了《八里情仇》,程海拿出了《热爱命运》,高建群写就了《最后一个匈奴》"。①"陕军东征"出现在陕西文坛在"损兵折将""元气大伤"的氛围中,无疑带有悲壮的底色,这也是引人注意的一个原因。

三、批评家解读的"陕军东征"

"陕军东征"制造的轰动效应还表现在文学评论界,鼓舞评论界活

---

① 白烨:《作为文学、文化现象的"陕军东征"》,《小说评论》1994年第4期。

跃起来,相比 1990 年代多元文化冲击下通俗文学的流行,评论无法使自己通俗化也不愿意为通俗文学作鼓吹,以严肃文学为核心组成的"陕军东征"正好刺激了评论界的兴奋点,提供了评论家"过了一把瘾"①的契机。以《废都》为例,在《废都》发表后的短短两个月内,关于它的评论专集竟达四五种。《白鹿原》一出也引起评论热潮,相比之下,其余三部书的评论文章则显得太过于稀少零落,以至于有评论者当时就说"面对'陕西东征'这一文学现象,深入的研究评说还不够,对于'东征'之作,还缺乏充分的评价"②。本节无意于分析对单部作品的专评,主要对以"陕军东征"现象为研究对象的文章做一梳理。

一是从创作方法、创作主体、艺术追求角度的定位:

肖云儒《论"陕军东征"》可谓是较早一篇,在扫描式点评了五部作品之后,认为"陕军东征"更体现为一种"过程"的东征,而非"成果"的东征。"作为过程,作为在艺术劳动动态过程中种种体现了动势、动律的东西,则恐怕会以它的启示性,对本地和全国的文艺创作产生深刻而久远的影响。"在创作方法上,"陕军东征"展示了现实主义艺术已有的实力及新的潜力和活力。这篇文章还从地域布局来分析三秦大地南北中三个文化圈(陕北、关中、陕南)的作品分布。在谈到新时期陕西文学在《白鹿原》《废都》《平凡的世界》和《浮躁》的基础上有了和世界对话的机会时,肖云儒谈到"隔离机制"与"积淀机制"在"陕军东征"现象中的作用。几部长篇的成功并不是对新生活进行正面展开式的描写,也没有用先锋手法,"更多地得力于用一种已经成熟了的艺术方法去写一种已经成熟了的生活形态,这种成熟沉淀到作品中,构成一种和谐、淳厚的成熟之美"。然而这种成熟"不是开放交汇的产物,而是隔离发展的结果"。陕军作家身上"隔离""积淀"有余,而"开放的气度,变革的深度,汲纳的幅度,目前都显得不足"。肖

---

① "《废都》让评论家也过了一把瘾。"张志忠:《陕军东征:从哪里来,到哪里去?》,《1993:世纪末的喧哗》,第 136 页。
② 五湖:《也炒"陕军东征"》,《小说评论》1994 年第 1 期。

云儒作为陕籍评论重镇之一,敏锐点出陕军作家创作实力及对现实主义的熟稔,同时指出已成为优势的"隔离""沉淀"机制也应进行变革与开放。

从创作主体的角度来分析,陕军东征被认为是当代文人自我意识回归传统的表现。① 据此,有论者将其归入"九十年代文学中的新保守主义现象"中,称"陕军东征"为"一次传统向现代文明不下战书的讨伐,或是一次逃离现代文明,回归传统、回归历史的奔突"。②

陕军作品有大反响也因其有自己独特的美学特征与艺术追求。从艺术审美追求上讲,"他们注重个体的体验与抒写","追求一种历史感与现实感相统一的深远目标"。陕军作品与寻根文学、乡土文学有深刻的联系,然而与之不同的是陕军作品"文化视角"的采用,从地域文化入手,将史实、传奇、神话及文化联想统构起来,形成一种独特的"大文化"叙事文本结构。③

二是从文学、文化、传媒角度的解读:

陕籍评论家白烨《作为文学、文化现象的"陕军东征"》一文主张立足于文学和文化的角度进行批评,反对基于商业角度及单纯的社会、政治的角度进行的批评。作为群体现象来看,"陕军东征"几部长篇,虽不能说它们在艺术上普遍达到了一个很高的水准,但却可以认定它们"在生活实情的描述和人生实感抒发上,都有一种扎扎实实的厚度,都若同从肥沃的黄土地中挖下来的一块块活鲜鲜又沉甸甸的泥壤"。针对1990年代纯文学与商业撇不清的关系,白烨做出比较客观而又略带乐观的判断,他认为,纯文学作品的发表、出版与发行等环节,将有可能运用俗文学的手段去包装,被纳入商业化的轨道去运

---

① 武宝瑞:《无奈的流浪、痛苦的回归——从"陕军"近作看当代作家的自主意识》,《中国人民大学学报》1995年第5期。
② 邓福田:《九十年代文学中的新保守主义现象》,《河池师专学报(社会科学版)》1997年第4期。
③ 黄洪旺:《论"陕军东征"的艺术特征与追求》,《福建论坛(文史哲版)》1998年第4期。

作,使其在形象上有所损而在销路上有所得,从而由文人的小圈子走向广阔的大社会。另外,阅读需求中的雅、俗取向趋于平衡,读方市场形成,读者的审美趋向通过种种中介传到创作界,对整体创作发生愈来愈明显的影响。在"陕军东征"推动严肃文学对可读性的重视,推动了严肃文学与通俗文学、畅销书的合流的同时,张志忠指出这一情形导致了文学中性描写的进一步泛滥,从而提出严肃文学与市场接轨中的自身立场问题。对于"陕军东征"和"长篇小说热"是"炒"出来的,白烨认为这种看法过于简单和皮相。"有人在'炒'是外在现象,有人真读是问题的实质。"①五湖也持类似观点,他认为:"炒的结果呢?的确开拓了严肃文学的市场,唤起了人们心底潜在的精神需求,陕西的几部长篇,尽管风格、质量不一,但都是地道地坚挺着纯正的文学品格,新闻界的炒,无疑是对泛文学现象的反驳,顺便,也相对地带来了作家物质生活的改善。"②这也与评论家所说的"成功的市场运作使作家名利双收"③相吻合。据此有进一步推进的文章则是何璐的《"陕军东征"现象研究之一:文学与传媒的联袂自救》④主要从1990年代作家境遇和文学传媒境遇两个角度切入。作者认为"陕军东征"是在文学自身和作家本身面临的内外交困中新鲜出炉的。而1990年代的文学传媒(主要指文学期刊、出版社)也面临困境,1984年国务院发布《国务院关于对期刊出版实行自负盈亏的通知》,规定除少数期刊外,其余一律独立核算、自负盈亏。同年在哈尔滨召开的地方出版工作会议旨在把出版单位由"单纯的生产型"逐步转变为"生产经营型",同时实行社长岗位责任制。1988年这一政策得到深

---

① 白烨:《作为文学、文化现象的"陕军东征"》,《小说评论》1994年第4期。
② 五湖:《也炒"陕军东征"》,《小说评论》1994年第1期。
③ 黄发有《文学出版与90年代小说》(载《文艺争鸣》2002年第4期):"二级加温的表征是1993年前后的'陕军东征'和'布老虎'出山,成功的市场运作使作家名利双收。"
④ 何璐:《"陕军东征"现象研究之一:文学与传媒的联袂自救》,《南华大学学报(社会科学版)》2011年第1期。

入,此年,发行机制试行"三放一联"(放权承包、放开批发渠道、放开购销形式和折扣,推动横向联合),国家在出版渠道上逐步放开,民营资本的发行"二渠道"日趋完善。在市场原则的作用下,不少出版社沦为出卖书号的"二传手"。此种境况下,文学与文学传媒的联袂自救成为必然趋势。"陕军东征"以前畅销书机制已悄然萌芽,1992年华艺出版社出版《王朔文集》,在国内首次实行版税付酬制,"1992年,长江文艺出版社推出《跨世纪文丛》,收入90年代59位作家的60部作品,以强烈的品牌意识将纯文学推向市场,在维持文学的审美尊严的前提下,兑现了文学的商业价值",据此,作者认为对"陕军东征"作品的炒作是"水到渠成"。这种"炒作"是"纯文学的再造",它造成各地域作家创作的繁荣和评论界的轰动。同时掀起了新一轮长篇热,而这种"联袂"自救的成功使得"纯文学的发表、出版与发行运用通俗文学(或畅销书机制)的手段去包装,并纳入商业策划运作的轨道成为一种必然的选择"。自此,"每当一部纯文学作品问世以后,文学传媒,甚至文学评论参与了作品的二次创作"。

与以上温和而颇带"顺应"的评论相比,旻乐《赝品时代——关于"陕军东征"及当代文化的笔记》则是借"陕军东征"以攻击时代文化之弊。此文也是将"陕军东征"作为当代文化现象看的。① 文章笔锋健劲,由"陕军"谈及时代"赝品"的三特征。作者说道:"'陕军'确实也仅仅在于标明六位作者的籍贯,而所谓'东征'云云,也只能算作一种商业性的'包装'罢了,在商业巨掌伸向文学之际,莽然乱撞的'陕军'碰巧被抓来,充当了一次自己也不解其义的挑战英雄,这才是'陕军东征'的本相。"它的命名具有虚假性,体现了当代文化的虚假本性,标志中国当代文化转型的信号,即文化工业的正式兴起,作品被媒体繁荣所支配,被复制、拆解和组装,从而出现多种宣传、作者的秘闻,以及节缩本、改写本、增补本。作品在传播和复制中被架空而丧失

---

① 旻乐:《赝品时代——关于"陕军东征"及当代文化的笔记》,《文艺评论》1994年第3期。

其真实面目的情形成为当代写作的命运("赝品"的第一特征)。"陕军"六部作品包容共同的质素:性的书写,奇风异俗的铺叙,极端(甚至荒诞)经历的演绎。它们迎合了文化工业的兴奋点,商品法则使这种生产变得欲望化、感观化,人类精神历史的连续性被碎片化、野史化。相较于"新历史主义"的解构历史,《骚土》及"陕军"之后的须兰已经走向"无历史的荒野"("赝品"的又一特征)。"陕军"被作者认为是大众文化写作的先例,在大众文化时代,写作主体多元化,"趣味"的折中主义使写作也已丧失了规范,丧失了独特的审美趣味和审美追求("赝品"的第三个特征)。这篇文章侧重于"陕军东征"在作为预示中国文化工业来临方面的意义,作者带有很浓厚的后现代主义的知识背景。

四、"东征"后作品发行情况

作为文学现象的"陕军东征"最初因媒体的报道而声势浩大,作家本身对报道的看重与争议本身已经透露出 1990 年代"文学现象"生成"借力"于传媒的一面。评论家无论从哪个角度来评论这一现象,所不能剥开的是 1990 年代市场经济大潮影响下的纷纭的文化背景。对于"陕军东征"所附着的文学走向市场化的运作的论述或许是不可避免的。除以评论家的话语为依据外,从"陕军"作品发行情况的落差也得以管窥。

"陕西东征"作品发行情况(1992—2013 年)

年份	出版社					
	《废都》	《白鹿原》	《八里情仇》	《热爱命运》	《最后一个匈奴》	《骚土》
2013	漓江出版社 人民文学出版社					

（续表）

年份	出版社					
	《废都》	《白鹿原》	《八里情仇》	《热爱命运》	《最后一个匈奴》	《骚土》
2012	上海三联书店 漓江出版社 译林出版社	长江文艺出版社 作家出版社 人民文学出版社（手稿本） 中国广播音像出版社（电子资源MP3，李野墨演播）			（台北）风云时代出版社 长江文艺出版社（绘图典藏版）	
2011		时代文艺出版社 文化艺术出版社（雷达评点） 北京十月文艺出版社			陕西人民出版社（2册） 陕西人民出版社（高建群［绘］）	贵州人民出版社
2010	文化艺术出版社（彩插汇评本） 安徽文艺出版社	文化艺术出版社（雷达评点）		中国戏剧出版社	北京十月文艺出版社	
2009	作家出版社（《废都》《浮躁》《秦腔》3部以函集形式再版）	作家出版社				
2008		北京十月文艺出版社 文化艺术出版社				
2007						

（续表）

年份	出版社					
	《废都》	《白鹿原》	《八里情仇》	《热爱命运》	《最后一个匈奴》	《骚土》
2006					北京十月文艺出版社	
2005				华艺出版社		
2004		人民文学出版社 长江文艺出版社				书海出版社
2003		海峡文艺出版社			陕西人民出版社（程海文集）	
2002		人民美术出版社(珍藏版连环画,石良改编,李志武绘画) 人民文学出版社				
2001			广州出版社			
2000		人民文学出版社				
1999		华夏出版社				
1998						作家出版社（《嫽人》,《骚土》续篇）
1997		人民文学出版社（大学生必读） 人民文学出版社（茅盾文学奖获奖书系） 人民文学出版社（茅盾文学奖获奖作品全集）				

(续表)

年份	出版社					
	《废都》	《白鹿原》	《八里情仇》	《热爱命运》	《最后一个匈奴》	《骚土》
1994	(台北)风云时代出版社				(台北)汉湘文化事业公司 (香港)天地图书公司	
1993	北京出版社	人民文学出版社(634页) 人民文学出版社(697页) 人民文学出版社(682页) (香港)天地图书公司	中国文联出版公司	中国工人出版社		中国文学出版社
1992					作家出版社	

《废都》与《白鹿原》从刚刚出版时的畅销书,至今21年已然成为长销书,《废都》虽经历了16年禁期,解禁之后却被多家出版社出版,西安永松路贾平凹的个人办公室里书橱的最下一层,摆放着60个版本的盗版《废都》,这说明官方的"禁止"与读者需求所形成的"流通"的并行,时代已然并非官方统一的意识形态可以定位了,市场经济带来的大众文化的兴起及其所代表的力量已经开始使时代价值趋向多元化,对价值多元的追求促进了官方与民间的分化进而促进了社会结构的多元化,这种多元默许了读者对适合自己口味的文学作品的追求与购买,这也可以认为是《废都》得以畅销不断的原因。关于《白鹿原》,陈忠实2010年在接受访谈时谈到"进入新世纪的10年,几家出版社出的几种版本的《白鹿原》书,每年都在印刷,通常在五六万册"。谈到《白鹿原》热销他说"应该感谢西安广播电台和中央广播电台",它们"于1993年春天一前一后播出,听众反响很大,无疑是最好的宣传"。《白鹿原》初版初印不过14850册,这是全国征订数字,接

着便5万册再10万册连续印刷,到年末大约连印七八次。盗版书"我前后大约收集到20余种"①。无论《废都》出版前的各种神秘又喧嚷的"透风",还是《白鹿原》的广播,作品在"声名远扬"的过程中借助了媒体的力量进而成为"畅销书"。"畅销书"(bestseller)一词源于美国,它具有两个特点:一是某个时代或某个时间段十分受读者欢迎,一是在市场环境下运作和流通,是市场经济的产物。如果"陕军东征"几部作品在1993年的"畅销"可以证明文学与传媒、市场的密切关系,那么,几次重版热也可以看出三者的纠葛之处。2011年4月由延艺执导的由高建群长篇小说《最后一个匈奴》(上卷)改编的30集电视连续剧《盘龙卧虎高山顶》登陆CCTV-8黄金强档。被记者称为"'文学陕军'转向'影视陕军'的扛鼎之作"②,而随着电视剧的热播,小说也在读者和观众中掀起又一股阅读热潮。包括《最后一个匈奴》及另外两部小说《六六镇》《古道天机》,三部四册的《高建群大西北三部曲》也随后由陕西人民出版社出版发行。而之后2012年的出版热也不能说与此没有关系,这可谓媒体的助推。2012年9月在内地上映而毁誉皆有的电影《白鹿原》无疑又推动了新一轮出版热。在"东征"力作中,京夫的作品自广州出版社2001年印行以来13年未见重印。而据我阅读60万字的体验(《八里情仇》上册35万,下册25万),京夫无论写陕南汉江流域之景还是叙述"破缺而无法成圆"③的人物命运,均有可圈可点令人动容之处,遭此遗忘倍觉遗憾。

"陕军东征"中《废都》《白鹿原》已经成为当代经典,而高建群、程海的作品随着作者的新作也一起重印、再版,"人们知道,作品重版在现代社会的意义类似于文化产品和商业广告的不断复制,不仅作家地位不断加固,作品的寿命也得以延长"④。"印刷机在增加作家财富的

---

① 黎峰:《每个作家都在思考这个时代——对话陈忠实》,《江南》2010年第4期。
② 李向红、帖小鹏:《〈盘龙卧虎高山顶〉:"文学陕军"转向"影视陕军"的扛鼎之作》,2011年4月17日《陕西日报》。
③ 肖云儒:《读京夫〈八里情仇〉》,1993年9月18日《文艺报·文学评论》。
④ 程光炜:《论作品的寿命》,《辽宁大学学报(哲学社会科学版)》2013年第6期。

同时也在增加他们的文学名望,保存其作品的艺术生命。"①作品的重印、再版带来的是进一步的"经典化",使作家与作品声名两盛。相比而言,京夫是"陕军"里面年纪最大、作品相对而言较多的作家,而《八里情仇》的再版与商业操作似乎少见于研究者笔墨。"陕军东征"经过时间的打磨,人们记住了《废都》《白鹿原》,《废都》的再版风波,《废都》《白鹿原》的盗版,《白鹿原》作者创作手记的出版及各种关于写作的访谈,这些都进一步促使它们更加广为人知。《最后一个匈奴》《热爱命运》虽不及前者轰动,但并未游出读者视线。独有《八里情仇》距离读者似乎太过遥远,人们似乎早已忘记 1993 在北京书摊被一哄而抢的盛况。"并不是所有作家都这么幸运,无名作家依然在苦苦自费出版作品甚至入门无望。即使先前已有文名的作家也不一定会被版本专家和印刷机持续关注,据说王朔的小说在上海的当当网上已很难找全,明显出现缺货现象。"②《八里情仇》也是"缺货",不但大学图书馆难以找到,国家图书馆所藏也是单本。1993 年的"陕军东征"其"集束"之力的轰动显示了 1990 年代长篇小说创作的成果,21 年后的今天,批评家与大众共同对作品进行了筛选,"东征"五部作品纵水平不一,但印刷机的力量、媒介的力量、读者对"热点""畅销"的追捧在这一现象形成中的作用是不可低估的。

2014 年 3 月 20 日

(作者为中国人民大学 2019 届博士毕业生,
现为北京师范大学文学院博士后)

---

① 程光炜:《论作品的寿命》,《辽宁大学学报(哲学社会科学版)》2013 年第 6 期。
② 同上。

媒体批评与"马桥事件"

朱厚刚

一、事件回顾：从论争到诉讼

《马桥词典》是韩少功的长篇小说处女作，首发在1996年第2期的《小说界》，1996年9月由作家出版社推出单行本。10月13日，上海召开《马桥词典》研讨会，其间也陆续有相关的评论文章见于报刊。12月5日，北京《为您服务报》同期刊出了张颐武的《精神的匮乏》与王干的《看韩少功做广告》两文，对《马桥词典》进行否定性评价。12月15日，文敬志在《服务导报》发表《文艺界频频出现剽窃外国作品公案》，将《马桥词典》作为论述的例子，初次启用了"剽窃"字眼，以致日后成为被告之一。12月17日，"《文汇报》刊登《〈马桥词典〉抄袭了吗？》一文，报纸送进正在北京同时举行的中国文联第六次全国代表大会和中国作协第五次全国代表大会会场，引起轩然大波"①。时隔两日，谢海阳再写《马桥词典：评价大相径庭》一文。12月23日，张颐武以《批评"词典"并无个人因素》为题表明态度。次日，《羊城晚报》登载了张颐武的《〈马桥词典〉：粗陋的模仿之作》，该文实乃照用了

---

① 俞果：《〈马桥词典〉：文人的断桥？——"马桥诉讼"的前前后后》，《新闻记者》1998年第8期。

《精神的匮乏》的原件而只做部分改动①。

1997年1月1日,11位作家就此联名致函中国作家权益保障委员会,这成为张颐武等人"反攻"的筹码之一。当日,"马桥事件"一词也顺势出炉。1月3日,武汉《书刊文摘导报》摘发俞果评论,由《翻〈马桥词典〉查抄袭条目》改题为《〈马桥词典〉——抄袭之作》。1月8日,韩少功在《中华读书报》中称"他们终将向我道歉",《羊城晚报》出现"韩不排除告上法庭的可能"的报道。1月13日《羊城晚报》刊登了张、韩的答记者问,双方第一次进行了正面交锋。1月21日,南帆的《〈哈扎尔辞典〉与〈马桥词典〉》在《文汇报》刊出。1月30日,张颐武"坚持认为《马桥词典》模仿《哈扎尔辞典》"并提出了八条依据。1月31日,张颐武在《青年参考》再谈"马桥事件"。2月4日,韩少功致电《文艺报》反驳张颐武观点。3月28日,韩少功委托律师向海口市中级人民法院递交了诉状,将张颐武、王干、《为您服务报》、记者文敬志、《劳动报》与《书刊文摘导报》告上法庭,要求赔偿损失30万元,韩少功认为,"诉讼的目的在于使个别假借文学批评的名义来实行人身攻击的人引为教训,以促进文学创作和文学批评的繁荣和发展"②。自此,"事件"的性质由文学论争变为诉讼案件。3月30日,法院受理该案。4月14日,《法制日报》记者王丰斌报道称"作家韩少功走上法庭",张颐武写了《我的回答》,双方接受《文艺报》的提问式采访。其后的争论开始围绕着是否上法庭而展开。5月10日,《文艺报》报道称"'马桥诉讼'未开庭先有庭外争执,三被告提出管辖异议",5月17日,韩少功《让我们节省一点时间和精力——韩少功致〈文艺报〉》公开发表,希望《文艺报》将更多的版面留给更有意义的事情。张颐武随即对此做出回应。中国作协副主席陆文夫于5月份出面调解此事,未果。中央电视台《文化视点》主持人于6月3日晚黄

---

① 将"我只能说它是完全照搬《哈扎尔辞典》"改为"我只能说它无论形式或内容都很像《哈扎尔辞典》"。

② 项玮:《韩少功状告评论家》,1997年4月9日《新民晚报》。

金时间对韩少功"不能正确对待批评意见"进行点名批评。6月7日,韩少功称"我随时愿意撤诉",条件是对方道歉。7月3日,海口中院驳回被告管辖权异议申请。10月14日,海南省高院再次驳回异议申请。天岛、南芭编著的《文人的断桥——〈马桥词典〉诉讼纪实》一书10月出版,首印15000册。12月13日,"马桥诉讼圣诞节开庭",20日,传出"马桥诉讼如期开庭似无可能"的消息,但27日又有了法院开庭的报道,只有第六被告到庭。

1998年1月3日,《文艺报》的《97十大文艺圈风波》一文以《"马桥事件"比〈马桥词典〉好看》为题,将该事件排在首位。1月24日,《文艺报》刊发《海口到底有多远?》的报道,称张颐武"抗诉"。2月7日,《文艺报》发表《官司止于智者——访北京大学副教授张颐武》,张颐武回答了记者伊士的28个提问。3月15日,张颐武撰文称该事件"余波未息"。3月21日,《文艺报》刊出《海口讳莫如深》,海口中院合议厅的工作人员称"现在很有压力"。6月6日,《文艺报》称"马桥诉讼一波未平一波起",报道了诉讼各方对5月18日一审判决结果的意见。一审判决称:"原告韩少功所著的《马桥词典》与《哈扎尔辞典》是内容截然不同的两部作品,到目前为止,尚无证据证明《马桥词典》与《哈扎尔辞典》之间存在着抄袭、剽窃和内容完全照搬的情形。被告张颐武在其撰写的《精神的匮乏》一文中,指称《马桥词典》在内容上完全照搬《哈扎尔辞典》,这一评论超出了正常的文艺批评界限,已构成了对原告韩少功名誉权的侵害。"而"被告王干发表的题为《看韩少功做广告》一文,其内容并不涉及对原告韩少功名誉权的侵害,故韩少功诉请被告王干承担民事责任无理,本院不予支持"。① 法院判决张颐武、《为您服务报》等公开刊登向韩少功赔礼道歉的声明,共同承担案件的受理费用,并各自赔偿韩少功经济损失人民币1750元。《中华读书报》12月30日刊发的《〈马桥词典〉边打官司边获奖》报道称《马

---

① 俞果:《〈马桥词典〉:文人的断桥?——"马桥诉讼"的前前后后》,《新闻记者》1998年第8期。

桥词典》"以全票获得了上海市中长篇小说大奖的一等奖,而且还获得了台湾的两个奖项,一是《中国时报》评选的1997年度'十大好书奖',二是《联合报》评选的1997年度'最佳书奖'"①。

1999年1月27日《中华读书报》的"文坛资讯"栏目有《"马桥事件"被告:等待判决》的报道。3月23日,海南省高院下达《民事判决书》,除维持原判外,王干的文章"亦构成对韩少功名誉权的侵害,王干应承担相应的民事责任。原审判决认定王干的行为不涉及对韩少功名誉权的侵害错误,应予以纠正"②。至此,历时两年的"马桥诉讼"宣告终结。庭外接受采访时,韩少功称自己"没事不惹事,有事不怕事"。张颐武则通过媒体称"将向最高人民法院提出申诉,向最高人民检察院提出抗诉申请,并向全国人大提出申诉",王干的"第一反应是这是一个冤案,用这样的判决解决文学问题是不得人心的"。③但韩少功并未要求被告执行法院的判决,张、王等人也未赔钱与道歉。

经粗略统计,有逾150篇相关的评论文章与新闻报道,包括批评家、报刊记者在内的近50位人士卷入"马桥事件"。十多年后回望"马桥事件",从文学批评的视角出发,这场纷纷扰扰的风波,的确给1990年代的中国文坛带来了热闹,也揭示出1990年代中国文学批评的新面向。

二、新媒体批评的兴起

张颐武一口咬定《马桥词典》模仿了塞尔维亚作家米洛拉德·帕维奇的《哈扎尔辞典》,是"不成功的模仿",这是他的第一个着眼

---

① 另:2000年9月,上海作协发起的"百名评论家评选90年代优秀作家作品"问卷调查揭晓,"最有影响的十名作家"韩少功排名第三,"最有影响的十部作品"《马桥词典》排名第三。2010年,该书获第二届纽曼华语文学奖。
② 高波、海平:《"马桥"故事》,《芙蓉》1999年第3期。
③ 本报讯:《马桥事件诉讼终审结案 对终审判决做出反应》,1999年4月8日《文学报》。

点,随后的一些文章均沿着这个思路展开①,终把争论引向诉讼。正如阎晶明所言:"张颐武的文章直指一个作家的最痛处:模仿。这一指责对《马桥词典》的原创性构成了直接威胁。"②作家在学习借鉴外国资源时,很容易被视为对外国文学的跟风,由此指向作家在创新上的无能。

  与张颐武"斩钉截铁"的认定不同,当时也有论者持相反的意见。如对《马桥词典》持保留意见的柳建伟认为:"当然,没有昆德拉,中国作家也有可能选择以词典的方式操作小说。被当作明清笔记小说刊印的明末的《夜航船》,本身就是一部四千余条的辞书。"③金汉也称:"'马桥'无非借鉴了一种形式,这形式可能在国外已有了,但对中国而言,'马桥'无疑是一种很新的借鉴和尝试。"④蒋子龙认为,"《马桥词典》标志着中国新意识小说的成熟"⑤。这些意见与张颐武的看法判然有别,他们更愿意相信《马桥词典》在写作资源上的本土性与独立性。这种差异显示的是批评家对同一现象的不同看法,当属于文学批评的范畴。但张颐武《精神的匮乏》的批评并没有落到实处并给出令人信服的理由,让被批评者韩少功无法接受。事后看来,一部"粗陋的模仿之作"频频获奖,某种程度上表明了文学批评的难处。张颐武后来说:"无论我那篇1500字的短文还是20万言的《马桥词典》都是人生和事业中的一个细节。'马桥事件'也不过是这当中的一个波澜。假以时日,它不仅是一场过眼烟云,也必将显示出它的渺小和可笑。从整个人生和创作来看,没有必要被这些不堪回首的细节牵绊而贻误行程。'马桥事件'迄今为止的情形以及我们身边的许多纠纷都已证

---

① 文敬志:《文艺界频频出现剽窃外国作品公案》,1996年12月15日《服务导报》;俞果:《翻〈马桥词典〉——查抄袭条目》,1996年12月20日《劳动报》。
② 阎晶明:《"马桥事件"与学风问题》,《文学自由谈》1997年第1期。
③ 柳建伟:《关于〈马桥词典〉的若干词条》,《小说评论》1997年第1期。
④ 陈子甘:《用批评和反批评的办法解决文坛的论争》,1997年5月22日《作家报》。
⑤ 谢海阳:《马桥词典:评价大相径庭》,1996年12月19日《文汇报》。

明了这件事的价值含量很低,它的负面性和荒诞就在于它不以任何人的意志和设计为转移,没有谁能从它那里大胜而归。这里需要的理性首先是对事情前途的把握,我认为这是一个没有前途的事情。"①这种含糊的自辩,也见出张颐武的某种尴尬与为难。

张颐武、王干第二个着眼点是批评界对《马桥词典》的"过誉性评价"。张颐武说:"在《马桥词典》发表后,出现了许多明显不实事求是的评价。有些评价是相当夸张的。""简单地说是开始对《马桥词典》不负责任的过誉性评价和后来媒体同样不太负责任的道听途说以讹传讹。"②而这样的认定,只要花点时间是能够辩白清楚的③,"不能因为一个时期评论家对优秀作品分析评论得多了就说是缺少真正的批评,当然更不能因为有评论家故意语出惊人搞所谓的骂派批评就说是批评家的在场"④。其中媒体的介入,使得情况愈加复杂。在此需要注意韩毓海的《韩少功的立场》一文,他写道:

> 《马桥词典》的出现,以及它在阅读界所受到的冷遇,首先应该使当下的批评界感到尴尬,其次尴尬的才是韩少功自己,他的这次写作的冒险,非但没有赢得喝彩,甚至更主要的是——没有得到批评。……
>
> 中国的后批评家们,据说是读得懂许多谁也读不懂的先锋派

---

① 伊士:《官司止于智者——访北京大学副教授张颐武》,1998年2月7日《文艺报》。

② 分别见张颐武:《我为什么批评〈马桥词典〉?》,1997年1月13日《羊城晚报》;伊士:《官司止于智者——访北京大学副教授张颐武》,1998年2月7日《文艺报》。

③ 在1996年12月之前对《马桥词典》进行评论的文章有,李少君:《对小说的挑战——读韩少功〈马桥词典〉》,1996年6月5日《中华读书报》;《语言的追问——长篇小说〈马桥词典〉座谈会纪要》,1996年8月29日《文学报》。陈瑞元:《亦说〈马桥词典〉》,1996年10月16日《新民晚报》。南帆:《〈马桥词典〉:敞开和囚禁》,《当代作家评论》1996年第5期。鲁枢元:《倾听言语的深渊》,《小说评论》1996年第5期。张新颖:《〈马桥词典〉随笔》,《当代作家评论》1996年第5期。朱向前:《我读〈马桥词典〉》,《小说选刊》1996年第11期。韩毓海:《韩少功的立场》,1996年11月13日《中华读书报》。通观而言,这些文章是褒贬分明的。

④ 邹平:《文学评论的悲哀》,1997年5月19日《新民晚报》。

小说的,但是这一回,可能倒是真的读不懂明白晓畅的《马桥词典》了。这才表明,过去的懂,不过是"懂得胡言乱语"或者"胡言乱语的懂",有可能是不懂装懂;而这一回,如果不是"懂装不懂"的有意不作声的话——倒可能是真的不懂了。——批评家们应该念书,这在九十年代从来就很迫切。①

该文指出批评界一度失语于《马桥词典》的情形与张颐武所称的"过誉性的评价"有某种错位,这两段话或许刺中了有"张后主"之称的张颐武,使他开始对《马桥词典》发言。在"马桥事件"中可看到韩、张曾经的分歧。韩少功在《灵魂的声音》与《夜行者梦语》等随笔中对"后现代主义"的看法与张颐武观点相左。王干就此说:"韩氏的杂感则更具理性色彩,他巧妙地把笔锋对准了伴随现代化进程和国际化交流而涌入的'后现代'文化思潮。"②由于文化立场的差异,张颐武曾将韩少功与张承志、张炜并提为"文化冒险主义"者而加以批评。1995年6月,萧夏林主编的"抵抗投降书系"推出张承志、张炜卷。据报道,"出版此套书系的北京华艺出版社,由于受到王朔等北京一批新老作家的抗议和压力,决定终止抵抗投降书系的其它卷本的出版"③。韩少功《灵魂的声音》也在其列。在"马桥事件"中,韩少功的《强奸的学术》也一度遭到退稿④。禁止出版、退稿意味着阻断他公开发言的可能。可以说,双方的论战其实是"人文精神讨论"的"分会场","前情"未了,也的确"余波未息"。

自然,批评家对作品发表评论是批评家的自由,曾经的分歧并不妨碍作家与批评家建立新的互动关系。1990年代的文学批评也的确有了更大的空间,其中一个醒目的标志就是媒体批评的兴起。这种批

---

① 韩毓海:《韩少功的立场》,1996年11月13日《中华读书报》。
② 王干:《看韩少功做广告》,天岛、南芭编著:《文人的断桥——〈马桥词典〉诉讼纪实》,第14页,光明日报出版社,1997年。
③ 本报讯:《抵抗投降书系易地再出》,1996年1月17日《中华读书报》。
④ 韩少功:《强奸的学术》,《青年文学》1997年第11期。

评不同于传统的文学批评,后者是在文学圈子中展开,而前者则溢出文学圈子走向了大众的圈子。罗贝尔·埃斯卡皮曾说:"报刊、电台广播和电影能够使一部作品进入大众圈子的这一效能,一方面是由于它们能够考察这部作品对社会的适应能力(有时这确实是令人不快的),另一方面是由于它们能将这部作品完完全全地带入日常生活,并将它放置在大众读者的每天必经之路上。"①文学批评同样可以这样考察。"马桥事件"的显著特征是新闻报道在其中开始占据颇为重要的分量,六被告中有三家媒体就足见一斑。查看论争的文章内容及发表的地方,可以发现参与报道"马桥事件"的《新民晚报》《羊城晚报》等日报、《文学报》《中华读书报》等周报,替代文学杂志成为"马桥事件"各方的主要发声平台。可以说,编辑、记者与文学评论家们就《马桥词典》而共同分享着文学批评的空间。即使张颐武等人试图将事件固定在文学批评的范围内②,也掩盖不住媒体对"马桥事件"的深度渗透,如只有在媒体介入文学批评时对文学批评进行了塑造与控制的视域下才能了解前述张颐武的为难,也才能明白韩少功为何坚持告上法庭。进入1990年代,政治权力从文学批评这一公共空间淡出之后,批评家如何在更显自由的领域中有所作为的命题也在大众媒体对文学批评的形塑作用下再次被提出。"马桥事件"这个"没有前途的事情",折射的是1990年代文学批评的困顿走向。

三、媒体对批评的深度介入

在市场经济的影响下中国开始进入大众传媒时代,是1990年代

---

① [法]罗贝尔·埃斯卡皮著、于沛选编:《文学社会学》,第67页,于沛等译,浙江人民出版社,1987年。

② 当记者问:"您为什么不想面对?您不认为这一切都是从您的那篇文章引发出来的吗?"张颐武回答说:"如果这么讲,只能说是我所从事的文学批评工作引发了这件事。"见伊士:《官司止于智者——访北京大学副教授张颐武》,1998年2月7日《文艺报》。

文学展开的潜在背景。大众传媒已经成为关联着政治、文化、经济等多方面的发声平台与公共领域,文学传播也开始借助大众传媒之力,媒体介入文学成为1990年代文学语境的一部分,使得传媒与批评的关系成为1990年代批评界面临的一大问题。1980年代、1990年代文学语境的差别之一在于1980年代文学自主原则的确立依靠的是"政治场",而1990年代的"文学场"更多地受到"经济场"的牵制,即经济—技术对文化的影响越来越明显,因此大众传媒对文学批评的介入乃是必然的趋势。

应该说,1990年代的中国大众传媒业处在一个兴起与发展的初创期,民众对传媒还处在不断地调整与适应的过程中。正如王干所说:"现在中国的媒体是从计划经济时代沿袭过来的,人们虽然不象当年那么相信红头文件那么信任媒体,但人们很少会意识到它是一个'媒子'(好的说法是桥梁),连从事传媒工作的人也很少会想到这一点。"[1]马歇尔·麦克卢汉认为:"所谓媒介即是讯息只不过是说:任何媒介(即人的任何延伸)对个人和社会的任何影响,都是由于新的尺度产生的;我们的任何一种延伸(或曰任何一种新的技术),都要在我们的事务中引进一种新的尺度。"因此他指出:"对人的组合与行动的尺度和形态,媒介正是发挥着塑造和控制的作用。"[2]正是这种"塑造和控制"的作用,使得对大众传播媒介本身的监督、纠偏与引导就显得很必要。大众传播学中有"媒介批评"这样一个分支,"媒介批评在本质上是一种价值的判断,它是对新闻传播媒介系统及其各要素进行批评的过程"[3]。它是媒介的"自我批评",是促进自身发展的一种纠偏机制。但1990年代的中国,媒介批评还很不成熟。因此,媒体介入文学带来的负面后果也就更加不易控制。客观地说,媒体批评有助于打

---

[1] 王干:《传媒与批评》,1999年1月21日《文学报》。
[2] [加]马歇尔·麦克卢汉:《理解媒介——论人的延伸》,第33、34页,何道宽译,商务印书馆,2000年。
[3] 王君超:《媒介批评——起源·标准·方法》,第15页,北京广播学院出版社,2001年。

破隔在文人圈子和大众圈子之间的某种障碍,拓宽了批评家与社会关联的渠道,但另一方面也带来新的问题,正如埃斯卡皮提醒的,大众圈子也会"导致某些文学形式的衰退和变质,同时也使广大群众的文化自由丧失殆尽"①。文学界对文学批评的诟病之声一直不断就是证明②。这是考察"马桥事件"的基本前提。

"马桥事件"某种意义上是一桩因文学批评而起的"新闻官司"。"新闻官司"是"80年代中期以来中国新闻界较为突出的一个媒介现象。据统计,仅1989年下半年,全国的'新闻官司'案就达3000起"③。从这个意义上说,媒介批评显得十分必要。"马桥事件"由于媒体对文学批评的深度介入而呈现出某种复杂性。从媒体批评的角度切入时,只有将它分为文学批评与传媒活动两个层面分别考察,才能把事件看清楚。借助"媒介批评"理论我们可以将"马桥事件"中的各方做一定位:韩少功的角色可分为作家与媒介批评人④,张颐武、王干的角色可分为批评家与传播人。张颐武、王干等人在传播自己的批评观点的时候,韩少功既是一位受众,但同时也是批评家批评的对象,这是"马桥事件"中韩少功位置的微妙之处。可以说,当事人双重身份的或胶着或分离是"马桥事件"复杂的根本原因。

张颐武首先混用自己批评家与传播人的两重身份,结合媒体特点在报刊发表批评韩少功的言论。制造新闻卖点以吸引公众注意力,这是媒体批评的重要特征。张颐武显然是要制造一个新闻,新闻的瞬间性迫使他做出即刻的评论,《精神的匮乏》的草率出场正是受益于此,他亦有身不由己的苦衷。张颐武对此深有体察,他曾说:"在媒体

---

① [法]罗贝尔·埃斯卡皮著、于沛选编:《文学社会学》,第67页。
② 如白云驹:《警惕"新闻批评"的误导》,《作品与争鸣》1994年第10期;赫明松:《文学批评综合症》,《作品与争鸣》1997年第1期;阎恩虎:《记者与妓女》,《作品与争鸣》1997年第9期;吴俊:《发现被遮蔽的东西》,《南方文坛》2000年第4期;陈晓明:《媒体批评:骂你没商量》,《南方文坛》2001年第3期。
③ 王君超:《媒介批评——起源·标准·方法》,第41页。
④ 媒介批评可据主体分为专家的批评、媒介管理者的批评、受众的批评以及媒介的自我批评。见王君超:《媒介批评——起源·标准·方法》,第46页。

中很复杂的学理性的内容,很多逻辑推理或论证的过程都被省略掉了。媒体的确只能提供一种'形象',一种感性色彩较强的东西。媒体在采访中或者说报纸上很短的文章都有一个很明显特点,就是论证相当简单明快,结论相当单向、简单。往往只有一个结论,而没有论证,且这个结论又是很直接的,很明确的,非此即彼的。"①刊有《马桥词典》"抄袭"消息的《文艺报》准时送到参加第五次作代会的作家的宾馆,是重点针对文学圈内人士传播自己的观点;在《精神的匮乏》产生反响后,张颐武又把该文改换标题与部分内容再次刊发,则是在媒体的受众中进一步扩散自己的观点。张颐武试图将"马桥事件"从文人圈子推向大众圈子以表明自己的"民间立场",这与他推崇"世俗关怀"的观念一脉相承。"马桥事件"中双方的阵容与力量也曾是交锋的辩论点,《马桥词典》问世后,发表评论的多是海南的以及与韩少功私交较好的学人,部分媒体的宣传出现了"韩公"的称呼,再加上韩少功颇为显赫的职务,使得双方力量对比较悬殊。张颐武等人由此质疑韩少功以势压人。总体看来,韩少功的支持者是独立的个人,他的势力是显在的,而张颐武动用舆论的力量与之针锋相对,他的势力是隐在的。张颐武曾说过这样一段话:

> 那些根本不知道"张颐武"何许人也的人却凭着常识和正直关切着此事,写下了许多支持我的文字。这里的一切连一点功利色彩都没有,他们并不指望从我这里获得某种好处,诸如一个"特约编辑"的名目或是位高权重者的帮助。我不可能给予他们什么,而他们只是关切文学,关切一个多样社会中人们表达自己意见的权利。那些来信和印下的网上杂志的文章会支撑我走下去,这些来自文坛之外的温暖会让我在困难和挑战中更为坚强。在许多圈中人由于微妙的原因不愿介入此事时,当有些昔日的朋

---

① 刘心武、张颐武:《刘心武张颐武对话录——"后世纪"的文化瞭望》,第123页,漓江出版社,1996年。

友也觉得避之则吉时,我在这里发现了力量。①

但在诉讼开始之后,张颐武、王干、文敬志等人则试图将事件限定在作家与文学批评的关系上,甚至将一部分责任推给媒体,试图脱掉与媒体的干系,规避自己传播人的身份。张颐武说:"以判决的形式干涉文学界的学理之争,不仅无助于正常的文学和创作发展,还将扰乱已初步形成的多样而活跃的文化格局。"②这与韩少功对他们的批评文章的态度出现了错位,官司该不该打也是在这两个层面上各执一词的。张颐武在《官司止于智者》的访谈中说:"我的批评文章作为我职业和工作,它是否构成侵权,怎样侵权的,不是被批评者单方指证就成立的,它既需要第三方以外的多方指认,也需要我本人的自我确认。"姑且不论张颐武的这种说法是否合法,在各执一词的情形下要想得到他"本人的自我确认"显然是困难的。但即使是将"马桥事件"固定在纯粹的文学批评领域,身为作家的韩少功也是有口难辩的。韩少功想反批评,王干则说:"你可能没有去刻意模仿某部小说,但至少你的小说形式并不独特,你更应发奋去写出创新之作,以更新更好的作品去回答批评者,而不应在具体的细节问题上去纠缠,一则浪费时间,影响自己的创作,二则影响别人的工作,三则对展开正常的、健康的文艺批评无益。"③由此可以感觉到文学批评的强势与霸道。在进入诉讼之前,韩少功认为对方的举动"低能和恶俗",张颐武称韩少功"多次对我的批评动机进行攻击,对我的人格进行贬损,如认为我'低能而恶俗'",他"将对此研究可能采取的法律行动"。④ 韩少功显然处于动则得咎的位置。张颐武、王干可以在公共空间以批评家的身份发言,却要求韩少功在传统的文学批评空间里以作家的身份接受批评,张颐武

---

① 张颐武:《〈马桥词典〉余波未息》,《上海戏剧》1998 年第 3 期。
② 良士:《马桥诉讼一波未平一波起》,1998 年 6 月 6 日《中华读书报》。
③ 王干:《文学批评的 ABC》,天岛、南芭编著:《文人的断桥——〈马桥词典〉诉讼纪实》,第 348 页。原载《东方文化周刊》1997 年第 4 期。
④ 必疑:《韩少功告上法庭,张颐武坚决应诉》,1997 年 4 月 16 日《羊城晚报》。

呼吁并推崇对话机制,但双方在媒体上发言的机会并不对等。借助媒体的传播力量,《马桥词典》的"抄袭"嫌疑就会扩散,这无疑会对作家造成伤害,从 1996 年完成《马桥词典》到 2000 年,韩少功没有小说公开发表,这与"马桥事件"不能说毫无关系。

"媒介即是讯息"是麦克卢汉的著名观点,他认为"任何媒介的'内容'都是另一种媒介"。当文学评论文章在大众传媒上广为扩散时,其内容便具有了新闻的特征。据报道,《精神的匮乏》指认《马桥词典》"完全照搬"《哈扎尔辞典》"成了全国文坛的轰动新闻"。韩少功在得知张颐武等人的批评观点时说:"现在既然有人公开指控自己抄袭,那么最好请他把这两部小说的主题、人物、情节、细节对照公布出来,看看在这些小说的主要构成因素上有哪些是模仿甚至剽窃的。否则,是难以使人心悦诚服的。"①可见他是将之视为文学批评的,但"他对'剽窃'、'抄袭'、'完全照搬'说在媒体上如此广泛的传播感到惊讶"②。最终以"一本书好不好,是批评问题;而属于作者的还是作者偷来的,这才是法律问题"③为理由将张颐武等人告上法庭。吴跃农、刘金、陈子甘等诸多人士都撰文劝告韩少功"笔墨官司笔墨打",但他坚持己见。从传播学中媒介批评的角度看,韩少功诉诸法律的"一意孤行"可视为他在扮演媒介批评人的角色,他不再将《精神的匮乏》等文章仅仅视为文学批评,而是试图纠正文学批评在媒体介入之后的某些偏差,他说:"对不大习惯讲道理的人,除了用法律迫使他们来讲道理以外,我想不出还有什么更好的办法。对分不清正常批评和名誉侵权的人,除了用一个案例让他们多一点法律知识以外,我也想不出什么更好的办法。"④这样便能清楚双方何以没有达成所谓的"共识"。

---

① 谢海阳:《〈马桥词典〉抄袭了吗?》,1996 年 12 月 17 日《文汇报》。
② 海平:《面对张颐武的指责 韩少功不再沉默了》,1997 年 1 月 8 日《羊城晚报》。
③ 《〈马桥词典〉边打官司边获奖》,1998 年 12 月 30 日《中华读书报》。
④ 韩少功:《让我们节省一点时间和精力——韩少功致〈文艺报〉》,1997 年 5 月 17 日《文艺报》。

张颐武等人对韩少功诉诸法律的不满,是他们强制"固化"韩少功身份的顺理成章的结果,也是他们以及"笔墨官司笔墨打"论者对韩少功媒介批评人是否合格的质疑,即他的行为是否有法可依。第一,张颐武、王干公开发表的文学评论文章在《为您服务报》发表(尤其是王干的文章被删节处理过),可视为经新闻媒介采制、加工的新闻产品,属于媒介产品。媒介产品正是媒介批评的对象。文敬志作为"抄袭"说的命名者是以媒介从业者(记者)的身份成为被告的,也属于媒介批评的对象。《中国新闻工作者职业道德准则》也于1997年重新修订。不管是否构成侵权,至少韩少功能以受众的身份起诉。第二,他将三家媒体告上法庭试图问责媒介的道德规范,建基于第一点成立的基础上。早在1988年,最高人民法院在《关于侵犯名誉权案件有关报刊社应否列为被告和如何适用管辖问题的批复》中就明确指出:"报刊社对要发表的稿件,应负责审查核实,发表后侵害了公民的名誉权,作者和报刊社都有责任,可将报刊社与作者列为共同被告。"这符合现行法律的规定,最终法院的判决也证明了这一点。从被告的身份看,他的媒介批评属于媒介道德规范批评;从法院终审结果看,他的媒介批评属于媒介法制批评。韩少功的行为符合受众媒介批评人的角色要求。

媒体对文学批评的深度介入导致了文学批评的媒体化倾向,这种倾向使得批评家们一面崇尚媒体的惊人扩张速度,一面由于媒体对文学批评主体的塑造与控制,也不得不叹息学术批评的没落。批评家对此可谓是又爱又恨,如陈晓明就曾说:"对媒体说三道四多少有些违背我多年的立场,我一直把当代媒体的兴盛看成是自由表达空间最有效的拓展,但现在,却对其片面性疑窦丛生。"①这或许也是1990年代文学批评遭到诟病的主要原因之一。"马桥事件"是媒体深度介入文学批评的一个显例,争议是在文学批评与媒介批评两个不同层面展开

---

① 陈晓明:《媒体批评:骂你没商量》,《南方文坛》2001年第3期。

的,最终韩少功的胜诉也并不表明文学批评行业将衰败下去。总之,"马桥事件"既凸显了文学批评面临的新问题,也表明彼时大众传媒界媒介批评的不完善,对媒体批评健全发展的呼吁也暗含其中。

(作者为中国人民大学 2014 级博士毕业生,
现为南宁师范大学文学院讲师)

"分裂"与"合谋"
——也看1990年代"样板戏热"

李立超

2000年12月15日,《北京青年报》以《八大样板戏携手重来》为题报道了12月13、14日晚于北京音乐厅上演的"红色经典现代京剧之夜",并称这是"当年盛极一时的八大样板戏,20年后的集体亮相"。① 这场喧嚣于千禧之年的样板戏"盛宴"或许可以视为1990年代样板戏"回归"热潮的一次集结与井喷,在此背后所蕴藏的是样板戏在20世纪最后十年所积蓄的巨大能量。

一、"回潮"始末

在分析1990年代样板戏热潮之前,我们似乎要做一个"前情回顾",厘清"样板戏"为何。1966年12月26日,《人民日报》发表了一篇题为《贯彻毛主席文艺路线的光辉样板》的社论:

> 近几年来,京剧《沙家浜》、《红灯记》、《智取威虎山》、《海港》、《奇袭白虎团》,芭蕾舞剧《红色娘子军》、《白毛女》,交响音乐《沙家浜》等革命现代样板作品在全国许多城市和农村公演,引起了极大的轰动,到处出现了满城争看革命现代戏的空前盛况。很多观众无比兴奋地说,这批样板作品的诞生,是中国和世界文艺史上的伟大创举,是无产阶级文化大革命的伟大胜利,是毛主

---

① 吴菲:《八大样板戏携手重来》,2000年12月15日《北京青年报》。

席文艺路线的伟大胜利。我们要坚决捍卫文艺革命的辉煌战果,我们要千遍万遍地高呼:"无产阶级革命现代戏万岁!"①

由此开始,"八个样板戏"的说法在整个中国蔓延开来。一时间,从中央到地方,各级"样板团"在各地巡回演出,将样板戏送到了工厂车间、田间地头。为了解决"样板团"无法深入偏僻乡野的问题,样板戏甚至还被制作成电影搬上银幕,在全国各地放映。全民不但"大唱"样板戏,也将"学演"开展得如火如荼,连新疆维吾尔自治区歌舞团也以维吾尔歌剧的形式移植了《红灯记》,工厂、学校、村社先后出现了各自的李玉和、阿庆嫂、杨子荣。"八亿人民八个戏"成为"文革"期间中国民众文化生活的生动缩影,而这种几近疯狂的态势直到1976年才宣告终结,这与曾经的"样板戏"推手——"四人帮"遭到清算与粉碎有直接关系。而对于样板戏的禁演,一禁就是十年。样板戏在1990年代大兴回归热潮之前,初次"重唱"是在1986年。

"今日痛饮庆功酒,壮志未酬誓不休。来日方长显身手,甘洒热血写春秋""里里外外一把手,穷人的孩子早当家""他们和爹爹都一样,都有一颗红亮的心"唱响在1986年中央电视台春节联欢晚会的舞台上。"中国在1980年初只有大约350万台电视机,随着电视机产量的爆炸性增长,到1985年初已超过4000万台。"②1986年的中国民众可以通过电视机去了解我们这个国家的一举一动。或许在那个除夕夜,在电视机前其乐融融欢聚一堂的中国观众不曾预想,只是"春晚"上两个热热闹闹的小节目会引起如此的关注与争议。

《新民晚报》1986年5月5日以《刘长瑜邓友梅争论〈红灯记〉》为题报道了当时新增补的政协委员刘长瑜和作家邓友梅之间的一番争论。这是自"春晚"样板戏重唱以来见诸报端的首次争论,香港媒体称之为"二梅之争"。曾经的"李铁梅"刘长瑜在参加与港澳记者的聚会

---

① 《贯彻毛主席文艺路线的光辉样板》,1966年12月26日《人民日报》。
② [美]傅高义:《邓小平时代》,第549页,冯克利译,生活·读书·新知三联书店,2013年。

时说:"样板戏凝聚着许多专业人员的心血,至今有不少人喜欢它。前几年在某些场合不准唱样板戏,现在我演《春草闯堂》,演完了不唱一段《红灯记》就不让下场。"①而作家邓友梅则不敢苟同,反驳道:"京剧样板戏原作比较好,江青改编后带上了帮派气味。'文革'期间我被折磨,一听高音喇叭放样板戏,就像用鞭子抽我,我不主张更多地演样板戏。今年春节文艺晚会很好。年轻人没有经历过'文革',因此喜欢样板戏,但更多的人讨厌样板戏。"并且一再坚持"样板戏可以探讨,希望专家们讨论。唱归唱,但不希望它风行"。②

"二梅"之间唇枪舌剑余音未落,当时已年逾八旬的老作家巴金又以一篇《"样板戏"》细述自己"重听"样板戏之后的"毛骨悚然"之感:

> 好些年不听"样板戏",我好像也忘了它们。可是春节期间意外地听见人清唱"样板戏",不止是一段两段,我有一种毛骨悚然的感觉。我接连做了几天的噩梦,这种梦在某一个时期我非常熟习,它同"样板戏"似乎有密切的关系。对我来说这两者是连在一起的。我怕噩梦,因此我也怕"样板戏"。现在我才知道"样板戏"在我心上烙下的火印是抹不掉的。从烙印上产生了一个一个的噩梦。③

两年之后,上海的著名学者王元化在接受上海广播电台的访问时又谈到了样板戏的问题,这篇采访记录稿后以《论样板戏及其他》刊登在1988年4月29日的《文汇报》上。采访开篇,王元化便表明立场——"倾向友梅同志的意见"。之后当被问及"你是不是在感情上对样板戏有着强烈反感"时,王元化委婉地回应:"也许由于我长期从事文艺工作的缘故,我并不认为感情是不好的,更不能容忍否定感情的理智专横。"④他进一步指出,样板戏中英雄人物高大全的形象实际上

---

① 《刘长瑜、邓友梅争论〈红灯记〉》,1986年5月5日《新民晚报》。
② 同上。
③ 巴金:《"样板戏"》,《随想录》(1—5集),第680页,人民文学出版社,2000年。
④ 王元化:《论样板戏及其他》,1988年4月29日《文汇报》。

是一种个人崇拜,"这种个人崇拜正蕴含着'文化大革命'的精神实质"。同时,贯穿在样板戏中的斗争哲学,特别是表现敌我斗争的"有利于造成一种满眼敌情严峻气氛,从而和'文化大革命'的要求是一致的"。① 面对样板戏是否应该禁演的问题,王元化给出了自己最终的结论——不赞成大肆播放。即便播放,"在播放前后至少应对样板戏做点剖析,使听众观众尤其是青少年了解它是什么时代的产物,内容如何,纵使是不同意见的争议也好。这样才算尽了应尽的责任"②。自此,知识分子群体对于"重唱"样板戏的口诛笔伐可见一斑。但与此同时,我们却又惊异地发现,知识分子群体对于样板戏的拒绝并没有阻碍样板戏于1990年代回归的步伐,更没有冷却普通民众对于样板戏报以的巨大热情。

1990年,纪念徽班进京200周年期间,中国京剧院恢复演出《红灯记》,并请来《红灯记》原编导阿甲亲临排演现场执导。公演时人民剧场门庭若市,电视台现场直播收视率倍增。同年10月12日,《北京青年报》以《从"铁梅"、"柯湘"说开去》为题大书样板戏之魅力:"经过精雕细刻的《红灯记》、《沙家浜》、《杜鹃山》等剧目,至今令人回味无穷。赵燕侠演的阿庆嫂、杨春霞演的柯湘、马长礼演的刁德一、刘长瑜演的铁梅、方荣翔演的王团长……这些栩栩如生的人物形象,仍然历历在目","杨春霞一出场,若不来一段《家住安源》或《乱云飞》,绝对下不了台;大家见到高玉倩,也总是情不自禁地叫一声'李奶奶'","老百姓对当年的几出现代戏仍有着很深的感情"。③ 北京的"复演"热潮亦迅速引领了其他城市的"复排"之风,1994年上海京剧院耗费巨资,以浩大的阵容二度复排了《智取威虎山》。此次复排虽然"票房失利",但是"复排公演得到一家传播公司大力赞助。公演前进行了声势浩大的宣传推广活动,召开了大规模的新闻发布会,每晚都

---

① 王元化:《论样板戏及其他》,1988年4月29日《文汇报》。
② 同上。
③ 宝光:《从"铁梅"、"柯湘"说开去》,1990年10月12日《北京青年报》。

在上海电视台的黄金时间播出数次广告"①。二度复排的《智取威虎山》虽然稍稍遇冷,但这却并未影响样板戏在 1996 年、1997 年掀起回归的高潮:北京京剧院继复排《沙家浜》的同时,还推出了一个样板戏的专场。1997 年 9 月中旬,武汉则推出了"现代京剧长江行"的系列活动,"北京京剧院原计划在武汉演出三场,但因观众太多而不得不加演"②。次年 11 月,样板戏终于走出国门,"出口挣起了外汇",《智取威虎山》在纽约佩斯大学艺术中心的剧场上演,以"《深山问苦》、《打虎上山》和《打进匪窟》等 3 场戏压轴,中间穿插《红灯记》、《杜鹃山》和《沙家浜》清唱片断"③,虽然票价高达 100 美元,但仍然吸引了不少人前来观看。

1990 年代对于样板戏而言是其旧梦重温的好时光,不论是京剧、舞剧还是歌剧每一次"复演"都能在观众群中掀起热潮,但伴随回归热潮而来的依旧是争议,其中最具代表性的是针对 1996、1997 年相交之际"样板戏高潮"而起的"对话"——《从美学上对"样板戏"说"不"》。这场对话的"主将"依旧是在 1980 年代便对样板戏说"不"的教授王元化,参与讨论的还有作家黄裳、何满子,教授徐中玉以及武汉《艺坛》杂志主编蒋锡武、天津文联副秘书长刘连群、《新民晚报》特稿部副主任翁再思。王元化坚持己见,称"'样板戏'在许多方面蕴含了文化大革命的精神实质"④。黄裳对样板戏"在感情上总还是不能接受的",因为"它毕竟是文化大革命的一大文化代表",面对目前这样大规模的回潮,他表示"这令人不能理解"⑤。徐中玉更是呼吁有关

---

① 超磊:《二度复排〈智取威虎山〉受冷遇——样板戏回潮引争议》,《中国戏剧》1994 年第 4 期。
② 宋文:《"现代京剧长江行"再度火爆江城》,《戏剧之家》1997 年第 5 期。
③ 《"样板戏"也能出口挣外汇》,《上海戏剧》1999 年第 1 期。
④ 王元化、黄裳、徐中玉、何满子、蒋锡武、刘连群、翁再思:《从美学上对"样板戏"说"不"》,《上海戏剧》1997 年第 3 期。
⑤ 同上。

部门"应该切实解决这个性质严重的问题"①。何满子也表达了自己的愤然之情,"一些国家剧院,甚至政府文化部门也在主办大规模的复排样板戏,这非常不好,伤害了千千万万'文革'受害者的感情。应当掌握允许与提倡的分寸"②。

这就是样板戏在1990年代所遭遇的境况:它在普通民众中掀起一轮又一轮的"再观""重唱"热潮,但它又不能完全逃脱知识分子群体的批驳与指摘。但是这些来自知识分子群体的声音又被滚滚的"重唱"之声所湮没。是何原因造成了普通民众与知识分子群体的"分裂"?而样板戏在1990年代的"回潮"现象又暗示了怎样的时代特征?这值得我们进行深入探究。

二、关于样板戏的两种记忆

不难发现,对重唱样板戏说"不!"的大多是"老一辈"的作家、学者。他们出生在20世纪初叶,在"文革"中曾遭受过不同程度的迫害,"样板戏"对于他们而言,意味着"文化大革命"的噩梦。巴金在《"样板戏"》一文中写道:"'革命群众'怎样学习'样板戏'我不清楚,我只记得我们被称为'牛鬼'的人的学习,也无非是拿着当天报纸发言,先把'戏'大捧一通,又把大抓'样板戏'的'旗手'大捧一通,然后把自己大骂一通,还得表示下定决心改造自己,重新作人,最后是主持学习的革命左派把我痛骂一通。"③在王元化的记忆中"那时参加样板戏创作演出的人员凡贯彻不力的,一一都被撤掉,被批判,被处分"④,"那时有个说书艺人不懂得样板戏是钦定圣典,一字不可出

---

① 王元化、黄裳、徐中玉、何满子、蒋锡武、刘连群、翁思再:《从美学上对"样板戏"说"不"》,《上海戏剧》1997年第3期。
② 同上。
③ 巴金:《"样板戏"》,《随想录》(1—5集),第680—681页。
④ 王元化、黄裳、徐中玉、何满子、蒋锡武、刘连群、翁思再:《从美学上对"样板戏"说"不"》,《上海戏剧》1997年第3期。

入,而糊里糊涂按照演唱的需要做了一些修改,结果被指为恶毒攻击无产阶级司令部拉去枪毙了"①。对于这些在"文革"期间关过牛棚、挨过批斗的老一辈知识分子而言,样板戏在1990年代的重新唱响并蔚然成风无一不是"文革创伤"的复现,样板戏已然成为自己那一段"创痛记忆"的缩影与象征。而那些在"文革"中平淡度日的城市平民、乡村群众、正值青春期的知识青年,甚至是那些1960年代生人又有着怎样的样板戏记忆呢?

仔细推算,那些曾经在1970年代听着样板戏、唱着样板戏度过青春岁月的青年在1990年代中后期差不多已是"人到中年",而他们正是参与、推动样板戏"回潮"的主力军。记者在报道"红色经典现代京剧之夜"时显得激动而又煽情:"有些是全家来的,有当年一同插队的知青结伴来的。大家通过这场演出怀念青春、忆旧、团聚。的确,现场看上去,很像一次40岁人的大聚会。"②被采访的观众也纷纷"话当年"。38岁的杨凡直抒胸臆:"我是那个年代成长起来的,我很喜欢。"在市公园协会工作的金先生46岁,中场休息时大声地向同伴表达感想:"1970年的时候我十几岁,在毛泽东思想宣传队我们排全本的《红灯记》,我演一个鬼子,'带李玉和'那嗓子就是我喊的。"③对于这些在不同岗位上辛勤工作的普通民众来说,杨子荣是当年的青春偶像,学唱学演样板戏亦是青年时代新鲜活泼的文娱活动。样板戏的背后不是高音喇叭、打砸抢,不是诉不尽的血泪史,而是一代人对于青春的追忆与怀想。

"怀旧"是1990年代涌动不息的热潮。在1990年代初期,由1930年代上海滩传奇、月份牌美女、旗袍、咖啡馆荟萃而成的"上海怀旧"热浪就曾经席卷了出版物、印刷品市场。如果说"上海怀旧"屏蔽了新中国成立后四十多年的历史,那么以"样板戏热"为表征的"红色

---

① 王元化:《论样板戏及其他》,1988年4月29日《文汇报》。
② 吴菲:《八大样板戏携手重来》,2000年12月15日《北京青年报》。
③ 同上。

怀旧"则正是对共和国历史,特别是"文革"经历的追忆与怀念。但值得注意的是,那些观戏的"40岁人"的"样板戏记忆"并非直面样板戏的唱腔、音乐、舞台、道具本身,而更多地集中在当年观看样板戏的方式或是"学演"经历。老一辈知识分子作为"文革"的亲历者、受害者,当年的观戏方式大多是一种"无法选择的、被迫接受的状态",一种"文化压迫"。① 但我们又不得不承认,在此之外依然存在着一种"民间的、游戏化的、很不正经的"②观看方式。出生在1960年的批评家王干就曾用"喜剧"这个词去描述"文革"期间苏北小城镇的"学演趣事":

> 可对我等无知无虑的小辈来说,样板戏更多的是喜剧。这种喜剧不是看样板戏或听样板戏带来的,而是训练、演出样板戏过程中所产生的种种错位、谬误和滑稽,现在想来确实是一出出喜剧和闹剧。
>
> ……在苏北的小城镇是不大可能看到样板戏团的演出,只能通过电台、电影了解他们,所以对样板戏的政治色彩也看得淡一些。因为那时候其余的文艺都成了"封资修",样板戏便成了惟一的文娱活动。……
>
> 《沙家浜》中胡传奎与阿庆嫂有一段意味深长的对白,胡:"阿庆呢?"阿:"到上海跑单帮去了。"当时苏北到上海贩鸡蛋的人不少,台词被改成"到上海贩鸡蛋去了"。比"跑单帮"容易理解多了,且有"时代气息"。③

相似的记忆也可以在1960年代末刚上初中的学者高默波处找到佐证,在《起程——一个农村孩子关于七十年代的记忆》中,他写道:

---

① 王元化、黄裳、徐中玉、何满子、蒋锡武、刘连群、翁思再:《从美学上对"样板戏"说"不"》,《上海戏剧》1997年第3期。
② 童庆炳、赵勇:《把文艺消费考虑进来之后——接着"董文"说》,《文艺争鸣》2003年第5期。
③ 王干:《关于样板戏的两种回忆》,《青年文学》2001年第2期。

八亿人民八个戏,经电影、电视、广播反复强制性播放,连不熟悉戏曲的男女老少都能哼唱几句样板戏,这成了"文革"时期精神和文化生活贫乏的代名词——但是,这要看是对谁而言。

事实上,我和高家村的人就加入了这一前所未有的戏剧移植工程。我们用本地的方言、本地的传统戏曲曲调来改演京剧。……农民第一次用自己的语言、自己熟悉的曲调上台演戏,都兴奋得很,而且,他们全都认真地读剧本,也提高了识字和阅读能力。

令人意想不到的是,这样的活动还开辟了年轻人之间自由恋爱的先例。"文革"前,所有高家村的婚姻都是通过介绍人而达成的。而戏剧移植的活动,让各乡邻间走动得更勤,两对年轻人自由恋爱成功,而且他们的婚姻打破了阶级成分和族系门户。①

"文革"十年,我们不能忽视这样一处"国家权力不能完全控制,或者控制力相对薄弱的边缘地带"②——农村(诸如王干、高默波所述的苏北小城镇、高家村)。1960 年代末至 1970 年代中期,有近 1700 万大中城市的知识青年上山下乡,涌进天南海北的乡村。在宣传广阔天地大有作为的事例里,被宣传得最多的光辉事迹其中一项便是——"知青们在乡村热情地宣传毛泽东思想,他们在农闲时节通过访贫问苦,吃忆苦饭,遂而组建毛泽东思想小分队,走村串寨去演出样板戏,丰富农村的文化生活,和贫下中农们一起活学活用毛泽东思想。"③但通过现有的文字材料,我们依然可以发现,知青们在农村的生活并不一如他们在 1990 年代"重听""重唱"样板戏时所忆叙的那样,充满青春的激情与活力。当年这些从城市迁移至乡村的青年人在农村连基本的柴米油盐的生活问题都无法解决,还要面对繁重的劳

---

① 北岛、李陀主编:《七十年代》,第 98 页,生活·读书·新知三联书店,2012 年。
② 陈思和:《民间的沉浮:从抗战到文革文学史的一个解释——当代文化与文学论纲之二》,《鸡鸣风雨》,第 28 页,学林出版社,1994 年。
③ 叶辛:《论中国大地上的知识青年上山下乡运动》,《社会科学》2006 年第 5 期。

动、物质的极度匮乏以及病痛的折磨等等。虽然"边缘地带"——乡村为样板戏的"喜剧性"回忆提供了生发的环境,但是,这仍然无法直指样板戏在1990年代形成一股热潮的深层原因。

还有一点值得注意的是,除却"样板戏热"之外,另一种"青春记忆"复现以"黑土地""向阳屯"的形式萌生在街头巷尾。戴锦华在《救赎与消费——九十年代文化描述之二》一文中曾对此进行过细致描绘:"九十年代初,在北京不同的繁华地段,出现了名曰'黑土地'、'向阳屯'或'老插酒家'的中、高档酒店、饭庄。始作俑者别具匠心地设置了一盘盘土炕,令食客们盘腿围坐炕桌,而且供应历来不登大雅之堂的宽粉条炖肉、贴饼子、棒茬粥、蚂蚁上树、老虎菜……"[①]如果说,一听样板戏就浑身麻冷的老一辈知识分子对于"文革"的记忆是"血泪记忆"。那么在1990年代,普通大众特别是通过恢复高考、病退、病转等方式回城的知青们沉浸在样板戏的高亢旋律中追认的"文革记忆"便是"青春记忆"——青春有悔,但无悔青春。为何在1990年代的大众话语中,"文革"血腥、暴力、斗争的层面遭到剥离,遗留的却是青春的激昂与赤诚?这与1990年代的社会语境又有何关联呢?

三、面对样板戏的三种话语

"旧有的价值观念体系正日益崩解,价值的碎片在人们头顶的上空纷纷扬扬,文化的转型使整个社会卷入了价值失范的眩惑"[②],崔健梗着嗓子吼出的《一无所有》或许可以视作1980年代、1990年代之交,甚至是整个1990年代的"时代注脚"。香港《青年周报》上曾刊登过这样一篇文章《大陆第一摇滚歌手——崔健·一无所有》,文中写道:"《一无所有》突破了传统文化的屏障,唱出了中国人的苦闷、彷

[①] 戴锦华:《救赎与消费——九十年代文化描述之二》,《钟山》1995年第2期。
[②] 舒也:《人文重建:可能及如何可能》,《文学评论》2001年第3期。

徨、困惑与失落的矛盾心情。"①1990年1月27日,北京工人体育馆舞台上的崔健也通过一己之感道出了这个时代的"一无所有"——"虽然从物质上来说,如今我已不再一无所有,但在精神上我依然感到一无所有。"②

戴锦华这样形容知识分子的1990年代:"在中国精英知识分子的心理体验中,80年代的终结,颇类似于一场被陡然击溃的'伟大进军';而在90年代初年的高压与孤寂中的殷殷企盼,却并未遭际一场伟大政治变革的到来,相反更像是在拔地而生、斩而不尽的文化市场面前所再次遭遇到的全面溃败与贬值。"③面对精神上"一无所有""一无所信"的1990年代,知识分子群体塑造出顾准这样一个"遗世独立,拒绝与权力集团合作的'纯学者'形象"④,一位"在逆境中维持思想尊严的当代英雄,这样一种'精神的象征'"⑤。但值得玩味的是,每每提及这位"文化英雄"时,总不忘反复陈述他在"文革"期间妻离子散的"人间悲剧":"'文革'开始,唯一关心他的妻子自杀了,子女与他划清界限。他断绝外界来往,孑然一身,过着孤独凄苦的生活。"⑥在1980年代的语境中,"文革"成为"一个不断被借重的'历史时段'与'事件',因为它潜在包容着某种特定的'历史断代法',它始终可以成为某种权力话语摆布现实的'说法',某种社会'共识'得以生产、再生产的原材料"⑦。而事实上,对于1990年代的知识分子而言,"文革"依然发挥着类似的功用,它作为主导一切的"消费浪潮"的

---

① 赵健伟:《崔健在一无所有中呐喊——中国摇滚备忘录》,第141页,北京师范大学出版社,1992年。
② 同上书,第260页。
③ 戴锦华:《隐形书写——90年代中国文化研究》,第70页,江苏人民出版社,1999年。
④ 同上书,第61页。
⑤ 杨早:《90年代文化英雄的符号与象征——以陈寅恪、顾准为中心》,戴锦华主编:《书写文化英雄——世纪之交的文化研究》,第34页,江苏人民出版社,2000年。
⑥ 王元化:《九十年代反思录》,第316页,上海古籍出版社,2000年。
⑦ 戴锦华:《隐形书写——90年代中国文化研究》,第76页。

"转喻"而存在。在这一层面上,我们就不难理解,为什么知识分子群体坚持对样板戏说"不",因为精英知识分子通过样板戏提取的依旧是"文革"压制知识分子独立意识、独立人格与独立见解的话语资源。不论是身处于1980年代的"启蒙"语境,抑或是置身于1990年代汹涌的市场经济浪潮,样板戏对于这些"老一辈"知识分子而言所起到的依旧是"意识形态国家机器"①的功用。

但大众似乎"对精英的权威置若罔闻",他们非但没有对样板戏说"不",反而涌进戏院,在熟悉的唱段中怀想逝去的青春;又或是在KTV中手持麦克风,高歌一阕烂熟于心、倒背如流的样板戏经典选段。在港台歌曲风靡大江南北的1990年代,为何会有一股如此强劲的"样板戏"怀旧之风呢?怀旧"是对于某个不再存在或者从来就没有过的家园的向往",是一种"丧失和位移"。② 大众从属于自己的关于样板戏的"青春记忆"中寻找早已远去的理想的激昂与赤诚,而这些正是1990年代所"丧失"的。"悠悠岁月,欲说当年好困惑,亦真亦幻难取舍……"1990年代以《渴望》为开篇,它是中国第一部室内剧,同时亦不过是一部肥皂剧,它虽然以"文革""改革开放"两个十年为历史背景,但它所要表现的不过是"家长里短、世道人心"。当"文革"岁月的爱恨情仇早已往事如烟、真幻难辨,普通大众"晚间家家看《渴望》,白天到处议《渴望》",心中所渴望的不过是"好人一生平安"的质朴愿望。1980年代的"启蒙"之花凋谢之后,于1990年代普通民众之中绽放的不过是"善有善报"的最朴素的中国传统价值理念。因为从1980年代踏入1990年代的社会转型,对于普通的中国民众来说,是一场被不断的"烦恼"所纠缠的"剧变"。美国学者傅高义在《邓小平时代》一书中这样描述1989年"骚动"前的中国:

---

① 关于"意识形态国家机器"的论述请见[法]阿尔都塞:《哲学与政治:阿尔都塞读本》,陈越编译,第334—339页,吉林人民出版社,2003年。
② [美]斯维特兰娜·博伊姆:《怀旧的未来》,第2页,杨德友译,译林出版社,2010年。

对普通民众来说,主要的担忧则是通货膨胀。党政机关工作人员和国企职工等拿固定工资的人,看到有钱的私人经商者炫耀其物质财富,推高市场价格,威胁到工薪阶层获得基本温饱的能力,这让他们感到不满。这个问题又因腐败而加剧:乡镇企业的从业者从政府和国有企业获取短缺的原料和资金以自肥;自主经营的企业家赚到的钱至少部分来自钻政府的空子。"官倒"想方设法把社会财富装进自己的腰包,遵纪守法的干部的收入却停滞不前。农民工开始纷纷涌入城市,也加剧了通货膨胀问题。①

加快经济发展成为国家的迫切需要,邓小平南方谈话之后,"一切向钱看"更是被一些人视为1990年代的"时代号角"。"金钱""消费"成为衡量事物的杠杆,信仰早已被肢解得粉碎,大众于不得已之中,只能在业已远去的"青春"记忆中找寻重塑信仰的资源与武器。鲍德里亚在讨论"新潮——或过时事物的复兴"时曾对相类的情形做过描述:"家庭在解体吗?那么人们便歌颂家庭。孩子们再也不是孩子了?那么人们便将童年神圣化。老人们很孤独、被离弃?人们就一致对老年人表示同情。"②当1990年代成为一个"向钱看"的年代,市场经济成为主导,理想和信仰遭到遗失,大众便用记忆中载着青春笑泪的样板戏构筑了一个"向前看"③的世界:东方出红日,喜儿走出深山,恶霸黄世仁遭到严惩,正义必将战胜邪恶;虽说是亲眷又不相认,可却比亲眷还要亲的铁梅一家,守望相助真情满人间;穿林海跨雪原气冲霄汉,抒豪情寄壮志面对群山,杨子荣打虎上山,革命英雄威风凛凛、正气凛然。在这个"向前看"的世界里,充满了理想的激昂、信仰的忠诚,善恶之间泾渭分明,它更以一种"青春无悔"的形态保存在

---

① [美]傅高义:《邓小平时代》,第568页。
② [法]让·鲍德里亚:《消费社会》,第86页,刘成富、全志钢译,南京大学出版社,2014年。
③ "就像俗话所说,毛泽东时代是一切'向前看',邓小平时代则是一切'向钱看'。"[美]傅高义:《邓小平时代》,第655页。

记忆的深处。在 1990 年代,样板戏在大众群体之中之所以久热不衰,甚至以一种"量贩装"(例如 KTV、盒带、CD)的形式不断得到复制,从最根本的层面上看,是因为普通大众通过样板戏吸收了"革命"特别是"文革"中理想主义、革命浪漫主义的话语资源。他们把 1960 年代的思想资源移植至 1990 年代的社会之中,企图在商业消费的汹涌潮汐中获得一些"救赎",试图为信仰的找寻/重塑做出一点尝试。

1990 年代是"众声喧哗"的年代,透过"样板戏热",我们可以窥视到精英知识分子话语与大众话语在这个时代已然"分道扬镳":精英知识分子对样板戏不断说"不",而大众却对样板戏的回归投以巨大的热情。精英知识分子在 1990 年代已经失去了其在 1980 年代所占据的"启蒙""主导"的地位,精英知识分子话语再也无法在普通大众中产生"一呼百应"的影响。大众话语的赫然崛起使其与精英知识分子话语虽处于同一事件中,但却并行在两条相悖的轨道之上。

而似乎我们又忽视了包裹其中的"主流话语"。主流话语总是"显示出中心权威","以维护现实社会的和睦与安定为旨归,注重教化、规劝、训导,强调秩序、服从和统一"。① 细心的读者或观众应该可以注意到,样板戏初次"重唱"是在"央视春晚",一波又一波的"复演""复排"的主要单位是国家剧院和政府文化部门,这些代表着国家意志的"喉舌"为何要如此大力推动样板戏在 1990 年代的复兴呢?

1986 年 5 月 9 日,一个穿着一件"颇像大清帝国时期的大长褂子,身上背着一把破吉它,两裤脚一高一低"的土里吧唧的小伙子在万人聚集的体育场吼出一句"我曾经问个不休/你何时跟我走/可你却总是笑我/一无所有"。让时间再往回倒退五个月,1986 年的春节联欢晚会舞台上,在《请到大涯海角来》《在那桃花盛开的地方》等一连串歌曲联唱之后,米色西装、咖啡色西裤的京剧演员耿其昌和一身"橄榄绿"的刘斌唱起阔别十载的经典选段:"今日痛饮庆功酒,壮志未酬誓

---

① 王一川:《从启蒙到沟通——90 年代审美文化与人文精神转化论纲》,《文艺争鸣》1994 年第 5 期。

不休。来日方长显身手,甘洒热血写春秋。"两段魔术表演之后,"橄榄绿"的刘斌与一袭咖啡色连身裙的李维康又在"电声乐队"的伴奏下演唱了家喻户晓的样板戏《红灯记》选段——《穷人的孩子早当家》和《都有一颗红亮的心》。"春晚"作为主流话语向社会大众发布信息的"平台",在"重唱"样板戏这件事情上显得"小心翼翼"又"别具匠心":官方利用洋装、"橄榄绿"、电子乐对样板戏进行了"现代化"改造。从舞台、服装到伴奏皆是"改头换面",伴随着京剧唱腔的是当时最流行的贝斯、电子琴和小提琴。不见了长辫子、红脸蛋,有的只是洋装蹁跹,连杨子荣手中擎着的都是葡萄美酒、高脚杯。"改造"之后的样板戏既让"革命激情"于1980年代后期重新步入人们的视野而又不致引起"文革"所遗留的"创伤性"体验。"春晚"舞台上的样板戏虽非"原汁原味",但当那些当年回荡在红色山河各个角落的熟悉旋律响起时,在场的观众莫不激越、兴奋、掌声雷动。重温这激动人心的"重聚"的一幕,我们察觉,主流话语已经发现并开始利用存在于样板戏之中的能够作为"凝聚力"去对抗"一无所有"的资源,诸如:艰苦朴素、互爱互助、胜利的团聚等等。自1980年代中期始,反对"精神污染"、批判资产阶级自由化,经济上贫富差距开始显现。"央视春晚"作为官方的"代言",将样板戏重新奉于民众之前,无疑是利用革命话语中热烈、激昂、正义的成分去凝聚渐已分崩离析的社会价值体系。更重要的一点是,官方已经从1986年的中国预见了其后隐匿于经济发展、消费浪潮之下的诸种弊端——信仰崩塌,社会问题丛生,普通民众的生活遭遇了前所未有的挑战(如国有企业改革、下岗、住房问题等等)。样板戏在此时的焕然登场亦可视为官方话语对"明日中国"所作的一份"预警"。从这一层面上来看,主流话语与大众话语达成了一定程度上的"合谋",他们不约而同地在已经远去的关于"革命"的记忆中寻找对抗当下现实问题的资源,尝试用由样板戏所裹挟的1960年代的理想主义信念去解决1990年代的困境。

1980年代,"伤痕文学"的勃兴奠定了1980年代的文学成规——

对于"文革"创痛的控诉与揭露。而在"革命激情"凋敝,"一切'向钱看'"的1990年代里,"样板戏"的归来虽然遭到了精英知识分子的拒绝与批驳,但主流话语对它的默许与推动、大众话语对它的认同与追捧无不暗示了"革命"("文革")在1990年代获得了新的意义:面对物质上的贫富分化、精神信仰上的"一无所有","文革"中理想主义的成分被重新正视与释放,成为抵抗1990年代精神困境的一种方式和途径。

(作者为中国人民大学2015届博士毕业生,现为浙江科技学院人文学院讲师)

从湖南到海南
——论韩少功的1990年代文学轨迹

原帅

1988年,韩少功率领"湘军南下"海南,一时间成为文坛的热门话题。李陀说:"当时我们都很关注这批湖南作家的命运,一是不明白他们到底要干什么?作家在经济大潮里能有什么作为?觉得这伙人不过是一时冲动。二是担心他们是不是能在海南坚持住,如果待不长,最后还是回湖南,回长沙,那多丢人?"①但是,随后的成功打消了同道们的质疑,韩少功主编的《海南纪实》最高发行量达一期120万册,《天涯》成为与《读书》比肩的思想阵地,所翻译的《生命中不能承受之轻》成为米兰·昆德拉中国热的先声,一系列杂文随笔介入1990年代思想界"再启蒙"中,还有毁誉参半的《马桥词典》和《暗示》。在1980年代、1990年代之交韩少功为什么选择从湖南到海南?这种选择对他的文学生涯产生了什么影响?在梳理韩少功这段文学轨迹的基础上,笔者试图回答这些问题,并以此来窥视韩少功与1990年代文学的关系。

一、出走

韩少功自述其创作分期时说,1985年的寻根文学是一个节点,1990年代中期的《马桥词典》到《暗示》是第二段,第三个节点是21世

---

① 查建英主编:《八十年代:访谈录》,第251页,生活·读书·新知三联书店,2006年。

纪初返回湖南乡下。"我经历大学的动荡,文场的纠纷,商海的操练,在诸多人事之后终于有了中年的成熟。"①韩少功"寻根文学"的前史正是所谓"大学的动荡"。1977年,韩少功接受了汨罗县文化馆布置的撰写传记文学《任弼时》的任务,开始长达一年多的外出采访。在高考前一个多月,才最终决定参加。第一志愿填报的是武汉大学,他的成绩完全能被录取,但是他的文友们成绩不理想,为了能与他们继续切磋,韩少功最终选择了湖南师范学院。在大学里,他与莫应丰、张新奇、贺梦凡等同道组织了"四五义学社",与《今天》同人联系密切。1982年大学毕业后被分配到湖南省工会干校,被安排在《主人翁》当编辑。1983年成为湖南省政协常委,1985年被调入湖南省作协,后被选为湖南省青年联合会副主席。1986年迎来了小说创作高潮并被邀请到北京参加青年创作大会。在一般人看来,此时的韩少功在"官场"和"文场"都应该是得意的,但是他却始终被怀疑、悲观和绝望的情绪笼罩着。"寻根"的结果是回到了鲁迅的"国民性批判"主题里,小说创作又陷入困境。为了精神自救,韩少功这时开始广泛地汲取思想资源,例如出访美国、阅读佛经和翻译小说。

  1986年8月,韩少功应美国新闻署之邀赴美访问。韩少功不仅对美国有了直接的观察、了解,更重要的是他对自己、对中国有了新的反思。韩少功到艾奥瓦州那天,一位台湾地区的留学生开车来机场接他。当这个学生得知他曾经是红卫兵时,立刻眼露惊悸,并招呼同伴要把韩少功丢下车去。韩少功突然"明白了,在很多海外人的眼中……一代人在那个年代流逝的青春之血,在他们眼中不过是几缕脏水"②。但是在旧金山,韩少功却遇到一位宣传纪念"无产阶级文化大革命"二十周年的英国姑娘,即使他告诉这位姑娘"文革"中发生的人权灾难后,她仍然天真而真诚地认为只有"文化大革命"才是无产阶级的希望。在美国的所见所闻成为韩少功反思历史、救赎自己的参

---

① 韩少功:《完美的假定》,《在后台的后台》,第139页,人民文学出版社,2008年。
② 韩少功:《仍有人仰望星空》,《人在江湖》,第1页,人民文学出版社,2008年。

照,他逐渐从悲观绝望的情绪中生成新的希望。韩少功的父亲韩克鲜曾经是投身抗战的国民党中校,在解放战争后期参加革命,中华人民共和国成立后先后在湖南省教育厅和省干部文化教育委员会任职。即使后来父亲劝身为地主的爷爷回乡向农会自首,即使父亲将房产捐献给政府然后全家搬进"大院",他也没有逃过日益激进的革命斗争,于1966年自杀。当时韩少功的大姐分配到四川,哥哥和二姐也已下乡插队,十三岁的韩少功作为家里最小的孩子却不得不承担起父亲的责任。在周围人的冷眼和敌视里,陪伴着几乎丧失生活希望的母亲。虽然家庭遭遇如此变故,但是韩少功却迷上了政治。在1968年下乡插队之前,他向母亲要了当时堪称巨款的十二元买了一套四卷本的《列宁选集》。在当知青的岁月里,韩少功还认真研读了大量的社会主义理论著作,包括当时的"禁书"吉拉斯的《新阶级》和《不完善的社会》。韩少功是新中国的一代人,革命教育对他们影响非常大,即使在革命中个人付出了巨大代价,但是他们的革命信仰依然非常坚定。关怀现实和百折不挠就是韩少功从革命教育获得的遗产,即使因为现实与革命理想存在巨大差距而失望、悲观,但绝不虚无、沦落,始终知其不可为而为之。在结束美国之行前,韩少功抬头看见墙上的一句标语:"我们全在阴沟里,但仍有人仰望星空。"只是此时韩少功的理想种子缺乏现实的泥土。

  这次美国之行还有一个意外的收获,那就是翻译了米兰·昆德拉的《生命中不能承受之轻》。当时正是这部小说在欧美畅销之际(小说是1984年出版的),一位美国作家朋友送给韩少功一本。"读完之后,我觉得中国的读者应该知道这本书。因为作者也生活在一个社会主义国家,经历了坎坷和艰难的政治历程,与我们的经验较为接近。另一方面,昆德拉在小说写法上有一些创意尝试,比方说辞典体,后来我在《马桥词典》中就借用了这种形式。"[①]于是,回国后韩少功立刻向

  [①] 韩少功、郝庆军:《九问韩少功——关于文学写作与当代中国的思想状况》,孔见等:《对一个人的阅读——韩少功与他的时代》,第269页,江苏文艺出版社,2013年。

出版社推荐这部小说,但是出版社方面没有什么兴趣,原因是他们觉得昆德拉没什么名气,不愿联系翻译家,无奈之下韩少功与二姐韩刚合作翻译这部小说。他把书一撕两半,一人译一半,三个月就译好了,最后由他全面润色和定稿。经过三个出版社的退稿之后,作家出版社终于同意出版。一个编辑看了小说之后,说这部小说很棒,凭他的出版经验来看,非发到100万册不可。但是因为这本书当时是捷克的禁书,所以牵涉到外交关系。出版社有顾虑,将译稿送到外交部审阅。"外交部还算卅明,据说审读后给了一个意见:第一,不要公开出版,免得对捷克方面不好交代,第二,必须将一些特别敏感的东西给删掉,做一个小手术,特别是反共和色情的部分。"①于是,韩少功与编辑反复协商之后,删掉了译稿中几百字的性描写,又把书中所有的"共产党"都改成"当局"。小说最后于1987年以"内部出版"的方式发行,但是却成了畅销书,陆续发行了13版,总印数超过百万,而且在台湾地区,韩少功的译本也从三个译本中脱颖而出,成为最经典的版本。韩少功所译的"媚俗"一词也成为社会流行语。韩少功始终对自己有严格的要求,"我希望每写一篇,都有新的发现和新的惊讶","我愿意接受新的失败,不愿意接受旧的成功"。②于是,昆德拉成为韩少功摆脱创作困境的一个突破口。

二、登陆

韩少功第一次去海南是1987年参加《钟山》的笔会,他"觉得这里人口稀少,生态特别的优美",而且他认为沈从文笔下的湘西和鲁迅笔下的绍兴,都是在北京或上海写的,"作家对自己的故乡拉开一点距

---

① 韩少功、郝庆军:《九问韩少功——关于文学写作与当代中国的思想状况》,孔见等:《对一个人的阅读——韩少功与他的时代》,第270页。
② 韩少功:《鸟的传人——答台湾作家施叔青》,《大题小作》,第113页,人民文学出版社,2008年。

离,换一个角度,也许还能更好地了解自己的故乡"。① 除了为突破寻根文学的困境以外,韩少功还想"利用经济特区的政策条件创造一种新的生活。当时觉得内地的僵化体制令人窒息","而海南这本新书有很多未知数,有很多情节悬念,让人有兴奋感"。② 韩少功深知海南自古是文化贫瘠的化外之地,但"这一点,正是我一九八八年渡海南行时心中的喜悦——尽管那时的海南街市破败,缺水缺电,空荡荡道路上连一个像样的红绿灯也找不到,但它仍然在水天深处诱惑着我"③。他将海南视为又一个"大有作为"的"广阔天地"了,"我喜欢绿色和独处,向往一个精神意义上的岛"。于是,他义无反顾、破釜沉舟地选择举家迁往海南。蒋子丹回忆说,当时一起南下的作家们,只有韩少功拖家带口并带上了所有的家当,而其他人都只带着一个行李箱,完全抱着试试看的心态。1988年的春节,全家登上了从长沙开往湛江的火车,大年初三抵达了海口市秀英港。

韩少功和一些志同道合的朋友们组成了一个公社。他们最初想办一个出版社,结果功败垂成,仅仅拿到一个刊号,这就是日后的《海南纪实》(开始计划名称为《真实中国》)。启动资金是以借欠的形式凑来的,同人们拿出各自的私钱,其中韩少功是出资最多的,还把每个月二百多元的作协工资交给公社,又向省文联借了五千元。根据他对当时市场的判断,将杂志定位为纪实性和思想性的新闻刊物。编辑部由张新奇、蒋子丹、林刚、徐乃建、叶之臻、王吉鸣、陈润红、罗玲翩、杨康敏、赵一凡等人组成。张新奇和林刚建议将《海南纪实》办成一个图文并茂、具有强大视觉冲击力的刊物,这个建议对于杂志的成功至关重要。"海南的宽松气氛和灵活体制为我们提供了方便,比如新型的

---

① 韩少功、郝庆军:《九问韩少功——关于文学写作与当代中国的思想状况》,孔见等:《对一个人的阅读——韩少功与他的时代》,第276页。

② 韩少功、王尧:《大题小作——韩少功、王尧对话录》,韩少功:《大题小作》,第191页。

③ 韩少功:《南方的自由》,《人在江湖》,第191页。

用工制度,使我们能在全国广泛聘请兼职人员,突破地域和编制的局限,让全国的人才资源为我所用。我们每一期需要大约一百多张新闻图片。为了挖掘最好的图片,我们去新华社、中新社、军事博物馆等单位'买通'记者和编辑——其实就是有薪聘请。这在当时的内地还比较少见,但在海南已完全合法。"①杂志第一期就发行了60万册,最高曾发行120万册,以至于当时需要三家印刷厂同时开印才能满足市场需求。

公社的制度理念直接来自韩少功本人,他根据自己的经验和理想试图建立一个超越以往资本主义和社会主义制度弊病的新乌托邦。他"起草了一份既有共产主义理想色彩,又有资本主义管理规则,又带有行帮习气的大杂烩式的《海南纪实杂志社公约》"②。1960年代的政治乌托邦和1980年代的理想主义,在1980年代、1990年代之交的经济特区发生了奇妙的化学反应。直到今天,李陀仍然念念不忘韩少功这个未竟的乌托邦实验:"他们有进一步的计划,如果刊物办得顺利,再多赚一些钱,他们就在海南买地,办一个农场,还办一个出版社,再在农场里建一批房子,然后?然后就再把作家朋友们轮流请去,住在那里,衣食无忧,安心写作,写出作品来,再由自己的出版社出版——你能想象吧?听了这样一个计划,大家该是怎么样的高兴和振奋!"③但是,1989年《海南纪实》被勒令停刊,被认为是比《世界经济导报》与《新观察》问题更严重的刊物。政治的压力并没有让韩少功为难,他不仅能照拿工资,还能自由出国,倒是同人们的反目深深刺痛了他的心灵。杂志社留下了两百多万的资产,如何分配这些资产,成为同人们激烈争论的焦点。有的人要求实行经理制,由杂志的主要创办者来分配资产,而给其他所谓"打工者"多发点工资打发即可。但是

---

① 韩少功、郝庆军:《九问韩少功——关于文学写作与当代中国的思想状况》,孔见等:《对一个人的阅读——韩少功与他的时代》,第277—278页。
② 孔见:《韩少功评传》,第73页,河南文艺出版社,2008年。具体请参考康敏的《海南某杂志社公约(1988)》,《天涯》1998年第3期。
③ 查建英主编:《八十年代:访谈录》,第252页。

韩少功坚决不同意,他坚决要求按照公约的规定来执行。蒋子丹生动地描述了这些人"蜕变"的过程:"一些人首先言之凿凿赞同(杂志社一无所有,只有无数设想与无穷热情的时候),继而被这些人闪烁其词地怀疑(杂志的声誉鹊起,发行量大得令人始料不及的时期),最后被同一些人愤怒地指责为乌托邦式的大锅饭宣言(杂志社动产与不动产已经很可观,有可能让一部分人率先暴富的时期)。"①最后,韩少功在大部分同人的支持下,按照公约的规定强制履行了主编的权力。他按照公约给被遣散者预付了三年的工资,将杂志社绝大部分财产上缴给海南省作协,将十万元捐献给了残疾人福利基金会。但是,这些反目的同人将捐款说成是韩少功个人的沽名钓誉和贪污,写了匿名信向上级机关告发。此事闹得沸沸扬扬,其间韩少功明显感到周围人的有意疏远,"他们突然减少了对你的眼光和电话甚至不再摸你孩子的头发,退得远远的"②。虽然最后经过组织调查认定贪污是子虚乌有,但是韩少功还是愤怒了、失望了,有了鲁迅笔下被民众出卖的孤独的斗士的心境,随笔《海念》《南方的自由》都是这一时期心境的写照。这件事让韩少功第一次感受到金钱的切肤之痛,"我突然对资本主义有了体会,以前觉得很美好的资本主义,第一次让我感到寒气袭人"③。

而使韩少功摆脱阴影重振旗鼓的精神资源恰恰来自他的知青经验:"你在遥远山乡的一盏油灯下决定站起来,剩下的事情就很好办。即使所有的人都在权势面前腿软,都认定下跪是时髦的健身操,你也可以站立,这并不特别困难。"④1995年底,经过多次组织谈话,韩少功同意出任海南省作协主席以及《天涯》杂志社社长。他深知作协的体制积弊,"'大局维持,小项得分',这是我当时给自己暗暗设定的工

---

① 蒋子丹:《〈韩少功印象〉及其延时的注解》,《当代作家评论》1994年第6期。
② 韩少功:《海念》,《人在江湖》,第121页。
③ 韩少功、王尧:《大题小作——韩少功、王尧对话录》,韩少功:《大题小作》,第192页。
④ 韩少功:《海念》,《人在江湖》,第122页。

作目标。而协会下属的《天涯》就是我决心投入精力的'小项'之一"①。当时的《天涯》处境非常艰难,每期开印 500 份,除了寄赠作者的 100 多份之外,剩下的都存放在库房里,等着年底一次性处理。除了工资以外杂志社每年还享受十五万元的财政补贴。因为违规卖刊号,杂志已经两次被新闻出版局警告。"因为当时整个机关的房产都被穷急了眼的前领导层租给了一家公司,编辑部连一间办公室都没有,开会只能借用外单位的一间房子,简直像地下工作者的'飞行集会'。"②具有办刊经验的韩少功明白,一支优秀的编辑队伍是最重要的,他第一个"公关"的就是蒋子丹,"在我看来,她能否出任主编实是《天涯》能否起死回生的关键之一"③。此外他还邀请了《海南纪实》的老同事罗凌翱、王雁翎、李少君等加入。

在杂志的定位和栏目的设置上,韩少功也是煞费苦心。1990 年代纯文学处境堪忧,稀缺原料早已被《收获》《花城》《小说界》等老牌刊物瓜分殆尽,虽然韩少功和蒋子丹凭借自己的人脉,不遗余力地约稿,但是他们明白"绝不能再去参加各路编辑对稿件的白热化争夺,不能再去干那种四处买单请客四处敲门赔笑然后等着一流作家恩赐三流稿件的蠢事"④。于是,他们设计了《民间语文》和《作家立场》两个栏目,将"作家"的概念扩大为一切写作者,包括普通大众的日记、书信、报告文学和学者们的思想随笔,通过扩大稿源进而拓展了《天涯》的读者群。"作家"概念的扩大伴随着韩少功对文体的思考,他对文史哲不分家的大文学传统很感兴趣。蒋子丹就说:"《天涯》改版的定位,跟这部小说(按:指《马桥词典》)的构思其实是两位一体一脉相通的。"⑤也就是说,此时韩少功的文学观念发生了变化,这种变化源

---

① 韩少功:《我与〈天涯〉》,《人在江湖》,第 161 页。
② 同上书,第 163 页。
③ 同上书,第 162 页。
④ 同上书,第 164 页。
⑤ 蒋子丹:《结束时还忆起始》,《当代作家评论》2003 年第 5 期。

于他对现实生活的思考,1980年代文学的观念显然与当下现实发生了龃龉,如何调整二者的关系,如何在市场经济社会里继续发挥文学的独特作用,这是韩少功登陆海南以来一直紧张思考的问题。《天涯》改版的成功让韩少功感到自信,而他将这种思考转化为第一部长篇小说的写作时,却遭遇了意想不到的打击。

三、归去来

在《天涯》蒸蒸日上之时,韩少功却蓦然回首,悄悄回到当年下放的汨罗县,为以后建房安居做准备。2000年韩少功辞去海南省作协主席和《天涯》杂志社社长,回到汨罗县八景乡的新居,开始过着半年湖南乡下,半年海南海口的"另类"生活。有人解读为"是出于对文坛的失望——这是指我卷入了九十年代一场思想冲突,不料招怨于一些论敌,受到媒体上谣言浪潮的狠狠报复。其实,这位记者并不知道,早在风波发生之前,我已在山里号下了宅地,盖起了房子,与报复毫无关系"①。从"马桥风波"到迁入新居的五年时间里,韩少功没有写作小说,有人解读为风波摧毁了他的小说写作状态。这些解读都是不对的,与其说这几年韩少功没有写小说是受风波影响,不如说风波恰恰是一次契机,推动了韩少功对小说写作与当下现实的关系的深入思考。这种思考与韩少功登陆海南以来的文学活动密切相关,1992年10月他写下了散文《夜行者梦语》,从此开启了另一种写作高潮。在没有写任何小说的五年里,韩少功的散文写作反而渐入佳境。这种写作现象的原因是韩少功对现实的痛感和文学观念的变化。

《海南纪实》的经历让韩少功第一感受到金钱的可怕,而发生在身边的种种怪现状更让他忧心忡忡:"三陪女冒出来了,旅游化的假民俗冒出来了,这是'传统'还是'现代'?警察兼任了发廊的业主,老板与

---

① 韩少功:《山南水北》,第8页,人民文学出版社,2008年。

局长攀成了把兄弟,这是'国家'还是'市场'?准脱衣舞在官营剧团的《红色娘子军》乐曲里进行,'文革'歌碟在个体商人那里违法盗录。还有为港台歌星'四大天王'发烧的大学生们齐刷刷地递交入党申请书,这是'革命文化'还是'消费文化'?"再加之他的出访见闻:"'私有制'似乎不再自动等于'市场经济'了,因为休克疗法以后的俄国正在以实物充工资,正在各自开荒种土豆,恰恰是退向自然经济。而'多党制'也似乎不再自动等于'廉洁政府'了,因为在世界上最大的民主国家印度,官员索贿之普遍连我这个中国人也得瞠目结舌。"①于是,1980年代建立起来的现代化神话在韩少功心中崩塌了,"把'现代'等同'西方'再等同'市场'再等同'资本主义'再等同'美国幸福生活'等等,剩下的事情似乎也很简单,那就是把'传统'等同'中国'再等同'国家'再等同'社会主义'再等同'文革灾难'等等,所谓思想解放,所谓开放改革,无非就是把后一个等式链删除干净,如此而已"②。启蒙主义神话的破灭是韩少功进入1990年代文学的起点,同1930年代去上海的鲁迅相似,强烈的现实痛感和文学观念的变化导致小说写作减少而散文写作激增,以《读书》和《天涯》为阵地,韩少功对权力与资本展开"两面开弓"的批判,以促成"中国的人民的现代化"。

从伤痕文学开始,韩少功对"文革"的书写一直避免简单化,"我的重点,是想把'文革'说得复杂一点,言人之所未言,言人之所少言"③。"文革"的发生是"制度积弊、文化积弊、人性积弊的一次集中爆发"④。他反对将"文革"美化和妖魔化,认为对"文革"的妖魔化过于低估了社会主义建设的成果,尤其是在基础设施建设、乡村医疗、社会精神动员等方面,这些都对资本主义的改革形成了直接或间接的压

---

① 韩少功:《我与〈天涯〉》,《人在江湖》,第177页。
② 同上书,第176页。
③ 韩少功:《穿行在海岛和山乡之间——答〈深圳商报〉记者、评论家王樽》,《大题小作》,第137页。
④ 韩少功:《胡思乱想——答〈北美华侨日报〉记者夏瑜》,《大题小作》,第102页。

力。在呈现"文革"复杂性的同时,韩少功对1980年代所建构的"现代化"理论进行了反思。他强调现代公民的自由是负责任的自由,对当下一切打着自由的幌子满足个人私欲、侵害他人权利的行为口诛笔伐;他反思民族主义,看到它所遮掩的"弱者的腐朽,强者的霸道,遮掩弱者还没有得手的霸道,强者已经初露端倪的腐朽"①,而且特别强调当民族主义被分离主义、恐怖主义、种族主义等利用,会对世界和平产生巨大危害;最后,他认为如果自由主义的核心观念"个人利益最大化"没有被质疑、反思,那么这个逻辑的发展必然是:本民族利益最大化导致对其他弱小民族的侵略,国家利益最大化导致强权对个体的侵害,人类利益最大化导致对自然环境的毁灭。

《天涯》在知识界被看作新左派的阵地,虽然韩少功、蒋子丹一再解释《天涯》兼容并包的办刊理念,发表了很多自由主义知识分子的文章,但是客观来说,韩少功明显受新左派的影响,尤其是汪晖、温铁军等,对他的写作产生了直接影响,编辑《天涯》和写作散文成为他介入1990年代现实的两种途径。在1990年代初,张承志、张炜和韩少功等作家,对消费主义、拜金主义予以激烈批判,被很多人视为"阻碍国际化和现代化"的人民公敌而遭到更加激烈的批判。但是,这时的韩少功对金钱切肤之痛的批判"只是在道德层面表现出仓促的拒绝"②,他所能利用的话语资源仅仅是1980年代的人道主义、传统文化和革命时代的道德主义,只能痛心于人在金钱中的沦丧和激赏于知识分子的坚守,这鲜明地体现在《看透与宽容》《海念》《处贫贱易,处富贵难》《南方的自由》等文章中。但是,这种"仓促的拒绝"因没能把握住市场经济的根本特点,反而未能发挥出建设性的批判作用。转折点在编辑《天涯》,借助新左派的话语资源,韩少功的小说和散文创作均进入高峰,在《马桥词典》写作前后,他还写作了影响颇大的《性而上的迷失》《心想》《佛魔一念间》《完美的假定》《第二级历史》等。就

---

① 韩少功:《世界》,《人在江湖》,第32页。
② 韩少功:《我与〈天涯〉》,《人在江湖》,第176页。

思想性和社会影响而言,韩少功这一时期的写作和编辑《天涯》无疑是非常成功的。

在伤痕文学阶段,韩少功就有一种"理性的冲动",经过寻根文学,这种"理性的冲动"已经内化为他的写作生命,与"知青经验"成为韩少功写作的两个维度。在写于1982年7月的《文学中的"二律背反"》一文里,韩少功已经明确意识到感性和理性的悖论关系。他在创作中有意追求"悖论",有意保持感性和理性之间的张力。但是在1990年代中后期,他强调二者关系的论述大大增加,这是由于强烈的现实痛感和文学观念变化的结果。他说:"想得清楚的写散文,想不清楚的写小说。"①"想得清楚的事就写成随笔,想不清楚的事就写成小说。"②由此可见,韩少功的散文写作追求明确的功利性,而小说写作还是尽力保持原有的文学性。在1986年翻译《生命中不能承受之轻》时,他"对小说中过多的理念因素仍有顽固的怀疑"③。但是1990年代的遭遇让韩少功逐渐改变了原有的看法:"我曾经以为,感觉是接近文学的,思想是接近理论的。一个作家应该以感觉为本,防止自己越位并尽可能远离思想。""但是20世纪90年代的文化生态使我对这个问题有所怀疑。我们很多作家在唾弃思想以后,是感觉更丰富了,还是感觉更贫乏了?"④这一时期韩少功的写作明显发生了分裂,他已经不满足仅仅作为一个小说家,而是更重视写作所具有的思想价值和社会影响。虽然他一再声称没有当思想家、理论家和文坛领袖的野

---

① 韩少功、王雪瑛:《精神的白天与夜晚——与王雪瑛的对话》,韩少功:《在小说的后台》,山东文艺出版社,2001年,第149页。

② 韩少功:《听舒伯特的歌》,《海念》,第291页,海南出版社,1996年。有意思的是,四川文艺出版社2012年出版了一套三卷本的"韩少功汉语探索读本",《想明白》收录散文随笔,《想不明白》(上、下)收录小说,而且突出以"文体变革"来分类,比如将散文随笔分为"叙说体""戏说体""演说体""论说题"和"杂谈体";将小说分为"玄幻体""卡通体""缺略体""散焦体""常规体""寓言体"和"章回体"。

③ 韩少功:《米兰·昆德拉之轻》,《在后台的后台》,第299页。

④ 韩少功、王尧:《大题小作——韩少功、王尧对话录》,韩少功:《大题小作》,第289页。

心,但是客观来说,他1990年代的文学活动的确更侧重与当下现实进行有效对话。

结语:韩少功的常与变

在《"文革"为何结束》一文中,韩少功将当时地下的"新思潮"分为三类,分别是"叛逆型""疏离型"和"继承型",韩少功坦承自己属于"继承型","即表现为对'文革'中某些积极因素的借助、变通以及利用"。① 也就是说,韩少功对"文革"进行了扬弃,继承了革命理想,对革命所产生的悲剧性结果的批判与对革命过程的客观研究以及对革命合理性的高度肯定并不矛盾。追求建立一个人人自由而平等的社会的政治理想永远值得敬佩和坚持。1960年代的革命理想经过1980年代启蒙主义的洗礼和现实的检验成为韩少功在1990年代处变不惊的精神资源。关注现实,关怀个体,并且用文学的方式来承载这种"大道",就是韩少功的"常"。

关注现实就要对现实做出及时的反应,海南的"变"对韩少功的文学观念产生了巨大影响。作为"改革前沿"的海南,一时间变成又一个"美国西部"、又一个"冒险家的东方乐园"。海南的繁荣发展始终伴随着混乱和污秽,登陆海南的韩少功在不断惊讶于新制度、新经验的同时,又对种种怪现象深恶痛绝。韩少功的理想和信仰愈坚定,对现实的关怀就愈痛切、批判就愈激烈。在这块市场经济的"试验田"里,韩少功不得不经历"商海的操练",正是在这种"操练"中他真正认识到市场是什么,也逐渐认识到市场经济条件下文学生产的特点。在原有的文学制度里,《天涯》只是一份依靠行政支持、被人忽略的机关刊物,但经过残酷的市场竞争之后,《天涯》成为"改刊"成功的典型,成为一份拥有鲜明特色和稳定市场的大众读物。同样经过这种

---

① 韩少功:《"文革"为何结束》,《在后台的后台》,第222页。

"操练",韩少功对历史和当下有了新的认识,在与新左派的"合作"中实现了双赢。从湖南到海南,韩少功的文学轨迹所折射出的恰恰是1990年代文学生产方式的转型。

除了文学生产制度的"变"以外,韩少功的文学观念也"变"了,小说减少,散文写作增多,这一现象背后所折射出的正是韩少功面对时代变化所进行的文学观念调整,即写作与现实的关系问题。韩少功始终是用文学写作来回应现实挑战的,他的文学生涯有所谓"三起三落":1980年的"大学的动荡"让韩少功陷入几年痛苦的思考,1985年他用"寻根文学"写作来回应;1988年"初上岛的两年时间没有写作,为了生存自救也为了别的一些原因,我主持了一本杂志的俗务"①,他用编辑刊物的方式来回应。这时,韩少功的文学观念已经开始发生变化。他逐渐意识到以往的小说写作已经很难表达现实的痛感,于是他在编辑《天涯》时实验"杂文学"的文体,在写作《马桥词典》时实验"词典体",翻译了佩索阿的《惶然录》,还进行散文随笔写作。韩少功所处的时代变了,1984年他写了《信息社会与文学》一文,已经显示出他过人的前瞻性。1999年写下《Click时代的文学》,2009年写下《扁平时代的写作》,登陆海南后的韩少功一直思考的是写作与市场经济社会,甚至是后现代社会的关系。这才是韩少功登陆海南以后文学写作一直处于"多种尝试的阶段"的根本原因。他对自己的小说写作一直不满意,"我采用片段体,恰恰可能是因为我还缺乏新的建构能力,没办法建构一种新的逻辑框架。就是说,我对老的解释框架不满意了,但新的解释框架又搭建不起来,所以就只剩下一堆碎片,一种犹犹豫豫的表达"②。这种犹豫和实验也延续到韩少功21世纪的小说写作中。而散文写作的巨大成功让他认识到:"当代最好的文学,也许是批评——这当然是指广义的批评,包括文学批评、文化批评、思想批

---

① 韩少功:《南方的自由》,《人在江湖》,第192页。
② 韩少功:《穿行在海岛和山乡之间——答〈深圳商报〉记者、评论家王樽》,《大题小作》,第137页。

评等各种文字。"①在信息爆炸和感官刺激的时代里,文学在提供消息上远逊于新闻,在直观形象上远逊于影视,当代读者亟需一种"消化信息的能力",而不是再增加几本小说或诗歌,而"一种富有活力的批评,一种凝聚着智慧和美的监测机制,难道不是必要的自救解药?"②

在程光炜教授所主持的"七十年代小说研究"课程中,他重新勘定1980年代文学的"边界","起点"是1970年代以刘青峰的《公开的情书》、礼平的《晚霞消失的时候》和北岛的《波动》为代表的"地下文学"开始萌发和蒋子龙、贾平凹等在"文革"后期公开发表的作品。它们形成了1980年代文学的两个传统,二者的相互影响决定了1980年代文学的面貌和发展过程。如果说1989年成为1980年代文学和1990年代文学的分水岭的话,那么1990年代文学的"终点"在哪里?如果以韩少功从湖南到海南的文学轨迹作为个案进行考察的话,由于他始终处于探索和实验状态,那么我们是否可以认为,1990年代文学还在进行中、还远远没有"终结",新世纪文学依然是1990年代文学合乎逻辑的发展。韩少功从湖南出走,到海南登陆,他的文学轨迹之于1990年代文学的意义可能就是他的文学探索、实验丰富了1990年代文学的可能性。

2013年6月10—11日第三稿

2013年6月15日再改

(作者为中国人民大学2017届博士毕业生,
现为河北师范大学文学院副教授)

---

① 韩少功:《台湾版自序》,《想明白》,第3页,四川文艺出版社,2012年。
② 同上书,第4页。

一个旧时代读书人的复活
——《读书》与张中行

王小惠

张中行,1935年毕业于北京大学国文系,曾向往胡适那种书斋生活。这种旧思想是不合时宜的,所以中华人民共和国成立后,他一直默默无闻地在出版社做编辑。这个读书人突然成了畅销书作者,不能不让人联系到"旧时代"与1990年代之间复杂而隐秘的关系。"一部作品的成功、生存和再度流传的变化情况,或有关一个作家的名望和声誉的变化情况,主要是一种社会现象"①,"张中行热"就这样进入了我的视野。而在"张中行热"纠缠的多重问题中,《读书》杂志与他关系的始末显然是一条值得关心的线索。

一、《读书》对张中行之发现

对一般读者而言,张中行是一个非常陌生的名字。而《读书》这家当时红得发紫的杂志,俨然是思想界新锐和社会名流的"达沃斯"论坛。那里本不是张中行这类旧式的读书人待的地方,二者却在1990年代初结缘。《读书》对张中行的发现源于他的《负暄琐话》。"第一次是1984年,我忙里偷闲,想还一笔心情的债,把长时期存于心内的一些可传之人、可感之事、可念之情写出来。写了几十篇,总称为

---

① [美]勒内·韦勒克、奥斯汀·沃伦:《文学理论》,第108页,刘象愚等译,江苏教育出版社,2005年。

《负暄琐话》,由一友人主持在哈尔滨排印。"①此友人是指吕冀平,他当时任教于黑龙江大学。恰巧他有个教过的学生名孙秉德,在黑龙江人民出版社负责文科书稿的工作,吕冀平写了序文,向孙秉德说了推荐的话:"这本书你们印必赔钱,但赔钱你们也要印,以争取将来有人说,《负暄琐话》是你们出版社印的。"②按张中行的回忆,当时孙秉德"秉"尊师重道之"德",未犹疑就接受出版,并且既没有让作者出资,也不要作者包销。于是,《负暄琐话》于1986年得以出版。吕冀平还为其书作序,高度称赞张中行的才、学、识、情,"《琐话》六十余则,以谈人物为主。人物中有赫赫的学界名流,也有虽非名流却颇可一述的奇士。相同的是,他们全都可入现代的《世说新语》"③。《负暄琐话》印了四千多本,果然赔了钱。但此书的反应颇好,"反应不坏,从而销路也不坏。反应有见于报刊的,有直接寄给我的,几乎都是表示愿意看"④。

谷林在逛书店时,偶然发现了《负暄琐话》:"话,还得从一九八七年说起。那时,我七十欠二,尚在上值,家有贤妻,下班不必急煎煎往回赶,七天里可以有六天往书店转一圈,看看新书。这样,就买到了《负暄琐话》。记不清是带书到办公室让人见到了,还是有所扇拂遂令闻者动心,总之,几天之内曾三次再买此书,先一次三册,后两次各一册,总起来说,先后买到六册。同人分到,咸为欢然。"⑤接着谷林便写了一则《而未尝往也》的读后感,刊发于1987年第6期的《读书》上。在此文中,谷林对《负暄琐话》大加赞佩:"作者既是负暄的野老,曾经沧海,平静地叙述聚散存亡,颇有点止水不波之慨,可是读者掩卷之后,殆不免余情荡漾,涟漪回环。"⑥

---

① 张中行:《再谈苦雨斋》,《负暄续话》,第79页,中华书局,2012年。
② 张中行:《流年碎影》,第516页,作家出版社,2006年。
③ 吕冀平:《负暄琐话·序》,张中行:《负暄琐话》,第2页,中华书局,2012年。
④ 张中行:《流年碎影》,第516页,作家出版社,2006年。
⑤ 谷林:《负暄三话·序》,张中行:《负暄三话》,第2页,中华书局,2012年。
⑥ 谷林:《而未尝往也》,《读书》1987年第6期。

《而未尝往也》一文引发了《读书》杂志编辑赵丽雅对张中行的注意。张中行回忆:"我们有交往,大概始于1987年,《读书》6月号发表一篇谷林先生评价我的拙作《负暄琐话》的文章,赵丽雅是《读书》的编辑,当然看到。她聚书之热胜过有'发'癖的人之聚钱,市面买不到,写信给出版社去讨。居然就寄来一本,得陇望蜀,还想存签名本。写信给我,问能不能在书上签个名。"①

张中行,1909年出生于河北省香河县,从北京大学国文系毕业后,担任过中学与大学教师,并办过佛学杂志《世间解》,再后来供职于人民教育出版社,从事中学语文课文中的文言文编选工作,编著有《文言文选读》《文言读本续编》《文言常识》《文言津逮》等书,并且他酷爱收藏古物,对文物考古颇有研究。赵丽雅,笔名扬之水,1986年至1996年担任《读书》编辑,1996年调入中国社会科学院文学研究所,从事名物研究,她对中国古诗里的名物考据颇为精彩,作品有《诗经名物新证》《诗经别裁》《脂麻通鉴》《先秦诗文史》等。对旧人旧事旧物的喜爱,注定了二人的友谊。赵丽雅流连于古典,深为张中行所欣赏。在二人两度晤谈后,张中行寄信与赵,评价她道:"古典造诣颇可观,似能写骈文,又一奇:为人多能,且想到即干,在女子中为少见。"②此后二人信函不断,谈诗论道,相互欣赏。

二人的古韵相投,体现在他俩对周作人文风的欣赏上。"京城扬之水言读过周作人作品,同时代人的文章便不可再读。"③赵丽雅对"苦雨斋"的喜爱,化为了其内在的一种气质,表现于她所写的文字颇有"苦雨斋"古意。孙郁认为:"最有趣的是,在更为年轻的扬之水的书话、还有那本《诗经名物新证》里,学识里也透着'苦雨斋'式的情趣。文章绝无制艺之气。把学术当成小品来写。"④张中行为周作人

---

① 张中行:《赵丽雅》,《负暄三话》,第98页。
② 扬之水:《〈读书〉十年(一)》,第151页,中华书局,2011年。
③ 郝振省:《出版六十年编辑的故事》,第201页,中国书籍出版社,2009年。
④ 孙郁:《周作人和他的苦雨斋》,第317—318页,人民文学出版社,2003年。

的嫡系弟子,周作人门庭冷落之时,他仍常常登门拜访求教,深受其影响。张赵二人心中的"苦雨斋"情结,使二人文字有些相似,例如赵丽雅的《脂麻通鉴》《终朝采蓝》等作品也是对古人古事的追忆,有张中行"负暄琐话"的味道。鲁迅当年编辑《语丝》杂志时,喜欢针砭时弊的文风,因而他常发林语堂、刘半农等人的文章。《读书》杂志有赵丽雅这位带着"苦雨斋"情调的编辑,也就意味着《读书》对古色古香小品文的欢迎。

《负暄琐话》出版之时,张中行已经七十七岁。面对这样一位古文造诣深厚的老人,一般的编辑很难接近,而赵丽雅则很容易与他产生文字与心灵的共鸣。《读书》的主编沈昌文非常欣赏赵丽雅与作者的沟通能力:"她从小跟祖父母长大的,受了熏陶以后,能够写一手好的毛笔字。写信都写得很好,写信的语言……是地道的知识分子语言,不仅是知识分子,而且是地道的'腐朽'的知识分子语言。这个在一部分知识分子中很受用,她给金克木教授、张中行先生写信,特别是张老,觉得很难有一个编辑能够这样给他写信。"[①]从1989年3月开始,张中行的文章在赵丽雅的撮合下,多发表于《读书》,例如《俞平伯》刊于《读书》就源自赵的游说,"往中行先生处取《柳如是》稿。又知他近日撰出《俞平伯》一篇,欲交北大某刊,遂鼓舌游说,说动他将稿交与《读书》"[②]。

由于赵丽雅,张中行与《读书》结下了缘分。从1989年3月的《一本译著的失而复得》开始,他陆续为《读书》撰稿。张中行在《读书》上发表的文章颇多,因年代不同,而有所变化:1989年,九篇;1990年,七篇;1991年,九篇;1992年,四篇;1993年,五篇;1994年,一篇;1995年,三篇。而一些文化名人,也在《读书》发表对张中行其人其文的评价文章,如启功的《哲人·痴人》、王蒙的《不争论的智慧》等。

---

① 沈昌文:《胡耀邦常常批评我们不够开放》,陈朝华主编:《最后的文化贵族——文化大家访谈录(第一辑)》,第243页,南方日报出版社,2007年。
② 扬之水:《〈读书〉十年(一)》,第311页。

据沈昌文回忆,当时《读书》杂志发行量是 13 万份,作为一份知识性的刊物已经非常不错了①。20 世纪八九十年代的《读书》在知识分子心中的地位很高,"《读书》上承'五四'精神,下启改革思潮。正是这种生生不息的启蒙精神,让《读书》成为知识分子的精神家园,也成为改革时代的思想'风暴眼'"②。当时盛传,"不读《读书》枉读书"③,可见《读书》的影响力。张中行文章在《读书》上的大量发表,引发了读者的关注。"中行先生的文章是'冷眼'写的。这多半与先生走过的先文学,而哲学,而佛学,而文章之学的路子不无关系。我用热眼去看,起初确像大热天冲个冷水澡,好不惬意。久之,每次冷热相遇,都使我一激灵,未免有些怕。然而却奈不过'冷'的诱惑,依然一篇一篇地读。跟着《读书》,找来了《负暄琐话》、《负暄续话》,甚至爱屋及乌,读起了《文言常识》、《作文杂谈》和《文言文选读》"④。这封读者来信,较为有代表性。因为很多读者就是因《读书》而认识张中行,并跟着《读书》上的张文,慢慢地去读《负暄琐话》《负暄续话》等书。

二、张中行被重视的原因

《读书》为什么会选择张中行?针对此问题,笔者分别采访了《读书》的原编辑吴彬与赵丽雅。吴彬认为:"必然性与偶然性都有。我们选择一个作家,不是看谁有名才去,而是看谁的文章和我们的风格性质一致。很简单的一句话,我们喜欢了,就找谁。现在的一些媒体追

---

① 此数据源自子水对沈昌文的采访。子水主编:《提问中国文化名流》,第 107 页,上海人民出版社,2006 年。
② 马国川:《问诊转型中国——知名人士访谈录》,第 350 页,中国经济出版社,2010 年。
③ 高旗、金子强:《文化人生:文化全息中的审美与社会》,第 296 页,云南民族出版社,2005 年。
④ 转引自沈昌文:《阁楼人语》,第 166 页,作家出版社,2003 年。

逐有名的人,而我们以文章为标准。编杂志的话,肯定要符合自己编辑意愿的文章。为什么我选择,为什么我不能选择呢?编辑与这样的作家,在这样的时代碰上了。他的想法,以及对过去知识界的熟悉程度,他能够描绘中国知识分子某一个阶段的存在形态,这些与编辑的想法一致"①。而赵丽雅对于选择张中行之缘由,指出两点:一是个人喜爱;二是符合《读书》的风格。

张中行于 1989 年 3 月开始在《读书》上发表文章,而此时的《读书》已经相当成熟,深得读书人的拥戴,"虽不敢说《读书》网罗了所有的人才,但如果说当时的读书人都愿为《读书》所用,庶几近乎事实"②。《读书》从 1985 年开始从"文化"的角度进入对社会、历史、当下的思考与观察,再到 1987 年对知识分子心态、人格及忧患意识的集中讨论,又到 1988 年与 1989 年对文学、艺术领域内先锋思潮的介绍,在 1980 年代末期,《读书》进入了一个全盛的时期。而此时主编沈昌文认为,《读书》需要沉静下来。编辑吴彬记述《读书》的这次"沉静":

> 主编认为,刊物能沉静下来,从急功近利、追求短期效应和被"创新"赶得团团转中解脱出来,未尝没有好处。《读书》试图换个角度重新去掂量和思考历史及现状,力求面对现实去探寻当代知识分子的位置,思索何以立足、何以自处,希望以甘于寂寞的坚持,保持读书人的本来面目。杂志当时发表的吴方与张中行所写的一系列探讨近现代学人形迹、思想、精神境界的文章,以及关注近代学术史、开展建立学术规范问题的讨论都可以看作是这一努力的体现。③

张中行的《负暄琐话》《负暄续话》被誉为现代的"世说新语",书中辜鸿铭、张东荪、胡适、启功、叶圣陶、赵荫棠等名士们的故事,"已

---

① 笔者 2014 年 3 月 4 日对吴彬的电话采访。
② 吴彬:《〈读书〉十年·序二》,扬之水:《〈读书〉十年(一)》,第 11 页。
③ 同上书,第 14 页。

经超出一般俗套,那里简直是一部个体的精神史"①。这些学人,摒弃热闹,甘守寂寞,献身学术,默默耕耘,保留了读书人的园地。张中行这种以古谈今的做法符合《读书》的编辑意愿。对此,编辑吴彬是这样解释的:"《读书》从头到尾探讨的就是当代知识分子在这个时代怎么思考,处于怎样的位置以及怎样定位自己的问题。知识分子的问题,一直是《读书》最关注的问题之一。每代知识分子都有他们自己的思考,以及对当下的关注。他们以什么方式,他们的思考内容是什么,他们针对的是什么,角度是什么,当然我们要从不同的部位去弄。张中行是一个上一代的知识分子,而且他确实愿意对当下很多东西讲自己的看法,当然他的表达以讲述他们过去的故事与过去的经历,来对今天产生反思为思路。因而他可以成为我们关注的对象,而且我们觉得他也提供了一个角度。"②

张中行是上一代知识分子,喜谈旧事旧人,但他不仅诉说着历史古迹,在那些朴素、冷静的美文里,他对当今现实的思考与关注也呈现出来。"当新式学者大力推广'后现代'理论的时候,他多少显得有点不入时流,竟推荐起异邦多年以前出版的旧著作,如孟德斯鸠的讲三权分立的《论法的精神》,还有罗素的《权力论》等。他是反对'国学热'中那种一味颂扬'传统'的论调的,反对那种'合群的爱国的自大'。他有一道题目,就叫《月是异邦明》,赫赫然,很可以叫我们的国学家大光其火的。"③张中行虽以写红楼旧事而闻名,但他却不是现代的古董,他用老一代知识分子的眼光来审视当今现实,提出自己的反思与警惕,这是他最珍贵之处,也是《读书》重视张中行的缘由所在。

1980年代末,《读书》面临各种压力,而张中行文章所带来的话题,四平八稳,贴近时代。"要找一些选题的话,既需要思考,又需要有

---

① 孙郁:《张中行论》,《当代作家评论》1995年第4期。
② 笔者于2014年3月4日对吴彬的采访。
③ 林贤治:《"五四"遗孤》,孙郁、刘德水主编:《说梦楼里张中行》,第46页,中国工人出版社,2007年。

对现实理性的反映,又要讲出一些话。在当时的历史背景下,要找一些适合讲,又引人思考的话题,所以也许张中行的文章是合适的,去剖析老一代学者,也就是从中国近代以来,对中国历史进程、对中国的思想产生影响的学者。一点点,从历史上慢慢回溯,整理中国知识界发展的各个阶段。办杂志、办报,要选话题,在什么情况下选择什么话题合适,必须认真考虑……主编常写检讨,为自己退步留余地。当时办杂志,不像现在这样简单,需要自我保护的地方,需要规避的地方有很多。"①编辑吴彬认为,张中行带来的话题适合当时讲,况且他的文章确实写得很好。《读书》用张中行的文章追溯历史,复原了老一代学人们宁静的书斋式的生活状态,给当时"临渊羡鱼,以干功名"的知识分子以启示,因为学术研究需要"退而结网","这个'退'字尤其是我们应当特别注意的。献身于学术思想的人永远是甘于寂寞的工作者;他们必须从热闹场中'退'下来,走进图书馆或实验室中去默默地努力"②。

《读书》由出版界名流陈翰伯、陈原和范用创办。主编是当时的商务印书馆总编辑陈原,他曾担任过文化部出版局副局长。从1986年起,沈昌文开始主编《读书》,与"文章要有思想性"的陈原不同,他让《读书》的风格慢慢平和起来。对此,他这样解释道:"我既然文化水平不高,上面又没有路子,就只有慢一步,讲得不好是投机。无论哪方面我都没有很高的要求,平安过关就可以。"③况且"上面""没有路子"的沈昌文常因《读书》而做检讨,"等到我不时因为自己没把'思想评论'搞好而到有关机关去做检讨时,心里免不了常常浮起一个念头:干吗还要搞什么'思想评论'呢?"④此时的《读书》碰上了张中行,他的文风古朴,回溯历史,反思当今,讲了一些话,但这些话却适可而

---

① 笔者于2014年3月4日对吴彬的采访。
② 程农:《浮出水面》,《读书》1994年第2期。
③ 马国川:《问诊转型中国——知名人士访谈录》,第350页。
④ 沈昌文:《阁楼人语》,第9页。

止,没有丝毫的越界。《读书》选择张中行能回避很多矛盾,用旧事旧人来反思现实,这样《读书》既保护了自己,又发出了一些声音。

1980年代末,《读书》有一个转向的问题。张中行这种书林闲话似的小品,贴近主编沈昌文对《读书》转向的设想:"我在编《读书》的时候,一直对《读书》有一个想法。《读书》在当时老前辈定的是思想性的刊物,特别强调思想性。因为当年也是在改革开放的形势之下,而且陈翰伯、陈原都是非常有思想的。那么,我的兴趣不在思想性,而在趣味性。我想做趣味性的,而又比较能登堂入室的趣味性。"①张中行的文化随笔小品,独抒性灵,符合沈昌文的"登堂入室的趣味性"。沈昌文"登堂入室的趣味性"的理想,在《读书》上得到了体现,"《读书》当年欣赏的书林漫步的小品,有一点学识,一点掌故,一点趣味。这与三四十年代的北平杂志的悠然的古风是相同的。金克木、张中行、邓云乡的短文都沿袭着民国的遗韵,他们不太愿意在流行色里寻找话题,而在历史的陈迹中发现现实的问题,文风是活泼的"②。沈昌文从《读书》退休后,创办的《万象》杂志所具有的遗老遗少味,可回应他当时在《读书》时对张中行等民国旧人的选择。

按编辑吴彬的话,《读书》是本"框框"很少的杂志,它对张中行文风的采用,就是属于此时此地的喜爱。她说不仅主编,她们这些当时比较年轻的编辑也非常喜爱张中行的旧人旧事笔法。因为她们这些编辑都深受"新华体"的影响,面对张中行的文章,她们耳目一新,非常喜爱。她认为,张中行的语言在当时并不显得落后与腐朽,反而很新颖。"自从文言文从主流话语中退出,白话文经历了一个阵痛的历史过程。到了六七十年代……白话的干枯、无趣、无智的趋势日显,比古文的日暮气还要老态。"③而张中行的文字依然保持着语言的光润与弹性,给人不小的惊奇。

---

① 沈昌文:《胡耀邦常常批评我们不够开放》,陈朝华主编:《最后的文化贵族——文化大家访谈录(第一辑)》,第251页。
② 孙郁:《新旧京派》,《走不出的门》,第105页,山西人民出版社,2011年。
③ 孙郁:《张中行别传》,第246页,人民文学出版社,2009年。

三、转向:作者、杂志与时代的契合

张中行在《读书》发表《有关史识的闲话》一文,推崇冯道,主张"顺生",不认同用革命或政治来取代个体生命价值,"生在乱世的知识分子,除了效忠一君,君败亡则竭节致死和灭迹山林之外,就不能走冯道的第三条路吗?"①冯道历侍后唐、后晋、后汉、后周四朝十君,居相位二十余年,是官场的"不倒翁"。《有关史识的闲话》发表后,引起轩然大波,以黄裳的反应最为强烈,"主张'好死不如赖活',在国破家亡之际,主张宁当顺民,不做义民;表彰钱牧斋而贬斥陈子龙。我看这种意见是极危险的。如果全国人民都加以信奉,'多难兴邦'是可以转化为'多难丧邦'的。人们是会从'求为奴隶而不可得'转化为以'做稳了奴隶'为无上幸福的境界的。我是彻底反对这种杀人的软刀子的"②。但张中行依然坚持自己的观念,认为"小民没有义务承担这些责任。作为老百姓,也就是小民来讲,不管是谁统治,大家都要活,你不能要求小民来为谁死。毕竟,小民只是完粮纳税,对国家大事负责的应该是统治者"③。张中行甘当小民,"不论所谓旧民主主义革命还是新民主主义革命,他都不参加,换言之,不论国民党的革命还是共产党的革命都不能让他动心"④,他只热衷于"故纸堆",在乱世中安稳度日。

在北大读书期间,张中行与女作家杨沫有过一段情缘,但二人因对"革命"的理解不同而分手。张中行强调人除了社会价值以外,更重要的是个体属性,反对用政权理论来抵消人的灵魂自由,坚持"疑"的路,不革命,而杨沫坚守"信"的路,提倡革命,积极参与社会活动,

---

① 张中行:《有关史识的闲话》,《读书》1995 年第 12 期。
② 黄裳:《我与三联的"道义之交"》,王世襄等:《我与三联》,第 17 页,生活·读书·新知三联书店,2008 年。
③ 陆昕:《张中行:并不中道而行》,《博览群书》2009 年第 8 期。
④ 李丰果:《且觅黄英伴老夫》,孙郁、刘德水主编:《说梦楼里张中行》,第 33 页。

"疑,就不轻易被情感的冲动所裹挟,在静静地思考里看人看事;信,就卷入时代的大潮里,去殉道于自己的理念的世界"①。这在二人各自的代表作《负暄琐话》与《青春之歌》里体现得非常明显。从1958年《青春之歌》出版,到1990年为止,32年来此书的发行量达到500万册。在1960年代,《青春之歌》影响深远,"被改编成电影、京剧、评剧、话剧、评弹、歌剧、小人书……书中的人物也都脍炙人口,家喻户晓"②。但《青春之歌》的影响却给张中行带来很多麻烦,因为杨沫用"余永泽"这个人物形象否定了张中行坚信的"不革命"道路,"张中行这个母亲的前夫,日子开始不好过,人们对他冷眼相看。认为他就是小说中的余永泽,自私、落后、庸俗的典型。无形中,他被母亲的这本书弄得灰头土脸,在单位里抬不起头"③。

在1980年代末期,《读书》采用"落后""自私"的张中行的文章,是有压力的。例如孙郁为张中行散文写了一篇序言《哲思与激情》,连载于《北京晚报》。但此序言的连载,却给《北京晚报》带来了麻烦。"当时中宣部收到一些来自延安的老干部的信,说'我们当年革命,而现在不革命的人火了',最后《北京晚报》还给中宣部写解释。"④《读书》编辑吴彬认为在当时那个年代这样的言论非常正常,"当时大家都知道《青春之歌》,林道静是革命的,余永泽是不革命的。张中行就是余永泽的原型,他完全是作为反面人物出现的,不管是电影也好,小说也好,大家都认为这是落后于时代,甚至是反动的,因为他是胡适的崇拜者……二三十年前,这个想法一点都不新鲜。所以有很多禁区需要冲破。但这要担一些风险的"⑤。突破禁区,一直是《读书》的宗旨所在。但《读书》毕竟是杂志,有着自己的分寸。《读书》之所以在1990年代敢突破禁区,采用张中行这位"落后"的读书人的文

---

① 孙郁:《张中行别传》,第45页。
② 老鬼:《母亲杨沫》,第117页,长江文艺出版社,2005年。
③ 同上。
④ 笔者2013年12月28日对孙郁的采访。
⑤ 笔者2014年3月4日对吴彬的电话采访。

章,原因在于《读书》背后的意识形态环境发生了变化。

"有趣的是,当年饱受指责的'余永泽',其原型三十年后竟然'翻身得解放',而且以'负暄三话'征服广大读者。这一戏剧性场面的形成,主要不系于个人努力,其中隐含着'政治的北大'与'学术的北大'之间的对立与逆转。"①杨沫的《青春之歌》以1931年"九一八事变"到1935年"一二·九运动"的北平学生运动为背景,来讲述林道静的革命成长之路。而张中行文章,复活了1930年代北京大学的旧人旧事,展现了一系列遗世独立、甘受寂寞、与政治保持距离的学人。"同一个北大,在《青春之歌》以及'负暄三话'中,竟有如此大的反差——前者突出政治革命,后者注重文化建设。"②"政治北大"与"学术北大"可看作中国从五四以来呈现出的两大思潮。周作人在《北大的支路》中提出:"'读书不忘救国,救国不忘读书',那么救国也是一半的事情吧。这两个一半不知道究竟是那一个是主,或者革命是重要一点亦未可知? 我姑且假定,救国,革命是北大的干路吧,读书就算作支路也未始不可以,所以便加上题目叫作《北大的支路》云。"③五四以来,北大的干路与支路,体现为"政治的北大"与"学术的北大"两大方向。但1990年代后,"政治的北大"与"学术的北大"之间的地位发生了逆转,而这显示着时代倾向已经发生转移,革命激进的政治话语已渐渐地消退。

在《读书》上大量地发表文章,张中行一下子"热"了起来,引发了人们对这位革命话语边缘的旧式读书人的关注与评价。孙郁认为,"张氏一生是一介书生,不仅与政治无缘,与流行文化亦多隔膜。他的著述笔触古朴……我第一次读他的书,惊讶于那韵律的高远,好像把周作人的精髓再现了出来"④。止庵称赞张中行复兴了"言志"派的散

---

① 陈平原:《文学史视野中的"大学叙事"》,《北京大学学报(哲学社会科学版)》2006年第2期。

② 同上。

③ 周作人:《北大的支路》,周洪宇、申国昌主编:《中外名家教育美文选(中国卷)》,第152页,湖北教育出版社,2012年。

④ 孙郁:《当代文学中的周作人传统》,《当代作家评论》2001年第4期。

文传统,"而'言志'这一'流'久矣夫断断续续,隐没不彰了。张中行是老北大出身,亲承前辈大师謦欬,以后多年却不事写作;但传统在他身上活着,一俟执笔,立即显现出来"①。"文革"后,"文学在道德与功利主义中拔不出来"②,而张中行的出现,以另一种色调——追求个体的趣味与感受,延续了被中断的五四的另一种文化,"他的著作,非官方,非正统,非权威,非形而上,即使他在讲说老庄玄佛,到底还是关乎人的生命和智慧,回到他的大题目那里去:为人生"③。张中行"苦雨斋"式的笔调,让一些旧式知识分子甚为喜爱。启功认为,"他博学,兼通古今中外的学识;他达观,议论透辟而超脱,处世'为而弗有';他文笔轻松,没有不易表达思想的语言;还有最大的特点,他的杂文中,常见有不屑一谈的地方或不傻装糊涂的地方,可算以上诸端升华的集中表现,也就是哲人的极高境界"④。周汝昌称,"读他老的文字,像一颗橄榄,入口清淡,回味则甘馨邈然有余。这里面也不时含有一点苦味"⑤。张中行之文,"不衫不履,如独树出林,俯视风雨"⑥,以悲天悯人、怆然怀旧的闲话风,给当时的文坛带来了一抹清新,展现文学自我性灵与言志的一面。

但《读书》大量刊发张中行这类娓娓而谈、忆古伤今的文章,也引发了一些质疑,例如李泽厚说:"张中行的杂著、余秋雨的散文,它们持续畅销,至今不衰。……这些作品谈龙说虎,抚今追昔,低回流连,婉嘲微讽;真是往事如烟,今日何似,正好适应了'太平盛世'中需要略抒感伤、追求品味、既增知识、还可消闲的高雅心境。连著名的《读书》杂志,不是也不断刊登'闲坐说玄宗'式的或描绘或推崇各种遗老

---

① 止庵:《他是那样的旧 又是这样的新》,孙郁、刘德水主编:《说梦楼里张中行》,第 67 页。
② 孙郁:《当代文学中的周作人传统》,《当代作家评论》2001 年第 4 期。
③ 林贤治:《"五四"遗孤》,孙郁、刘德水主编:《说梦楼里张中行》,第 45 页。
④ 启功:《读〈负暄续话〉》,孙郁、刘德水主编:《说梦楼里张中行》,第 224 页。
⑤ 周汝昌:《骥尾篇》,孙郁、刘德水主编:《说梦楼里张中行》,第 229—230 页。
⑥ 启功:《读〈负暄续话〉》,孙郁、刘德水主编:《说梦楼里张中行》,第 224 页。

遗少的有趣文字么？"①李泽厚的警惕，表明文坛在改革开放初期经历商品经济的喧嚣，变得越来越沉醉于自我放松与自我消遣，有些"白头宫女在，闲坐说玄宗"的意味。

　　李泽厚的警惕，也总结了《读书》采用张中行文字背后蕴含的意识形态的复杂性：一方面是文学与时代思潮的关系，可以说没有改革开放带来的全新的思潮，就没有张中行的复活。1990 年代，出现了一个在历史中"找寻"大师的潮流，除了张中行，还有陈寅恪、辜鸿铭、吴宓、梁漱溟、顾准等。"这些人都曾经是历史上被打入冷宫的学者和思想家，主要是因为他们思想上的'保守'、'守旧'甚至'反动'。尽管他们的思想信仰不同，有的是国学大师，有的是历史上的自由主义者，有的则是坚信传统文化能够救中国的文化民族主义者，但他们与二十世纪作为主流存在的希望通过革命来建立民族的激进主义思想保持一定的距离，而且在他们身上，不同程度地存在着与国家政权相抗衡的因素。"②另一方面是文学与市场的关系，张中行的走红源于文化市场的巨大变革。"《负暄琐话》、《负暄续话》、《负暄三话》等多本极为'畅销'的散文随笔。这些作品，特别适合于在紧张的工作、学习之余，追求一点'知识性'、'休闲性'外加一些'感伤'情绪的城市知识青年和白领人士。"③"'趣味的变迁'整个地说来是'社会的'问题"④，社会的整体变迁，让张中行这类旧式读书人的人生境遇也发生了巨变，从默默无闻到名满天下，这也正是历史三十年河东三十年河西之转换的结果。

（作者为中国人民大学 2017 届博士毕业生，
现为西南大学文学院教授）

---

① 李泽厚：《世纪新梦》，第 531 页，安徽文艺出版社，1998 年。
② 贺桂梅：《批评的增长与危机》，第 222—223 页，山西教育出版社，1999 年。
③ 孟繁华、程光炜：《中国当代文学发展史》，第 295 页，中国人民大学出版社，2009 年。
④ ［美］勒内·韦勒克、奥斯汀·沃伦：《文学理论》，第 108 页。

张贤亮与1990年代文学生态

张　欣

1990年代初,宁夏文联主席张贤亮"下海"的消息被媒体广泛报道,作为一个曾被剥夺创作权利、强制劳教改造的"右派"作家,张贤亮在新时期凭借数部带有个人自传性质的"伤痕小说"重返文坛,并逐渐确立了他在1980年代读者心中的位置,他的小说三次获得全国优秀中短篇小说奖(鲁迅文学奖前身),有九部作品被改编为影视剧在全国上映,二十二年的劳改经历和一贯个性鲜明的作品风格让张贤亮甚至被一些评论家誉为中国的米兰·昆德拉和索尔仁尼琴。然而,进入1990年代,情况却在悄然发生变化,张贤亮的短篇小说《普贤寺》、中篇小说《无法苏醒》《青春期》、长篇小说《我的菩提树》(初刊名《烦恼就是智慧》)等,虽然仍在诉说极左年代留给人们的无法忘怀的创伤记忆,但是,这些作品却明显受到了读者的冷落,连最活跃的文学批评家也对这些作品报以谨慎的沉默。可以这样说,张贤亮在1990年代之所以没有被人们遗忘,与他在市场经济大潮中创办了"出卖荒凉"的镇北堡西部影城有很大关系,媒体的宣传使他成为"文人下海"的典型。为此,我们不禁产生这样的疑惑:张贤亮的小说为什么在1990年代失去了对广大读者的吸引力?在文学创作的道路上张贤亮为何止步于1990年代,而没能走得更远?张贤亮的"下海"抉择与1990年代文学生态之间是否存在着某种必然的联系?这些疑问促使笔者去深入探寻张贤亮在1990年代的转型和蜕变过程。

一、《资本论》的启示

张贤亮出生在官僚资产阶级家庭,家族历史上出过不少文化名人,他的高祖被清朝诰封为"武德骑尉",曾祖在洋务运动时期赴英国学习海军,后做过清末的长江水师管带,被封为"武功将军",祖父张铭青年时代加入同盟会,先后在芝加哥大学和华盛顿大学学习法律和政治,获得法学硕士学位,回国后曾任北洋军阀政府大总统秘书、驻外领事、国民政府军事委员会少将参议、国大代表等职,中华人民共和国成立后,还做过上海市人民政府参事室参事、文史馆馆员,父亲张国珍曾在美国哈佛大学商学院学习,回国后,做过张学良的英文秘书,"西安事变"后弃政从商,在上海、北京等地开工厂、办公司,成为实力雄厚的买办资本家。① 张贤亮在上海高恩路(现为威海路)的花园洋房里度过了他的童年,张家当时有两辆车、两个司机、六个厨子、十多个仆人、一个英国管家和一个教书先生,家庭条件极为优越,他父亲的生活方式在当时就已经相当西化,每天早上在床上等用人把牛奶面包端来用早餐、看报,他最大的爱好是养马,此外,还很喜欢画油画。因为从小耳濡目染,张贤亮对西方音乐、绘画、电影、文学等,十分熟悉和喜爱,同时,他还较早接触到了一些经济学知识,这导致他对待财富的观念与那些为生存而挣扎在温饱线上的家庭子弟来说极为不同,《绿化树》里的章永璘是现实生活中张贤亮的缩影,通过塑造这个落魄的资本家的后代,他写出了自己的儿时回忆,"我小时候,教育我的高老太爷式的祖父和吴荪甫式的伯父、父亲,在我偶尔跑到佣人的下房里玩耍时,就会叱责我:'你总爱跟那些粗人在一起!'"② 章永璘在劳改队阅读《资本论》这样的著作不感到艰涩,反倒觉得书中所有的概念对

---

① 参见张贤亮散文《老照片》《故乡行》《父子篇》中的记述,收入散文集《心安即福地》,贵州人民出版社,2013年。
② 张贤亮:《绿化树》,第36页,贵州人民出版社,2013年。

他来说并不陌生。"我出生在一个资产阶级家庭,在交易所经纪人和工厂资本家的抚养下长大,现在倒有助于我理解马克思的理论。有许多概念,我甚至还有感性知识,比如使用价值与交换价值的区别,金银相对价值的变动,货币流通以及商品的形态变化,货币之作为流通手段、贮藏、支付手段、世界货币的各种机能等等,这都是我在儿时,常听我那些崇拜摩根的父辈们说过的。我记得,我第一次知道有《资本论》这部书,还是我在十岁的时候,在那间绿色的客厅里,偶尔听四川大学的一位老教授向我父亲介绍的。他说,要办好工厂,会当资本家,非读《资本论》不行。"①不寻常的家族史和成长环境对张贤亮个人气质的形成产生了复杂而微妙的影响,"他似乎从小就爱好幻想,总是把自己想象成一个英雄,显示出那种张扬自我的浪漫气质。可能正是这种气质赋予了他一种情感亢奋的诗人的特性"②,在他优雅、潇洒而又略带忧郁的诗人气质中隐隐透出对贵族生活的向往,以至于他在"文革"时期的劳改队还希望做一个"精神上的贵族"③,张贤亮晚年颇为得意地说:"我在作家圈子里是最有钱的,在有钱人圈子里是最有文化的。"④对于安贫乐道、淡泊名利的文人传统,张贤亮不以为然,在他看来,文化与财富是衡量一个人成功与否的两个不可或缺的标准,知识分子即使文化程度再高,如果连自身的生活条件都无法改善,也就谈不上真正意义上的成功。家庭出身使张贤亮形成了有悖于传统的人生价值观。

中华人民共和国成立后,张家完全败落,张贤亮的父亲作为旧社会的反动资本家身陷囹圄,不久死于狱中,母亲靠给人编织毛衣维持生计,正在上高中的他因出身问题,在毕业前夕,被学校找了个"莫须有"的罪名开除,成了"待业青年",为了帮家里减轻经济负担,他到刻

---

① 张贤亮:《绿化树》,第107页。
② 王晓明:《所罗门的瓶子》,第134页,浙江文艺出版社,1989年。
③ 张贤亮:《秋凉夜话》,《文汇月刊》1984年第4期。
④ 乔杉:《张贤亮身上的双重价值》,2014年9月29日《南方都市报》。

印店去揽刻蜡纸的活儿,刻一张蜡纸五毛钱,刻印社提成三毛,张贤亮能拿到两毛,一天能刻五张蜡纸,得一块钱。① 生活的落差和周围人的白眼,在他的内心深处激起了巨大的波澜,这段经历使他对于政治的残酷、金钱与人的尊严有了更加深刻的体会,同时,也使他对前途产生了深切的忧虑。1955 年,迫于生计和政治的双重压力,年仅 19 岁的张贤亮带着母亲和妹妹以宁夏支边人员的身份来到了贺兰山下的北京移民安置点落户,第二年,政府听取了移民的需求,将移民中的知识分子和有特殊技能的人才介绍到机关、学校、煤矿工作,具有高中文化程度的张贤亮被中共甘肃省委干部文化学校录用为语文教员,和当时很多人一样,他对未来重新充满了希望,为了表达对"新时代来临"的喜悦,他以全部的真诚和青春的豪情写出了《大风歌》,这首诗发表在《延河》文学月刊 1957 年第 7 期上,正值开展反右派斗争,9 月 1 日《人民日报》发表诗人公刘的文章《斥"大风歌"》,认为这"是一篇怀疑和诅咒社会主义社会,充满了敌意的作品"②。随后,全国各地特别是西北地区报刊上对张贤亮展开了铺天盖地的批判。张贤亮被戴上了"右派"的帽子,1958 年 5 月被押送到贺兰县西湖农场劳动改造,从此开始了他的劳改生涯。

在回忆劳改农场的生活时,张贤亮说有这样几本书陪伴他度过了人生中最艰难的岁月,过去的苦难也因此被打上烙印,永远无法忘怀,它们是"马克思的《资本论》一、二、三卷和列宁的《哲学笔记》。特别是《资本论》第一卷和列宁的《哲学笔记》上,密密麻麻地有我当年的眉批和上万字的读书心得"③。很长一段时间里,《资本论》是张贤亮在劳改农场唯一能够接触到和被允许阅读的书籍,在结束了一天繁重的体力劳动之后,夜晚在昏暗的油灯下阅读《资本论》成了他与外部世界之间唯一的精神联系。起初他和《绿化树》里章永璘阅读《资

---

① 张贤亮:《宁夏有个镇北堡》,《美丽》,第 115 页,贵州人民出版社,2013 年。
② 公刘:《斥"大风歌"》,1957 年 9 月 1 日《人民日报》。
③ 张贤亮:《雪夜孤灯读奇书》,2013 年 7 月 25 日《南方周末》。

本论》时的心情一样,完全是"抱着一种虔诚的忏悔来读《资本论》"①的,原以为阅读《资本论》可以改造资产阶级世界观,没想到结果却适得其反,《资本论》使他看清了现实的荒谬与可笑。"这部巨著不仅告诉我当时统治中国的极左路线绝对行不通,鼓励我无论如何要活下去,而且在我活到改革开放后让我能大致预见中国政治经济的走向。"②在漫长的劳改岁月中,他多次阅读《资本论》,对马克思主义政治经济学从陌生到熟悉,《资本论》影响和改变了张贤亮对于政治、经济和人生的看法,使他在前途渺茫的时候豁然开朗,变得成熟了许多,借用《绿化树》里章永璘的话就是"随着我'超越自己',我也就超越了我现在生存的这个几乎是蛮荒的沙漠边缘"③。

张贤亮早年的生活经历、阅读体验和审美经验都以某种氛围和情感为主,隐隐带有感伤、柔弱和不切实际的知识分子色彩。对马克思《资本论》和列宁《哲学笔记》等马列经典的阅读,给张贤亮原本柔弱感伤的诗人气质加入了哲学思辨的精神强力与洞悉人类社会发展规律的乐观精神。阅读张贤亮的小说会发现,里面几乎都有一个长于思辨、善于反省的思考强人形象存在。这个强人,不管是在灯下阅读《资本论》,还是在土牢中对着月亮抒怀,都是作者的精神自画像。《绿化树》作为张贤亮九部"唯物主义论者的启示录"系列作品里的一部,反复出现主人公章永璘阅读《资本论》的情节,《资本论》如同一部能够使主人公获得心灵救赎的《圣经》,发挥了知识分子自我启蒙的作用。"念了这本书可以知道社会发展的自然法则。我们虽然不能越过社会发展的自然法则,但知道了,就能够把我们必然要经受的痛苦缩短并且缓和;像知道了春天以后就是夏天,夏天以后就是秋天,秋天以后就是冬天一样,我们就能按这种自然的法则来决定自己该干什么。""社

---

① 张贤亮:《绿化树》,第43页。
② 张贤亮:《"文人下海"》,《美丽》,第108—109页。
③ 张贤亮:《绿化树》,第107页。

会的发展和天气一样,都是可以事先知道的,都有它们的必然性。"①因为有这种信念作为支撑,张贤亮在劳改农场没有丧失生存的勇气,依然保持了思想的自由。

张贤亮多次提到《资本论》对他"下海"的帮助,"我从来没有接触过商业运作,仅凭在劳改队通读过二十几遍《资本论》,有一些市场经济知识,就赤膊上阵了"②。2001 年,张贤亮在北京大学演讲时,再次提到《资本论》对他经营镇北堡西部影城的巨大帮助,他说:"在'下海'之前我也不能说毫无理论准备,在劳动改造的 22 年中,我唯一熟读的书就是马克思的《资本论》。当初,是像奥地利作家茨威格在小说《象棋的故事》中描写的那样,出于一种书生的积习,在囚禁中也要找一本书来读。《资本论》还是允许犯人看的,而没想到我一看便看进去了。……如果把它作为一种方法论,它仍然是一部能够指导我们怎样建设市场经济的必读书。这部书不仅……告诉了我那时的所谓'计划经济'从根本上违反了社会发展规律必然垮台,从而鼓舞起我顽强地活下去并怀着希望在屈辱中等待,而且在我'下海'后也时时指导我应该怎样实事求是地去经营管理企业;它无形中练就了我一种历史唯物主义的处事态度,使我往往有一点前瞻性。"③

1978 年,为了引起有关方面的重视,早日平反,张贤亮先后撰写了几篇政治经济学论文,投稿到《红旗》杂志,文章虽然最终未能发表,但是,他对国家政治形势即将发生重大转变的判断却很快得到了证实。1979 年,"伤痕小说"很受读者欢迎,社会反响也大,于是,他重新执笔,在《宁夏文艺》上发表了《四封信》(1979 年第 1 期)、《四十三次快车》(1979 年第 2 期)、《霜重色愈浓》(1979 年第 3 期)、《吉普赛人》(1979 年第 5 期)四篇小说,他的小说引起了当地有关领导的注

---

① 张贤亮:《绿化树》,第 117 页。
② 张贤亮:《出卖"荒凉"》,《美丽》,第 136 页。
③ 张贤亮:《西部企业管理秘笈——在北大国际 MBA"大管理论坛"的演讲》,《美丽》,第 141—142 页。

意,不久,他获得彻底平反,从农场子弟学校被调进宁夏文联做编辑,之后,又成为专业作家。1986年8月23日,作协机关报《文艺报》刊发了张贤亮的《社会改革与文学繁荣——与温元凯书》,结果在反资产阶级自由化思潮中,他的观点受到了党内外"左"派人士的一致抨击,《文艺报》也因此而受到各方面的舆论压力,为了帮困境中的张贤亮和《文艺报》解围,作协负责人不得不请有威望的马克思主义学者胡绳出面讲话以缓解被动局面。险些因言获罪的张贤亮却并没有因此放弃他的政治经济主张,1997年,他又发表了20万字的文学性政论散文《小说中国》,详尽阐述了他对公有制经济体制改革的整体思路,其中一些观点,在读者中引发强烈反响。1993年,对企业管理一无所知的张贤亮以他作品的海外版税收入向银行做抵押,筹资创办镇北堡西部影城,经过多年苦心经营,终于把深藏在荒漠中的废弃古堡开发成一个集旅游观光、影视拍摄于一体的多功能景区,使当初满目荒凉的地方成为经济繁荣的小镇,《资本论》的影响终于在张贤亮身上开花结果。

二、"文人下海"现象

1990年代是中国经济的转型期,1992年6月,邓小平发表南方谈话后不久,中共中央、国务院作出《关于加快发展第三产业的决定》,争取用十年左右或更长一些时间,逐步建立起适合我国国情的社会主义统一市场体系。这年10月,中国共产党第十四次全国代表大会明确提出我国经济体制改革的目标是建立社会主义市场经济体制,中国的改革开放和现代化建设进入了新的阶段。这一时期诸如"股份制""公司""下海""国企改革""下岗"等带有鲜明时代印记的词语开始频繁出现在人们的日常生活中。商业大潮改变了国人对待财富的态度,激发起民众脱贫致富的理想,以富有为荣的心理和市场的竞争意识深刻影响了人们的社会价值观,与1980年代相比,大家更关心自己的腰包而不是对于形而上问题的思考。这对1990年代文学产生了不小的冲击。

1992年,文学体制改革作为一项文化政策被提了出来,作家和文学刊物、出版社进入市场成为大势所趋。市场经济使那些安贫乐道的知识分子陷入了前所未有的尴尬境地。作家群体被迫需要做出自己的选择,他们有的坚守书斋,继续从事纯文学的写作;有的迎合读者需求,制造畅销书籍;有的进入政界或"下海"经商,作家队伍逐渐完成了自身的分化。这一年,北京作家王朔创办了海马影视创作中心,成为1990年代"下海"文人中的第一个弄潮儿。随后,杨争光、张贤亮、陆文夫、魏明伦、沙叶新、宗福先、胡万春等人也都纷纷"下海","下海"作家有的创办公司,有的经营企业,有的则干脆脱离作协体制,成为签约作家和自由撰稿人。一时间"下海"成为作家圈里最时髦的现象。

"文人下海"引发了社会的关注,人们由此对1990年代知识分子的生存状态展开了讨论,赞同者认为"文人下海"是顺应时代潮流的明智之举,作家为熟悉市场经济条件下的社会生活而"下海",有助于将来创作出更贴近时代的作品;反对者则认为"下海"是文人耐不住寂寞,想借助名人效应发财。无论赞成者还是反对者都强烈感受到了市场经济大潮对于知识分子人文理想的猛烈冲击。在计划经济体制下,物质生活的贫乏是一种普遍状态,精神上的优越感可以使知识分子获得心理上的满足,然而,1990年代经济体制的变革带来了社会文化的转型,以商品经济为核心的社会生活催生出世俗化的大众文化价值取向,导致知识分子社会角色、社会地位的变化。知识分子感到他们从1980年代思想启蒙的中心位置一下子被抛向了边缘,启蒙者的地位面临着民营企业家和个体暴发户的深刻挑战,知识分子由于这场急遽的转型而陷入迷惘、失落与焦虑,由此引发了1993—1995年间关于"人文精神"的大讨论。正像有的学者指出的那样,1980年代的社会转型还只是一种观念上的转型,停留在思想意识的层次,1990年代则进入了实践与物质层次的阶段。"一个富于中国特色的世俗化社会从官方到民间对那些惯于编织理想主义、英雄主义、精神主义、奉献主义神话、以启蒙领袖与生活导师自居的人文知识分子形成了双重挤压。"①采取何种方式参与现实文化实践,站在什么样的文化立场发言,成了1990年代知识分子首先需要解决的问题。"人文精神讨论"是知识分子在市场经济刺激下自发的一场自救运动,其根本目的是要解决知识分子在市场经济体制下的身份认同危机,通过探寻商业环境中人文精神的失落,试图重建知识分子的话语中心,重返1980年代那种具有集体性热情的启蒙时代。王蒙、张承志、张炜等一批作家和学者都先后加入这场讨论,然而,事实证明"人文精神讨论"并没能在澎湃的商品经济大潮中力挽狂澜,文学边缘化的趋势仍然在不断加剧,知识分子的身份认同危机仍然悬而未决,作家清贫艰辛的生活状况依然如故。

全家挤在狭小的房子里,创作时与孩子争写字台,这是1990年代很多作家的真实写照,更有像路遥、邹志安这样很有才华的作家,在清贫的生活中早逝,他们留下的,除了已经出版的著作和尚未完成的书稿,还有欠债。严酷的现实,让作家感到了生存的危机,产生了改变自身生活窘况的强烈愿望。上海作家沈嘉禄感慨地说:"有钱可挣的机会再也不要放弃。钞票可以买电脑、买营养品、买房子,可以叫知识分子减轻劳动强度,避免英年早逝。别的领域我不熟悉,搞文学的如杰克·伦敦、海明威、塞林格、安德森都很有经济头脑,我们平时研究别人的写作,为什么不顺便查查别人的记账簿?"②这番话很能反映1990年代作家的心态。正是在这种情况下,张贤亮对外界宣布了他"下海"的决定。

1992年11月7日,在银川的一个座谈会上,张贤亮说:"改革14年来,我一共发表了300多万字的作品,被翻译成17种文字介绍到国

---

① 陶东风:《社会转型与当代知识分子》,第141页,上海三联书店,2005年。
② 杭桂林:《对文人下海现象的观察与思考》,《内蒙古宣传》1994年第1期。

外。作为宁夏文联主席,在自治区所有的正厅职干部中,唯有我一个没有小汽车。我花了三年完成的作品《烦恼就是智慧》,稿酬只有4100元,还不值刘欢唱一首歌。我曾试图劝阻许多改行'下海'和走出宁夏到外面'捞世界'的同仁。然而他们一句话就把我顶回来:'你张贤亮这么高的成就,就这么个待遇,你还让我们指望什么?'中国现代作品集从鲁迅开始仅出过20多本,我的作品也出版了,仅仅只有300元稿费。……今年政府所给的财政费用从44万元下降到24万。从1985年以来,宁夏没有给一个优秀作家和一部优秀作品发过奖金。自治区音协主席调到了江苏,《朔方》杂志主编调到了北京。有的同志下了海南,还有的开了饮食店,有的开了装潢部。宁夏文化界面临一个重大问题就是怎样才能稳定队伍,因为没有人何谈繁荣?!与其让文化人各自'下海',不如把他们组织起来。目前,我们文联已开办了联谊实业总公司。采取股份制,我就是董事长。我就把我的名字捐出来,用我来为文联的实体作广告,我要把宁夏的文化人都团结起来。"①会后,张贤亮对采访他的记者说:"我个人愿借用我在国内外的文学声望,在宁夏充当红色买办,接受海内外有意在宁夏投资和做生意的朋友的委托,替他们代理经营业务。我将向人们证明:我不仅有文学才能,也有商业才能!"②这里提到的联谊实业总公司,是宁夏文联为解决经济困境而兴办的经济实体的统称,包括:艺海实业发展有限公司、宁夏商业快讯社、宁夏华夏西部影视城、绿化树保健饮品有限公司,张贤亮任董事长,这四家企业在张贤亮讲话时还处于酝酿成立的筹备阶段,并未开始真正运营。

然而,经济困境并不是促使张贤亮"下海"的全部原因,张贤亮对"下海"动机还做过这样一番表述,他说:"我不是一个轻易被时尚所动的人,只是对专业作家制度一直有自己的看法,认为文学创作与学

---

① 沉默:《文人下海忧思录》,《新疆艺术》1994年第1期,亦可参阅2008年7月2日《银川晚报》上的《张贤亮"下海"》一文。
② 沉默:《文人下海忧思录》,《新疆艺术》1994年第1期。

术研究不同,作家应该多读社会这部大书,而专业作家制度突出了文学创作的技能性,将文学创作当作一种特殊的职业,从而无形中使文学的生命脱离了它依赖的土壤。许多有才华的作家在这种类似'铁饭碗'的写与不写都一样的'优越'制度中逐渐丧失灵气及敏锐的艺术感觉,不幸地变成'写家'、'坐家'、'爬格子的'、'码字儿的',或是从此辍笔。在编制上,我虽然是一名所谓的'专业作家',但我总在寻找一种与现实生活能紧密联系的结合点。当市场经济已经成了中国社会中最'热火朝天'的生活,在紧锣密鼓的'大办第三产业'、'寻找第二职业'中,我'下海'也就成了必然。"①"我认为作家要深入当前市场经济生活,最好的方式无过于亲自操办一个企业,就趁着这个潮流'下海',创办了'宁夏华夏西部影视城公司',公司的基地在镇北堡,称为'镇北堡西部影城'。"②作协体制让张贤亮产生了比经济上的困窘更严重的忧虑,他清楚地知道"丧失灵气及敏锐的艺术感觉"对于一个作家意味着什么。张贤亮此时已经意识到他的创作出现了危机,这种危机最主要的表现就是创作资源的单一,极左政治的"伤痕"正在慢慢愈合,越来越多的读者对他回忆劳改生活的控诉文章已经显示出厌倦情绪。这里有一个例子,张贤亮在《烦恼就是智慧》出版后说:"《烦恼就是智慧》和我的其他作品相比,似乎是遭到了空前的冷落,并没有引起多么大的反响。虽然也有读者寄来热情洋溢或行文哀痛的信,而比起我以前发表作品后所收到的信件,也少得多,仅有十几封而已。这对别的作者来说也许属于正常,不能奢望每部作品都会有强烈的反应,但我好像是习惯了每发表一部作品就坐等四面八方传来的喧嚣,习惯了把自己的书桌当作旋风的中心,于是,在周围这样冷清的时候,便不由自主地产生了失落感和某种困惑。"③因此,他亟需找到一个新的"与现实生活能紧密联系的结合点",以充实和更新他的

---

① 张贤亮:《出卖"荒凉"》,《美丽》,第134页。
② 张贤亮:《"文人下海"》,《美丽》,第108页。
③ 张贤亮:《我的菩提树》,第145页,贵州人民出版社,2013年。

叙事资源。

张贤亮的小说创作大体上以两种类型为主，一种是以《龙种》《男人的风格》为代表的刻画改革者形象的作品，这类作品的价值常湮没在改革者历经艰难险阻取得胜利的模式化套路中，难以成为"改革文学"中的扛鼎之作。张贤亮想突破这种创作上的局限，开拓新的叙事空间，《浪漫的黑炮》可以说是这方面的一种尝试，这篇带有黑色幽默风格的作品，确实让我们眼前一亮，看到了和以往不太一样的张贤亮。作品在呼唤革除不合理的僵化体制之外，还对知识分子的处境、极左政治毒害下形成的斗争思维进行了发人深省的思考。然而，进入1990年代后，改革开放成为社会主旋律，文学在市场经济的冲击下失去了轰动效应，读者不需要再像过去那样从文学作品中寻找国家释放出来的改革信号，"改革文学"随之失去了它的魅力。另一种类型是批判极左政治，揭露历史创伤的文学作品，《邢老汉和狗的故事》《灵与肉》《绿化树》是其代表，因为有切身的劳改经历，他创作起这类作品来显得游刃有余，很有说服力。但是，这类作品在给他带来文学声誉的同时，也限制了他的创作，叙事资源单一不仅是张贤亮，也是许多"五七族"作家的一个通病。张贤亮说他的所有小说都可以当作政治小说来读，而在经历了对资产阶级自由化思潮的批判之后，无论是继续塑造不畏阻力的改革者，还是对极左政治的毒害进行控诉，在1990年代似乎都显得不合时宜，为此，张贤亮感到他的创作已经明显跟不上生活变化的节拍。在文学消费的多元化时代，严肃文学面临通俗文学的挑战，纯文学读者在市场经济体制下的流失显得愈发严重，成功的商业炒作能确保作品的发行量。在这种情况下，张贤亮"下海"无疑具有应对经济危机和创作危机的双重意味。

三、镇北堡西部影城

镇北堡是明朝为防备蒙古族入侵而修筑的一座军事要塞，位于宁夏西北部,地处军事要冲,具有重要的军事价值,乾隆五年(1740年),宁夏发生地震,镇北堡遭到破坏,城墙连同城门楼及城内所有建筑物几乎全部坍塌。清政府在镇北堡原址旁不到200米的地方,修筑起一座新堡,新旧城堡被统称为镇北堡。辛亥革命后,清军作鸟兽散,城堡的防御功能完全丧失,很快被周边的百姓占据,成为当地农牧民的居住点。这两座被人遗忘的古堡废墟由于张贤亮的到来而发生了命运的转变。

张贤亮第一次到镇北堡是在1962年春。1961年12月,张贤亮从劳改队释放后,被分配到银川市郊的南梁农场当农业工人。生产队长见他骨瘦如柴,不能参加农田劳动,就叫他去看管菜窖。菜窖里储藏着过冬食用的萝卜、白菜、土豆等蔬菜,看菜窖是为了防止有人偷菜,而身体瘦弱的张贤亮却先自己偷吃起来。"每天,进了菜窖,先用镰刀切满满一脸盆白菜土豆放在土炉子上煮","开始享受的时候只知道拼命往肚子里填,大快朵颐。吃了几顿就觉得寡味的蔬菜噎在嗓子眼难以下咽,吃多了还会发呕,才发觉盐对人的重要"①,他听说南边有个叫"镇北堡"的地方,那里有集市,可以买到盐,便去镇北堡赶集。这段买盐的经历被张贤亮写进了《绿化树》,镇北堡也被他改作"镇南堡"。张贤亮说:"那时,镇北堡方圆百里是一望无际的荒滩。没有树,没有电线杆,没有路,没有房屋,没有庄稼。我走了大约30里路,眼前一亮,两座土筑的城堡废墟突兀地矗立在我面前。土筑的城墙和荒原同样是黄色的,但因它上面没长草,虽然墙面凹凸不平却显得异常光滑,就像沐浴后从这片荒原中冒出地面似的,在温暖的冬日阳光下显得金碧辉煌。镇北堡给我的第一印象是美的震撼,它显现出一股黄土地的生命力,一种衰而不败、破而不残的雄伟气势。"②"镇北堡给我的深刻印象一直在我脑海中萦绕不去,《绿化树》中到'镇南堡'赶集的一章可说是专为镇北堡写的。我总觉得它巍然挺拔在一片

---

① 张贤亮:《宁夏有个镇北堡》,《美丽》,第121页。
② 张贤亮:《"文人下海"》,《美丽》,第107—108页。

荒原上,背后衬托着碧空白云,那种残破而不失雄伟的气势是一幅优美的画面,特别有银幕上的审美价值。"①

　　1980年,张贤亮平反后被分配到宁夏文联工作,恰巧广西电影制片厂的导演张军钊要拍摄根据郭小川长诗改编的电影《一个和八个》,摄制组请宁夏文联的干部帮忙寻找适合影片拍摄的地点,张贤亮就把镇北堡推荐给摄制组,结果《一个和八个》就成为在镇北堡拍摄的第一部电影。《一个和八个》的摄影师是张艺谋,四年后,成为导演的他对镇北堡悲壮、苍凉、雄浑的视觉美感仍然念念不忘,于是,来到镇北堡拍摄了让他成名的电影《红高粱》。从此,镇北堡和电影结下了不解之缘。到1992年年底,在镇北堡拍摄的影视剧已达十几部,谢晋的《牧马人》《老人与狗》、滕文骥的《黄河谣》《征服者》、陈凯歌的《边走边唱》、冯小宁的《红河谷》《黄河绝恋》、黄建新的《五魁》《关中刀客》、何平的《双旗镇刀客》等都在此拍摄,偏僻荒原上的两座古堡废墟很快热闹起来。邓小平南方谈话发表后,拥有镇北堡土地使用权的宁夏林草试验场的场长从带动一方经济发展的目的出发,产生了在这里成立一个接待摄制组的影视城的想法,而且请人设计了沙盘。正准备"下海"的张贤亮在电视新闻上看到这一消息后,觉得创办影视城是最适合他"下海"的起跳台,他马上与林草试验场场长联系,在宁夏回族自治区和银川市政府的支持下,张贤亮承担起了创办宁夏华夏西部影视城的工作。

　　宁夏回族自治区政府原计划在镇北堡投资修建一个以西夏风格为主的建筑群落,然而,这样一来耗资巨大,对财政紧张的宁夏显得困难重重。于是,张贤亮拿自己作品的海外版税收入存单向银行做抵押,贷款50多万元人民币,以文联下属的艺海实业发展有限公司的名义成为最大股东,林草试验场也投入一部分现金,再加上少量募集到的资金,共筹得79万元,以股份制筹建的宁夏华夏西部影视城于1993

---

① 张贤亮:《宁夏有个镇北堡》,《美丽》,第128页。

年9月21日正式举行了成立仪式。张贤亮虽然是企业的董事长,但镇北堡西部影城在产权关系上却是宁夏文联的"第三产业",1994年年初,国家出台了要求所有党政机关单位必须和下属的"三产"脱钩的决定。宁夏文联与西部影城解除了关系,影城变成了非公有制企业,张贤亮也成了真正意义上的企业法人代表,当时,西部影城正在投入阶段,不见丝毫效益,"我一不小心掉进了非公有制经济,几乎全部家当押在企业上,如果企业破产,我多年笔耕所得的一点国外译本的版税就付诸东流,那些外汇可是我的'血汁钱'"①。这让张贤亮感到了风险和压力,同时,也激发起他必须将影视城办好的决心。

张贤亮深知镇北堡之所以能吸引影视剧摄制组,就在于它荒凉、粗犷、原始的地貌和古人留下的残破的遗迹。一旦改变或拆除这些东西,就不会有人光顾。为此,他派人四处搜集"文革"时"破四旧"拆下的古城砖用来修复古堡的残墙,这些城砖"文革"时流落到老百姓家里被用来盖院墙、砌猪圈,他叫人一块一块收购回来,不但加固了镇北堡,同时还保持了它的古旧面貌。到镇北堡的剧组在拍完影片后,都会留下一些由美工师搭建的场景,张贤亮选择其中有保留价值的部分重新加以改造,并用真实材料将其固化,变成可供游客参观的景点,《红高粱》里的"酒作坊"、《黄河谣》里的"铁匠营"、《五魁》里的"土匪楼"、《新龙门客栈》里的"客栈"和"赌坊"都被张贤亮改建成了有文化内涵的景观。随着影城规模的扩大和景点数量的增加,张贤亮改变了将镇北堡定位在影视拍摄外景地上的初衷,而是按照提供旅游服务的游览景区来经营,1990年代中期,张贤亮用较低的价格从山西、陕西、北京、山东等地搜集来明清时代的家具、门窗、雕刻、戏台、私塾、烧酒器具、纺织工具等古旧精美的建筑构件,以此替换影视美工师搭建的布景和道具。经过多年努力,镇北堡西部影城渐变成"中国古代北方小城镇"式的主题公园,游客置身其中,如同穿越到了过去,这

---

① 张贤亮:《出卖"荒凉"》,《美丽》,第136页。

里不仅再现了中国古代北方的生活方式和生产方式,而且游客也能参与其中,亲自体验古人的劳作和生活,在这里,能听到城市中早已消失了的各种叫卖声,能看到拉洋片、皮影戏、旧式婚礼以及各种古代制造业的工艺流程。在张贤亮看来没有文化的自然景观是没有生命力的,为了让游客更好地了解镇北堡里各种设施、器物的文化底蕴,张贤亮专门撰写了5万字的导游解说词。他将镇北堡西部影城当作一部立体的文学作品来加以精心打造。当初荒芜中无人问津的古堡废墟,成了宁夏集观光、娱乐、休闲、餐饮、购物、体验于一体的重要旅游景区和中国西部题材、古代题材的电影电视最佳外景拍摄基地,连王家卫导演的《东邪西毒》和刘镇伟导演的《大话西游》也不远千里从香港来此拍摄。镇北堡赢得了"中国电影从这里走向世界"的美誉。

由于长期将主要精力放在企业的经营管理上,张贤亮的文学创作道路在1990年代末最终画上了句号。《文学报》曾刊登王蒙与张贤亮关于"文人下海"和作家心态的通信,王蒙对张贤亮"下海"表示由衷的惋惜之情,然而,张贤亮却不以为然,他在致王蒙的公开信中阐明了他的价值观——"阻止极左路线在中国复活,不能让我们国家民族再次陷入全面疯狂和全面贫困的深渊"[1]。"虽然近些年我在文学上似乎止步不前,但至少我为社会提供了200多个就业机会,给镇北堡西部影城周边的农民每年提供5万个工作日,原来举目荒凉的地方被我带动成为繁荣的小镇,附近数千人靠我吃饭,这总使我感到自豪。"[2]

张贤亮是一个对社会改革抱有极高热情的参与者,不论是在新时期发表批判极左政治的文学作品,还是在市场经济大潮中创办镇北堡西部影城,都是他积极参与社会政治生活的一种表现。面对追求利益最大化的商业语境,1990年代的文学发生了全方位的转型,文学的人文精神被淡化,娱乐功能被强调,非意识形态特征得到强化,相对于文学的日益边缘化,影视等大众传媒的影响力却在逐渐增强。张贤亮感

---

[1] 王若谷:《刍议职业作家制》,《理论与当代》1994年第7期。
[2] 张贤亮:《"文人下海"》,《美丽》,第114页。

受到了作为一个小说家在市场经济体制下的无力,为了跟上时代的步伐,他最终放弃了多年的文学理想,选择了一条他认为更能彰显个人价值的道路。张贤亮在1990年代的转型具有代表性,他在人生岔路口做出的抉择可以看作中国作家或者说中国知识分子在社会转型的大背景下的一种蜕变方式,一种新的知识分子形态。

(作者为中国人民大学2017届博士毕业生,
现为渤海大学文学院讲师)

附录：

《韩少功研究资料》作品年表勘误

原 帅

近年来，诸多学者费力投入当代作家研究资料的编撰出版，这对中国当代文学史在文献资料方面的积累功不可没。这些资料向人呈现出作家们的"创作史""发表史"，借助它们，后来的研究者也可以深入触摸当代文学发展的基本脉络。研究资料由此与文学史形成了一种有趣的互文关系，这种关系重新打开了我们研究当代文学的视野和问题意识。不过，对这些作家研究资料的进一步考证与勘误，也应该提到议事日程上来，在我看来，这乃是与文献积累同样有价值的工作。

我的勘误先从两部韩少功的研究资料开始。

由吴义勤主编，李莉、胡健玲选编的《韩少功研究资料》，山东文艺出版社，2006年5月第一版，是"中国新时期文学研究资料汇编"（乙种）之一。主要由"生平与创作""研究资料"和"附录"组成，"附录"包括"作品年表"和"研究资料索引"。"作品年表"勘误如下：

1.《战俘》，《湘江文艺》1979年第1期。

发表时间错误。应为1979年第1—2期合刊，第148—149页，下接160页。

2.《飞过蓝天》，《中国青年》1981年第12期。

发表时间错误。应为第13期，第22—27页。

3.《栏杆子》，《湖南文学》1995年第6期。

题目不准确。应为《马桥人物(两题)》,包括《栏杆子》(第4—7页)和《乞丐富农》(第8—11页)。

4.《从创作论到认识方法》,《上海文学》1983年第3期。

发表时间错误。应为第8期,第92—96页。

5.《信息社会与文学前景》,《新创作》1985年第1期。

发表时间错误。应为1—2月号,总第16期,第43—47页。

6.《棋霸》《猎户》,《新青年》1987年第4期。

刊物、发表时间错误。应为《青年文学》1986年第4期,总题为《史遗三录》,包括《猎户》《秘书》和《棋霸》。

7.《即此即彼》,《海南师范学院学报(人文社会科学版)》1994年第7期。

发表时间错误。应为《海南师院学报(人文版)》1994年第1期,第21—22页。

8.《在小说的后台》,《海南师范学院学报(人文社会科学版)》1994年第7期。

发表时间错误。应为《海南师院学报(人文版)》1994年第2期,第62—63页。

9.《个性》,《当代作家评论》2004年第2期。

刊物错误。应为《小说选刊》2004年第1期,第125—126页。

廖述务编的《韩少功研究资料》,2008年6月由天津人民出版社出版。该书由"第一辑 韩少功的自我言说""第二辑 韩少功研究论文选""第三辑 多重阐释下的韩少功""第四辑 韩少功研究论文、论著索引""第五辑 韩少功作品篇目"和"第六辑 作品梗概"组成。廖述务是韩少功研究专家,专著《仍有人仰望星空:韩少功创作研究》的附录是"韩少功创作年表",此外还有论文《韩少功年表》(《文艺争鸣》2013年第8期)、《韩少功文学年谱》(《东吴学术》2012年第4期)。因此,"第五辑 韩少功作品篇目"所搜集的韩少功文学作品相当丰富。武新军在《关于中国当代重要作家年谱编撰的几点想法:以〈韩少功研究资料〉为例》(《文艺争鸣》2013年第10期)一文中,针对廖述务所编写的作家年表的错误、不足和缺陷进行了分析。本文仅作勘误,如下:

1.《开刀》,《湘江文艺》1976年第9期。

发表时间有误。应为1976年第5期,署名小暑,第75—77页。

2.《战俘》,《湘江文艺》1979年第1期。

发表时间有误。应为1979年第1—2期合刊,第148—157页,下接160页。

3.《起诉》,《湘江文艺》1980年第2期。

发表刊物有误。应为《芙蓉》1980年第2期,第177—185页。

4.《癌》,《湘江文艺》1980年第2、11期。

疑为印刷错误。应为《湘江文艺》1980年第11期。

5.《飞过蓝天》,《中国青年》1981年第15期。

发表时间有误。应为第13期,第22—27页。

6.《诱惑》,《文学月报》1986年第1期。

题目不准确。应为《诱惑(之一)》。

7.《申诉状》,《新创作》1986年5—6月号,总第24期。

信息缺失。《新创作》1986年5—6月号应为第3期,总第24期。

8.《棋霸》《猎户》,《新创作》1987年2—3月号。

信息缺失。刊物、发表时间等都正确,但是该杂志注明这两篇小说都是摘自《青年文学》1986年第4期。查1986年第4期《青年文学》,为《史遗三录》,包括《猎户》《秘书》和《棋霸》,之后还有吴秉杰的批评文章《空白的艺术》,第3—6页。对于这种转载,应该注明,否则会混淆作品最初发表的刊物、时间。而且对于用一个题目统摄几篇小说的情况,也应该详细注明各个篇目,方便读者查阅。廖述务类似问题还有《月光二题》,《天涯》2004年第5期,包括《空院残影》和《月下桨声》;《生离死别》,《山花》2006年第10期,该期发表了《生离死别》(第4页)和《向死而生》(第8页)两篇作品。

9.《故人》《人迹》,《钟山》1987年第5期。

刊物、时间都正确,但是这是一个栏目,后接《答美洲〈华侨日报〉记者问》、吴秉杰文《韩少功小说创作探问》和《韩少功小传、作品目录》。廖述务将小说、散文两分,不利于直接呈现韩少功作品在期刊上发表的情况。可以按照发表时间排列,列备注栏,标明创作日期、体裁、栏目名称以及该栏目中的其他相关文章。同样的问题还有《是吗?》和《801室故事》,都发表在《上海文学》2004年第9期,没有必要分开列。该栏目还有周立民的批评文章《在探求"可能性"的路途中——读韩少功〈801室故事〉、〈是吗?〉》。

10.《暗香》,《作家》1995年第2期。

发表时间有误。应为1995年第3期,第4—10页。

11.《作揖的好处》,《海南日报》1993年10月31日;《青年文学》1993年第8期。

查该日《海南日报》并无此文,而《青年文学》1993年第8期刊有此文,第20—21页。

12.《闲邮拾零·感觉也可蜕变》,《文艺争鸣》1994年第5期。

文章错误。《文艺争鸣》1994年第5期发表的是《致友人书》。

13.《犯错》,《布老虎青春文学》2005年第3期。

题目错误。应为《犯错误》,第118—119页。

14.《往事重读》,《上海文学》1993年第1期。

该文不是韩少功的,而是王安忆的。

15.《南方的自由》,《绿洲》1994年第4期。

内容不准确。《绿洲》1994年第4期以"海念"为题,发表了三篇散文:《记忆的价值》《作揖的好处》和《海念》,第4—9页,后接《南方的自由》,第10—11页,并注明《南方的自由》是散文集《海念》的后记,第4—9页。

16.《杭州会议前后》,《当代作家评论》2001年第2期。

信息不准确。《当代作家评论》该期第96页仅仅是一小段摘抄,《杭州会议前后》全文发表在《上海文学》2001年第2期,第59—60页。

17.《从创作论到思想方法》,《上海文学》1983年8月号。

题目错误。应为《从创作论到认识方法》。

18.《文学的"根"》,《作家》1985年第6期。

发表时间错误。《作家》1985年第6期应为《〈文学的"根"〉补记》,编者附言:"本刊四月号所载韩少功的文章《文学的"根"》,原附《补记》,由于我们工作的疏忽,在排拣时漏去了。这里特予补发,并向作者致歉。"(第62页)《文学的"根"》发表在《作家》1985年第4期,第2—5页。

19.《闲邮拾零·文学哈欠》,《文艺争鸣》1994年第5期。

文章错误。《文艺争鸣》1994年第5期发表的是《致友人书》。

20.《叙事艺术的危机——关于〈马桥词典〉的谈话及其他》,《小说选刊》1996年第7期。

题目错误。应为《词语与世界——关于〈马桥词典〉的谈话及其他》。

21.《思想的声音——韩少功谈话录》,《当代作家评论》2000年第1期。

刊物、时间错误。应为《新作文(高中版)》2005年第Z1期,第23—27页。

22.《韩少功:我喜欢冒险的写作状态》,《南方日报》2002年12月31日。

出处错误。正确出处待查。

23.《年前的刺,年后的根》,《中国图书商报》2004年6月25日。

题目错误,应为《廿年前的刺,廿年后的根》。

24.《情感的飞行》,《天涯》2006年第5期。

时间错误。应为《天涯》2006年第6期,第23—26页。